Résisterez-Vous

Brooke et Cie
Épisode 1

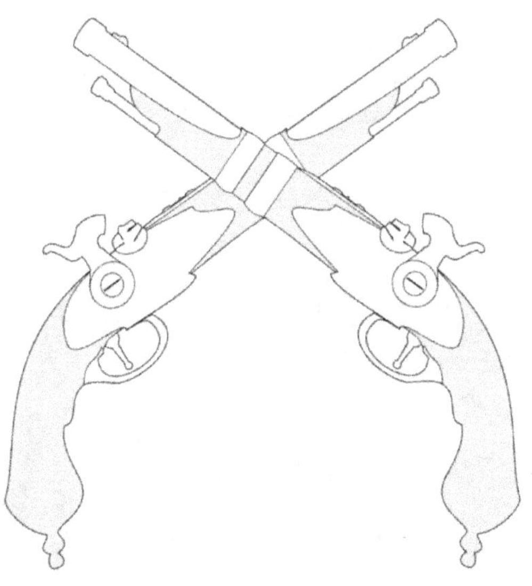

Romane Rose

Romance historique

Remerciements

En tout premier lieu, je remercie Isabelle et sa hantise des chapeaux. Gracieusement, avec une grande dévotion et malgré ma rigidité rédactionnelle, elle m'a apportée une aide précieuse grâce ses remarques judicieuses.

Ensuite, je remercie Françoise, Claire, Serge et Sabine pour leurs très nombreux commentaires qui ont égayé mes journées lors de la publication de cette petite histoire sur mon blog. Ce fut une expérience unique et riche en fou rire, en joies, en raclages et en émoti-machin-truc-chouette de toutes sortes.

Bravo aux deux équipes #TeamPercy #TeamEsmée, vous terminez ex aequo.

Merci aussi à Rachel du blog « Évasion par les mots » qui me suit désormais depuis un petit moment et qui accorde une immense gentillesse aux petits auteurs dans mon genre.

Merci à vous de soutenir mon illusion d'être une romancière.

***

J'ai pris quelques libertés pour les bienfaits de l'histoire et parce que les carcans méritent parfois d'être bousculés.
La lecture est un acte militant, un moment passé avec son imagination, alors, ne vous privez pas, lisez et voyagez à travers les mots.
Bon voyage.

Ceci est une œuvre de fiction historique.
Toute ressemblance avec des personnes réelles est fortuite, puisque tout le monde est certainement déjà mort. Les lieux malgré des similitudes de noms, les personnages, les faits sont une pure invention de mon imagination ; ne cherchez pas à y trouver un message quelconque.

Le visuel de la couverture est reproduit avec l'autorisation de :
CCO Creative Commons

Tous droits réservés
Dépôt légal : Aout 2021
Éditeur : RREdit

Chapitre 1

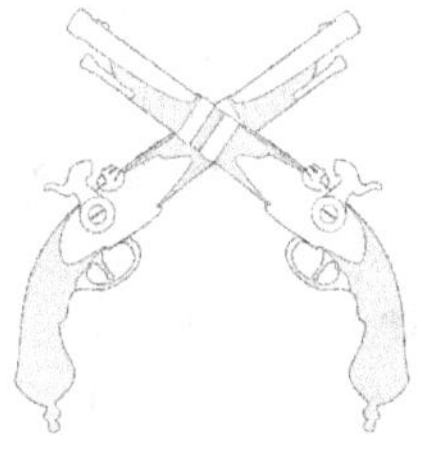

Mars 1801

— Père !

L'exclamation de stupeur éclata dans le silence de la bibliothèque. Les mains serrées sur la poitrine, Esmée fixait le visage résolu de son père.

— Il en sera fait ainsi, Esmée. Le duc de Dartford vous fait là un grand honneur, déclara-t-il avec superbe.

Légèrement embarrassé, il détourna les yeux du visage blême de sa fille.

— Père ! gémit Esmée assommée par l'annonce aussi brutale qu'inattendue.

Son mariage !

Elle s'effondra dans le fauteuil disposé derrière elle, ses

pauvres jambes flageolantes incapables de la soutenir une seconde de plus. Le cœur au bord des lèvres, les mains croisées par une supplique muette, les jointures blanches comme la craie du tableau noir de la salle d'études où elle enseignait les lettres à ses frères et sœurs, Esmée frôlait le malaise.

— Vous serez duchesse, ma fille. Estimez-vous heureuse qu'un homme de son rang vous choisisse comme épouse. À votre âge, c'est un miracle, énonça-t-il avec morgue.

Le soulagement visible sur son visage creusé par les ans montrait à quel point la demande apaisait ses inquiétudes. Esmée ouvrit la bouche pour protester, la referma sous le regard impérieux de son père. Elle baissa les paupières, la poitrine oppressée par son brutal émoi.

— Pourquoi moi ? souffla-t-elle, la voix tremblante d'angoisse.

— Pourquoi pas vous ? répliqua-t-il sèchement.

Il s'éloigna de la jeune fille livide dont les immenses yeux saphir s'embuaient de larmes. Il n'était plus temps de céder à l'attendrissement désormais. Il détourna le regard, admira le cachet de cire rompu, signe de sa bonne fortune. Il déplia la missive reçue une heure auparavant, relut avec orgueil la proposition insolite, il le reconnaissait volontiers.

Ainsi donc, le duc de Dartford demandait une faveur à un petit hobereau de campagne ?

« Monsieur,

En tant que très bon ami de la comtesse de Bradbury, permettez-moi de vous adresser une requête qui nous l'espérons vous satisfera, tout comme elle trouve son plein agrément de notre côté. Lady Suzanne nous apprend les difficultés que vous traversez depuis quelques mois, vous et votre famille. Nous en sommes navrés, croyez-le bien.

Qui plus est, notre amie vous porte en grande estime et ne tarit pas d'éloges sur l'éducation parfaite que votre défunte épouse, Lady Margaret a prodigué à vos enfants. Elle m'a cordialement vanté les charmes de votre aînée, ainsi que sa dignité et son caractère docile. Notre chère comtesse ne peut se résoudre au sort qui hélas, est réservé à votre fille étant donné vos empêchements à la nantir. Nous reconnaissons la difficulté de trouver un mari convenant à son rang sans dot. Nous concevons sans mal que l'éducation prodiguée à vos garçons engloutit une grande part des revenus de votre domaine et ne peut vous permettre d'extravagance pécuniaire pour trouver un époux pour vos filles.

Nous nourrissons nous-même le vœu de nous remarier pour donner une descendance au duché de Dartford.

La comtesse de Bradbury affirme votre aînée solide et bien faite sans qu'elle montre pour autant une stupidité ou une frivolité de mauvais aloi. De plus, son âge représente sans doute un frein à des propositions sérieuses de la part de jeunes hommes désireux de fonder une famille, mais, pour notre part, cela nous convient. Elle correspond en tous points à ce que nous recherchons pour assurer la continuité de notre lignée.

Nous nous permettons donc de vous écrire pour solliciter la main de votre fille, Esmée, Élisabeth, Emily-Jane, dont nous sommes certains qu'elle consentira à notre demande.

Nous aimerions que l'affaire se conclue rapidement avant que nous ne soyons contraints de retourner à Londres pour la session parlementaire.

Dans l'attente de votre réponse, veuillez agréer, monsieur, nos distinguées salutations.

Percy, Édouard, Charles Stanton, duc de Dartford. »

Comment refuser un si beau parti ?

Le comte gonfla la poitrine avec fierté, observa sa fille aînée affalée dans le fauteuil.

Bien faite et solide, s'enorgueillit-il d'avoir engendré huit rejetons que beaucoup lui enviaient.

Sa chère disparue lui avait donné une progéniture digne de leurs aïeuls et dix grossesses n'avaient jamais abattu la femme robuste qu'il avait épousée vingt-cinq ans auparavant. Margaret avait porté chacun de leurs enfants avec courage, sans se plaindre, geindre ou souffrir de vapeur comme bon nombre de femmes de leur milieu. Une fois de plus, il se félicita que l'écart de conduite de l'arrière-arrière-grand-père de Margaret lui permette aujourd'hui d'obtenir une telle faveur d'un homme influent et réputé possédant l'un des domaines d'Angleterre les plus prospères. Il sourit, amusé que l'ascendance paysanne de son épouse apporte à sa maison l'honneur d'être remarqué par le duc. Cependant, il se garderait de dévoiler ce secret familial à qui que ce soit. Plus personne ne se souvenait de l'histoire rocambolesque du vieil Artémus Montgomery. L'aïeul de Margaret troussait les servantes et plus encore la nourrice du château, une belle fermière à la mamelle gironde. Sans qu'il s'en doute, le bâtard né de ces amours coupables avait remplacé son fils mort-né. Sa femme, une pauvre créature chétive et maladive, issue d'un cousinage proche avait « volé » le bébé de la domestique, offrant ainsi à la jeune paysanne et à son enfant une place de choix dans sa maison. Le sang neuf apportait à leur lignée fragilisée par la consanguinité une vigueur jamais démentie depuis ce jour. Où d'autres familles engendraient des êtres malingres, sa progéniture brillait par sa robuste constitution. Certes, Esmée manquait de carrure, mais sa solide santé et son caractère docile répondaient à ses attentes et désormais à celle d'un duc.

— Père ! Je ne peux pas partir. Les petits réclament mes

bons soins. Comment ferez-vous sans moi ? gémit Esmée en se tordant les mains.

— Ne vous occupez point de ce détail. Ne voyez-vous pas la chance que vous offre Sa Seigneurie ? À votre âge, votre mère, paix à son âme, m'avait donné trois beaux enfants. Il est temps pour vous de trouver un époux et le duc nous honore par sa demande. Vous seriez bien ingrate de refuser un tel parti. D'ailleurs, j'ai répondu favorablement en votre nom.

— Père !

— Je pense à votre bien, ma chère petite. Vous arrivez à un âge où, hélas, peu de maris convenables se présentent. Préférez-vous terminer comme gouvernante dans une maison à peine digne de votre rang ? ironisa-t-il avec dédain.

— Mais… murmura Esmée, désemparée par la remarque désobligeante de son père.

— Il n'y a point de « mais » qui tient. Hâtez-vous et préparez vos bagages. Le duc souhaite que cette union soit conclue avant son départ pour Londres. Il occupe une importante charge au parlement et doit certainement gérer maintes affaires pour maintenir sa position.

— Londres ? hoqueta Esmée.

— Oui, ma fille. Londres ! Réjouissez-vous de votre bonne fortune. Des dizaines de filles prieraient pour qu'un homme de sa trempe pose un regard sur elles et leur offre son nom. Le duc de Dartford gratifie notre famille en vous choisissant parmi tant d'autres. Montrez-vous reconnaissante de cet honneur et agissez comme une femme et non une girouette ! s'agaça le comte. Hâtez-vous !

D'un geste de la main, il la congédia, le visage empreint d'une sévérité inhabituelle. Esmée le fixa, hébétée.

Il la préférait à ses frères et sœurs et pourtant il la sacrifiait ?

— Ouste ! la chassa-t-il à nouveau, irrité par sa passivité.

Esmée se leva, les jambes en coton, se traîna vers la porte de la bibliothèque avec autant de dignité que possible. Les frôlements derrière le huis l'avertirent que dans moins d'un quart d'heure tout le personnel connaîtrait son infortune. Elle ouvrit le battant, entrevit au coin du couloir la jupe cramoisie qui disparut en une seconde. Elle s'adossa au mur, les paupières serrées sur ses larmes amères.

Pourquoi elle ? se lamenta-t-elle de ce désastre.

Aussitôt, le visage d'Andrew lui apparut dans toute la splendeur de sa jeunesse, sa voix douce et tendre résonna à son oreille. Peu importait qu'il manquât de biens, de noble sang ou que sa charge de pasteur lui apporte un maigre revenu ; elle l'aimait, lui et aucun autre.

Les larmes roulèrent sur ses joues glacées. Ses lèvres tremblantes se serrèrent sur ses sanglots étouffés. Le bruit de pas au bout du corridor la chassa vers l'escalier qu'elle grimpa jusqu'à sa chambre. Elle se jeta sur le lit, enfouit son visage dans l'oreiller de plume, pleura sans retenue sur ses espoirs fracassés. Après quelques minutes de désolation, elle se redressa, une onde de révolte à l'esprit.

— Je ne me marierai pas avec ce duc ! Jamais !

Assise sur le lit, le regard encore brillant de larmes, sa détermination grandissait. À la vitesse d'un cheval au galop, un plan se forma sous son crâne.

Fuir !

Andrew ne refuserait pas de l'épouser, ils vivraient heureux comme ils en caressaient le rêve depuis des semaines tandis qu'ils se retrouvaient en secret près du presbytère. Personne ne la forcerait à s'unir à ce maudit duc.

— Qu'il périsse en enfer ! jeta-t-elle avec hargne.

Elle tira sur le cordon de la sonnette près de la tête du

lit, essuya ses larmes d'un geste rageur, une idée précise à l'esprit.

— Mademoiselle ? s'inquiéta Betty en découvrant la mine farouche de sa maîtresse.

— Aide-moi ! Sors mon habit d'équitation.

— Mais…

— Dépêche-toi, cela ne saurait attendre ! s'exclama Esmée en délaçant le corsage de sa robe.

— Oui, Mademoiselle.

La jeune fille s'inclina d'une petite révérence, se précipita vers l'ancien coffre aux ferrures ternies, y récupéra la tenue réclamée.

— Que croit-il donc, siffla Esmée, les yeux flambants de colère.

— Qui, Mademoiselle ? demanda Betty avec curiosité.

— Ce maudit duc. S'il pense arriver ainsi à ses fins, il se trompe, maugréa Esmée, le front plissé par la réflexion.

Dartford. Ce nom lui sembla connu sans pour autant qu'elle se rappelle avec précision les circonstances d'une possible rencontre.

L'avait-elle déjà côtoyé ?

Non, décréta-t-elle.

Elle s'en souviendrait. Sa mémoire engrangeait de nombreuses informations, à part ce qui touchait aux faits et gestes des hauts personnages de leur monde. Elle ne prêtait guère attention aux ragots colportés par ses amies plus intéressées par la fortune ou des charmes de leurs éventuels prétendants que par leur probité ou intelligence. Un point sur lequel elle-même ne transigeait pas. Andrew répondait en tous points à ces vœux et elle appréciait leurs longues conversations érudites dont elle gardait toujours des souvenirs émus et enchanteurs.

Qui mieux que lui, lui apporterait le bonheur ?

— Personne, murmura-t-elle, le cœur battant à la pensée d'être séparée d'Andrew.

Le comte prisait fort la compagnie du révérend, le félicitait de ses homélies et l'invitait souvent à partager leur repas dominical. Esmée y voyait une manière discrète d'inciter le jeune homme à se déclarer. Certes, les revenus de la cure se révélaient maigres, mais Esmée rêvait d'un mariage où le respect, la tendresse et la complicité valaient toutes les fortunes de la terre. Il n'existait pas en ce monde plus belle richesse que celle d'un cœur aimant, et le sien débordait d'un attachement sincère pour Andrew.

Avec fébrilité, Esmée noua le col haut sur sa gorge, boutonna la veste cintrée à la taille et s'assit sur le lit, le temps que Betty la chausse des bottes empruntées à Richard et beaucoup plus confortables pour monter à cheval.

Comment son père pouvait-il la contraindre à épouser un parfait inconnu ?

Sotte ! pensa-t-elle.

Mieux que tout autre, elle mesurait les difficultés où le comte se débattait depuis une bonne année. Le rude hiver suivi d'un printemps guère plus propice avait durement éprouvé les métayers du domaine. L'épidémie dans le troupeau de moutons avait aggravé leur situation, tout comme les mauvaises de récoltes de l'été passé. Depuis des mois, les restrictions diverses gâtaient leur vie. Elle-même gérait la maison et la domesticité en jonglant avec le peu de moyens que lui fournissait son père. Si un duc l'épousait, le blason du comte de Brooke reprendrait des couleurs et leurs amis, distants depuis des semaines, retrouveraient le chemin du château familial. Dans l'esprit de son père, un pauvre révérend ne pesait guère face à un duc, tandis que dans le sien, un duché n'avait rien de reluisant, quel que soit son faste ou sa réputation. C'était bon pour Mary-Jane de rêver d'éclat et de célébrité. Esmée se figea, une nouvelle idée en tête. Voilà qui résoudrait son affaire.

Pourquoi n'y avait-elle pas pensé plus tôt ?

En quelques secondes, elle évalua le pour et le contre, y trouva de judicieux avantages et se jura de convaincre son père du bien-fondé de sa proposition.

— Betty, dis à Mary de préparer un cuissot de mouton pour le dîner. Qu'elle se rende à la ferme des Crow et rapporte de la crème et des framboises du verger, ordonna-t-elle.

— Mais, Mademoiselle, ce n'est pas dimanche ! s'étonna Betty.

— Disons qu'aujourd'hui, c'est jour de fête, prétendit Esmée. Va, dépêche-toi !

D'un geste autoritaire, Esmée chassa la jeune fille. La mine résolue et un pétillement de contentement à l'esprit, elle se tourna vers le miroir de pied, épingla solidement le chapeau à voilette sur sa chevelure brune. Après tout, ce soir, l'annonce des fiançailles de Mary-Jane avec ce maudit duc réjouirait la maisonnée. La parcimonie des derniers mois inquiétait le personnel. Les rumeurs s'étendaient au-delà du district voire du comté et cela desservait leurs relations ou réclames de crédit auprès des commerçants. Au fil des mois, les invitations s'amenuisaient, les excuses embarrassées de leurs amis répondaient désormais à leurs propres demandes, même pour un thé.

Sans attendre, elle se rendit à l'écurie, pressa Tom de seller sa jument.

— Dois-je vous accompagner, Mademoiselle ? interrogea le palefrenier d'un ton respectueux.

— Cela ne sera pas utile. Nous allons simplement nous dégourdir les jambes autour du château, prétexta-t-elle en souriant.

L'homme haussa les épaules, s'empressa de préparer la monture pendant qu'Esmée échafaudait son plan pour convaincre son père. Si nécessaire, Andrew lui prêterait main-forte et, elle l'espéra de tout son cœur, expliquerait à quel point elle demeurait indispensable à Brookfields pour élever ses frères et sœurs. À six ans, James montrait déjà un caractère frondeur et indépendant qu'aucune gouvernante ne dompterait sans avoir recours au châtiment. Esmée réprouvait de tels expédients à l'égard d'un enfant. Cependant, elle usait de fermeté ou de douceur en fonction des circonstances, et remettait sur le droit chemin ses frères et sœurs si cela s'avérait indispensable.

Depuis la disparition de sa mère, elle s'occupait de l'éducation des cinq cadets encore au manoir. L'année précédente, Charles et Richard avaient rejoint l'école militaire de Brighton pour faire leurs classes et servir sous les drapeaux comme le souhaitait leur père.

Du haut de ses vingt-deux ans, Charles envisageait de partir pour les Indes pour servir sa patrie et assouvir ses désirs de voyage. Le comte freinait l'ambition de son fils aîné pour le garder près de lui. Hélas, les aléas de fortune de leur famille réduisaient les possibilités d'un beau mariage destiné à asseoir la position de Charles. Richard, quant à lui, supportait mal le choix paternel de lui imposer l'armée comme seul avenir. Son jeune frère se passionnait pour la politique, revendiquait haut et fort son droit à décider de sa future carrière. Les frictions entre le fils et le père créaient des conflits qu'Esmée apaisait du mieux qu'elle pouvait. En tant qu'aînée de la progéniture Brooke, elle assumait auprès de ses frères et sœurs la difficile tâche de les guider.

Par tous les moyens, elle tentait de ressembler à leur défunte mère, non par obligation, mais par une volonté farouche de transmettre aux plus petits l'amour qu'elle avait reçu lors de son enfance. Exemplaire, cultivée, douce et forte à la fois, Lady Margaret représentait pour sa fille l'image parfaite de l'épouse et mère telle qu'elle désirait le devenir à son tour. Aux côtés d'Andrew, elle savait ce rêve possible. Que son père veuille détruire sciemment son avenir la révulsait.

Tout cela parce qu'un duc réclamait sa main ?

Quelle hérésie !

Pour rien au monde, elle ne plierait face à cette dictature, quelles que soient les menaces de représailles. Elle comprenait l'empressement du comte à souscrire à ce marché de dupe. Son mariage apporterait une nouvelle respectabilité à leur famille et son alliance avec un haut personnage consoliderait leur position bancale auprès de leurs amis ou créanciers.

Son futur époux était-il honorable au moins ?

Esmée fouilla dans sa mémoire à la recherche d'informations à propos de Dartford. Elle soupira, agacée de n'avoir pas porté plus d'attention aux commérages de Mary-Jane passionnée par les frasques de la bonne société ou de tout ce qui se tramait à Londres.

Pourquoi elle ? se demanda-t-elle avec inquiétude.

Où avait-elle pu le rencontrer pour que, tout à coup, il jette son dévolu sur elle ? L'avait-il trouvée jolie au point de désirer la prendre pour femme, était-il tombé sous son charme sans même qu'elle s'en doute ?

Aucun jeune homme croisé aux réunions mondaines où elle avait été invitée n'avait montré de l'intérêt à son égard.

Jeune homme ? se posa-t-elle la question avec perplexité.

Comme le lui reprochait son père, à vingt-quatre ans, elle représentait un lot peu attrayant pour un prétendant jeune et bien mis. Par contre, pour un vieux décrépi, elle devenait un morceau de choix, plus encore si une ribambelle d'enfants pesait dans la balance. Elle frissonna en imaginant le duc semblable au vieil Art Marsh, l'homme le plus odieux et libidineux qu'elle connaisse. La manière dont il lorgnait son décolleté ou la détestable façon dont il frôlait ses hanches l'insupportait. Elle préférait entrer au couvent pour le reste de ses jours plutôt que subir les attouchements de ce monstre.

Pouvait-elle jeter Mary-Jane dans les bras du duc pour se soustraire elle-même à cette horreur ?

Les conjectures s'emmêlaient dans son cerveau. La migraine enserrait son crâne dans un étau douloureux.

La lettre !

Pourquoi n'avait-elle pas exigé de lire la missive envoyée pour tenter de percer à jour les raisons de la démarche du duc ?

— Mademoiselle ?

L'arrivée de Tom et de sa jument sortit Esmée de ses réflexions brouillonnes. Le jeune homme patientait au pied du montoir, le regard curieux fixé sur elle. Elle s'avança avec empressement, se mit en selle et talonna sa monture sans plus attendre. L'urgence la poussait à rejoindre Andrew.

Chapitre 2

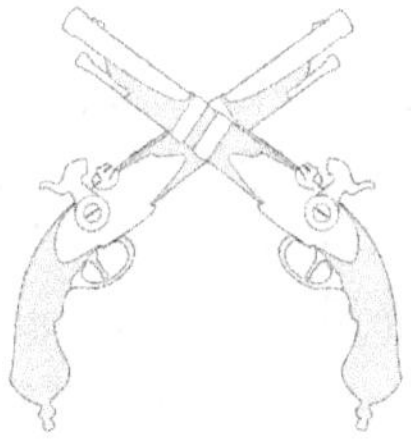

Esmée ralentit sa jument à l'approche du presbytère. Elle s'engagea dans la cour, les yeux rivés sur la porte close.

— Faites qu'il soit là, pria-t-elle le ciel d'exaucer son vœu.

Elle sauta à terre avec agilité, remit de l'ordre dans sa tenue chiffonnée par sa course rapide, puis elle s'avança vers le huis clos. Le lourd heurtoir résonna lugubrement à son oreille attentive aux moindres bruits venant de l'intérieur. Beth, la vieille servante dévolue au service du vicaire ne répondit pas malgré un deuxième coup plus énergique.

— Mon Dieu ! murmura-t-elle, affolée de ne pas

trouver Andrew au logis.

Était-il parti pour quelques jours chez sa mère ou en visite à des paroissiens fortunés qui le gardaient pour le dîner, une chasse ou autre distraction ?

Sans le soutien de celui qu'elle considérait comme son fiancé, la situation s'aggraverait très vite. Malgré la tendresse qu'il lui portait, son père l'engagerait à honorer la demande à laquelle il avait répondu favorablement. Elle attendit une minute, s'empara à nouveau du heurtoir de bronze, le claqua de toutes ses forces, une révolte à l'esprit.

— Esmée ? entendit-elle dans son dos.

Elle se retourna, surprise et enchantée de découvrir Andrew debout à l'entrée de la cour.

— Andrew ! soupira-t-elle, soulagée par sa présence.

Elle se précipita vers lui, lui abandonna ses mains glacées qu'il serra tendrement. Le regard bleu azur pétillant de jovialité la réconforta aussitôt.

— Avions-nous rendez-vous, ma chère amie ?

— Non. Cependant, la situation est très grave et je ne savais point vers qui me tourner pour prendre conseil, murmura-t-elle, d'une voix tremblante.

Malgré ses gants, elle percevait la chaleur des paumes d'Andrew sur ses doigts. Son émoi physique grandissait sous le regard cordial posé sur elle. Elle sentit la rougeur envahir ses joues, son cœur battre plus vite dans sa poitrine, ses jambes flageoler.

— Ma mie ! se précipita-t-il pour la retenir.

Il la saisit par la taille, la guida avec prévenance vers le banc collé au mur d'enceinte du presbytère, l'incita à s'y asseoir avant de s'agenouiller à ses pieds.

— Que se passe-t-il ? Votre père ? s'inquiéta-t-il, les sourcils froncés.

Esmée secoua la tête de droite à gauche. Sa gorge serrée par l'émotion lui interdisait toutes paroles. De plus, les doigts d'Andrew sur la peau nue de ses poignets la troublaient intensément aujourd'hui. Elle admira les traits à la douceur poétique, le front coupé par une ride prononcée, la chevelure blonde mi-longue attachée par un ruban de soie noire. Elle le jugea beau, racé, d'une allure noble et posée.

— Vous êtes glacée ! s'exclama-t-il. Rentrons, je vous préparerai un bon thé et vous m'expliquerez ce qui vous bouleverse autant.

Esmée se leva à demi, prit tout à coup conscience de l'inconvenance de son attitude si elle suivait Andrew chez lui sans la présence de la servante ou du valet.

— Où se trouve Beth ?

— Elle fait quelques emplettes au village avec Sam. Ils ne nous dérangeront pas, lui sourit-il gentiment.

La bienséance interdisait à Esmée de pénétrer dans la maison d'un célibataire. Si quelqu'un les surprenait, sa réputation serait ternie à jamais. Certes, depuis quelques semaines, ils se retrouvaient discrètement à l'arrière du presbytère dans l'ancien cloître déserté par les fidèles. Ils se promenaient, discutaient de leurs lectures, abordaient leurs tracas ou leurs petits bonheurs. Chacun apportait un livre en guise d'excuse et prétendait échanger les ouvrages à l'intention du comte. Andrew aimait l'entretenir de sa charge de pasteur, la sollicitait pour des conseils. Elle s'enorgueillissait de lui fournir du réconfort ou un soutien moral. Ses sentiments à l'égard du jeune homme se révélaient d'une clarté limpide ; elle l'appréciait en tant qu'homme et pasteur, se le figurait sans mal comme futur époux. Pour le moment, il ne s'était ni déclaré ni n'avait effleuré le sujet, mais les gestes enveloppants, la manière délicate d'embrasser sa peau à la limite de son gant, les regards fixés sur ses lèvres parlaient pour lui. Tous les soirs, elle revivait avec émoi ces instants enchanteurs, imaginait les lèvres sur les siennes, les bras autour d'elle.

À ces pensées, son corps s'échauffait inexplicablement, son cœur s'emballait, elle se sentait toute chose, revoyait Betty troussée par le valet de pied dans le cellier, s'affolait des idées impies qui la bouleversaient au cœur de la nuit.

L'année de ses seize ans, sa mère l'avait mise en garde sur les dérives passionnées, les troubles de la concupiscence, les désirs lubriques des hommes ou l'humiliation d'être engrossée en cédant au démon de la chair. Esmée connaissait les risques d'un comportement immature ou irraisonné, le rejet, la honte, la descente aux enfers des filles fautives. Elles seules portaient le poids de l'opprobre et subissaient les conséquences d'un acte irréfléchi. Pourtant, sa curiosité se teintait d'une excitation décadente lorsqu'elle imaginait Andrew lui apprendre les choses de l'amour. Qu'un autre la touche la révulsait. Cependant, garder ses distances prouvait à Andrew sa dignité et son sérieux.

— Je préfère rester dehors. L'air frais me fera du bien, déclara-t-elle en lui souriant.

— Ne craignez-vous pas d'attraper froid ? Vous êtes si pâle, s'inquiéta-t-il.

— Mon cher ami, le froid n'a rien de désagréable en comparaison de la nouvelle que je viens d'apprendre.

Andrew se redressa, la dévisagea un long moment, un léger tic au coin des lèvres.

— Que vous a-t-on signifié ?

— Mon père décide de me marier, lâcha-t-elle sans préambule.

— Vous marier ?

La mine stupéfaite d'Andrew, son regard incrédule réconfortèrent Esmée. Elle y vit un espoir, son cœur battit plus fort dans sa poitrine oppressée par l'angoisse. Les larmes de soulagement perlèrent à ses paupières. Elle récupéra son mouchoir de dentelles dans la manche de sa veste, tamponna le coin de ses yeux.

— Qui est l'heureux élu ? demanda-t-il d'une voix éraillée.

— Un duc. Je ne le connais même pas ! s'insurgea-t-elle.

Andrew recula d'un pas, détourna la tête et fixa sans les voir les rosiers décharnés par l'hiver.

— Il a envoyé sa requête à père par lettre sans prendre le soin de m'instruire de sa proposition. N'est-ce point indélicat de sa part ? tenta-t-elle d'arracher un mot au jeune homme pétrifié sur place.

Le silence d'Andrew l'inquiétait. Qu'il ne proteste pas, ne se jette pas à ses pieds en criant à l'injustice la perturbait. Son côté romanesque souffrait d'une profonde déception, mais sa raison appréciait sa dignité face à l'épreuve qu'ils traversaient.

— Sous prétexte qu'il possède un titre, il se croit tout permis ! se plaignit-elle d'un ton chagrin.

— Un duc, dites-vous ?

— Le duc de Dartford.

Andrew se tourna vers elle avec brusquerie.

— Percy Stanton ? murmura-t-il entre ses dents.

À sa mine ahurie, Esmée comprit que le prétendant approuvé par son père ne répondrait en rien à ses propres aspirations.

— Le connaissez-vous ?

Il hésita quelques secondes, hocha la tête, le visage soudain renfrogné.

— Je l'ai rencontré à Londres. De nombreuses jeunes filles de très bonnes familles accepteraient sa demande dans la seconde. Il vous accorde là un très grand honneur, Esmée.

— Je ne veux pas ! s'écria-t-elle, désemparée par son ton paternaliste.

Qu'il capitule sans se battre la secouait rudement. Son espoir s'effondrait, mais un sursaut de révolte la fit se redresser.

— Ne pas vouloir n'a aucune importance avec un tel homme, affirma-t-il avec dureté.

— Que voulez-vous dire ? souffla-t-elle, anéantie par les mauvais présages qu'elle voyait s'amonceler au-dessus de sa tête.

Andrew s'écarta, s'immobilisa le dos tourné. Le cœur serré d'angoisse, Esmée perçut sa capitulation alors qu'elle espérait qu'il se batte pour elle.

Comment pouvait-il renoncer au bonheur à la première difficulté ?

Esmée s'épouvanta du piège tendu par son père, de son avenir dramatique auprès d'un homme pour qui elle ne ressentirait jamais d'amour ni même de tendresse comme elle en éprouvait pour Andrew.

— Le duc de Dartford est issu d'une des plus vieilles familles de l'aristocratie de haut rang et compte dans sa parentèle d'illustres personnages. Vous comprenez que refuser sa demande représente un affront inenvisageable, surtout dans votre position.

— Ma position ? bredouilla Esmée.

— Personne dans le comté n'ignore les difficultés que votre famille traverse. Un tel honneur de la part de Sa Seigneurie ne peut être négligé. Où l'avez-vous rencontré ?

— Je vous l'ai dit ! Je ne l'ai jamais croisé de toute ma vie !

— Pourtant…

Il se retourna, la détailla des pieds à la tête, les yeux plissés par la réflexion et une pointe de suspicion. Elle s'empourpra sous son examen appuyé, redressa le menton avec fierté.

— J'ignore la raison de sa demande et je n'ai jamais rencontré ce monsieur, rétorqua-t-elle, d'un ton mesuré.

— En êtes-vous certaine ? On le dit très soucieux de

son rang. Vous épouser n'est pas… commença-t-il avant de se taire, une légère rougeur au front.

Esmée fronça les sourcils, blessée par l'allusion qu'il retenait, mais dont elle percevait la nature : « Vous épouser n'est pas digne de sa position ». Elle ne niait pas le fait et se demandait comment un homme, qu'Andrew qualifiait d'arrogant et imbu de sa haute condition, pouvait désirer l'épouser, elle, la fille d'un comte déchu ou presque. Le mystère s'épaississait et l'angoissait. Dès son retour, elle exigerait de lire la lettre reçue pour y trouver des indices ou comprendre cette situation ridicule.

Pour le moment, convaincre Andrew d'agir pour leur bien à tous les deux demeurait sa seule ambition. Elle se leva, s'approcha et posa la main sur la manche du manteau de laine.

— Je vous assure que jamais de ma vie je n'ai eu affaire au duc de Dartford, Andrew. Je vous supplie de me croire. Je ne nourris aucune envie de l'épouser, insista-t-elle.

— Peu importent vos désirs. Une proposition de ce genre ne se décline pas, surtout vis-à-vis de Sir Percy. Il… Andrew se tut un court instant. Devenir duchesse de Dartford représente pour vous une belle ascension et l'assurance d'un avenir très favorable pour vous et votre famille.

— Je ne veux pas ! s'énerva-t-elle face à la passivité de celui dont elle espérait tant.

— Quelle importance que vous le souhaitiez ou non ? Le domaine des Stanton dans le Kent rivalise avec les résidences de la Couronne et génère des revenus faramineux que beaucoup jalousent. Sa position enviable au Parlement fait de lui un personnage influent et il sait jouer de son prestige. Que désirer de plus, Esmée ?

— L'amour !

Andrew la dévisagea, un sourire désabusé aux lèvres.

— Ne vous bercez-vous pas d'illusions ? Les

sentiments représentent bien peu face aux aléas de la vie. Ils ne résistent guère lorsque l'existence se charge de vous ramener à la raison.

— La raison ? Croyez-vous qu'épouser un homme pour qui je n'entretiens que dégoût et mépris soit sensé, alors que… je vous aime ? lança-t-elle comme un appel à l'aide.

Accrochée à la manche d'Andrew, le visage levé vers lui, elle le suppliait du regard, les joues brûlantes de son aveu. Retenir plus longtemps les mouvements de son cœur se révélait impossible dans de telles circonstances. Le jeune homme se redressa, la bouche tordue par une raideur compassée, les traits brouillés par l'embarras.

— M'aimez-vous ? se rapprocha-t-elle à le toucher.

La réserve soudaine du révérend, son air troublé ébranlèrent Esmée.

Avait-elle rêvé leur entente ? Avait-elle présumé de l'attachement d'Andrew ? Qu'espérait-il d'elle en acceptant de la rencontrer si souvent à l'abri des regards indiscrets ?

— Comprenez bien, Esmée, j'éprouve de tendres sentiments à votre égard. Je le reconnais. Cependant, la vie m'a appris que laisser parler son cœur rapporte bien peu et rarement de quoi vivre dignement. Regardez cette maison ! Elle transpire la pauvreté et mes revenus ne me permettent pas d'entretenir une femme ! s'emporta-t-il.

— Pourquoi m'avez-vous laissé croire que… ? murmura-t-elle anéantie par ce qu'elle entrevoyait avec stupeur.

— Par faiblesse, s'exclama-t-il d'un ton gêné.

D'un mouvement brusque, il dégagea son bras, s'éloigna de quelques mètres pour rompre l'illusion que stupidement Esmée chérissait depuis des semaines.

Par faiblesse. Les mots d'Andrew sonnèrent aux oreilles d'Esmée tel le glas de ses espérances.

— Expliquez-vous, le somma-t-elle de répondre, la voix

assourdie par le chagrin.

Il fit trois pas, revint vers elle, le visage marqué par l'indécision et ce qui ressemblait fort à du remords.

— Esmée, comprenez-moi ! la supplia-t-il d'un ton doux.

Il tenta de saisir ses mains, mais elle recula contre le banc, s'y laissa choir lourdement. Hébétée par sa déconvenue, elle attendait qu'il ouvre la bouche et avoue la cruauté de son comportement.

— Comme vous le savez, je pourvois au bien-être de ma mère et mes sœurs. Nous ne sommes pas riches et je ne peux envisager une union avec…

Il hésita à prononcer les mots qu'Esmée jugeait insultants : une famille désargentée, au bord de la ruine.

— Ma mère ambitionne pour moi une paroisse aux revenus confortables ou de contracter un mariage selon ses vœux. Elle s'est dévouée pour me permettre de poursuivre mes études. Je ne peux les abandonner ou les décevoir, expliqua-t-il en jouant de sa voix charmeuse.

Les mains serrées l'une contre l'autre, Esmée retenait ses larmes. Ses illusions se brisaient une à une, l'avenir qu'elle imaginait souriant disparaissait dans le brouillard de son chagrin. Elle se redressa, s'inclina d'une révérence rapide, se précipita vers sa jument.

— Esmée !

Andrew la rattrapa en deux foulées, la saisit par le bras et la retourna vers lui.

— Je vous en prie, mon amie, ne me gardez pas rigueur de mes actes passés. Vous êtes si charmante, murmura-t-il en caressant sa joue.

D'un mouvement brusque, elle se dégagea, le foudroya d'un regard dédaigneux.

— Tout est dit entre nous, Révérend. Je vous abandonne à vos œuvres, je dois préparer mes bagages. Monsieur.

D'un geste sec de la tête, elle le salua, puis se dirigea vers la jument qu'elle attrapa par la bride. Ses jambes la portaient à peine et elle ne voulait pas qu'Andrew perçoive à quel point il l'avait profondément blessée. Son orgueil la maintenait debout, droite et ferme. Elle sortit de la cour, plaça sa monture contre le muretin de granit, puis se hissa en selle sans qu'il tente un pas vers elle. La cravache claqua dans l'air, s'abattit sur la croupe de la pauvre bête. L'écart brusque de l'animal ramena Esmée à plus de mesure. Désormais, elle abandonnait la lutte et se plierait aux souhaits de son père.

Sur le chemin du retour, les sabots scandèrent les mots cruels qu'Esmée rabâchait : « je ne peux envisager une union avec vous, gourde naïve. Vous êtes pauvre et vieille ! ».

Sotte qu'elle était ! Elle se prétendait clairvoyante et intelligente et n'avait pas imaginé une seule seconde les motivations du jeune homme. À cause de son sacerdoce, elle le pensait au-dessus des autres hommes, peu enclin à céder à une attirance uniquement charnelle et coupable. Elle se trompait et percevait une réalité sordide, dégradante. Elle avait cru à son attachement sincère, sans se douter qu'il ne voyait en elle qu'un amusement.

À force de persuasion, de gentillesse ou de tendresse, n'aurait-elle pas succombé à ses avances ? s'effraya-t-elle de n'avoir pas deviné le piège tendu.

La nuit, n'imaginait-elle pas avec délice lui appartenir, connaître entre ses bras la volupté de l'amour si joliment décrit par les poètes ?

Elle se posa la question avec affolement, trembla de sa faiblesse coupable, de ses désirs indécents.

Plus jamais, je ne me laisserai prendre ! se jura-t-elle.

D'une main rageuse, elle essuya ses larmes, talonna sa monture et rentra au château par le plus court chemin.

S'enfermer dans sa chambre, pleurer sur son bonheur

massacré, se résigner occuperait le reste de son après-midi. Ensuite, elle préparerait son départ. Désormais, peu lui importait le prétendant. Son cœur fracassé ne battrait plus pour un homme ; seuls ses enfants recevraient sa tendresse. Puisque le duc souhaitait l'épouser, autant s'incliner, abandonner ses rêves de petite fille, construire pour les siens un avenir solide et leur éviter les déboires qu'elle traversait depuis l'insolite demande. Dès lors, son moral sombre s'accommoda du mariage redouté, un simple épisode malheureux dans sa vie qu'elle jugeait maintenant sans charme.

Sans dot, sans l'attrait de la jeunesse – comme le lui avait prédit son père – dès que le dernier de la famille quitterait le château, elle rejoindrait la cohorte des gouvernantes grises et ternes dont elle n'enviait pas la condition. Si elle s'obstinait dans cette voie, jamais elle ne connaîtrait la joie de serrer sur son cœur un enfant issu de sa chair. Ce sort représentait la pire des punitions pour la fille qui rêvait depuis toujours de fonder une grande famille aussi aimante que la sienne. Après un sursaut de révolte, Esmée se résigna.

— Espérons que ce soit un homme honorable, murmura-t-elle en entrant dans la cour de l'écurie.

Le reste lui importait peu.

Le trou au milieu de son cœur lui rappellerait l'inconstance des sentiments des hommes.

Chapitre 3

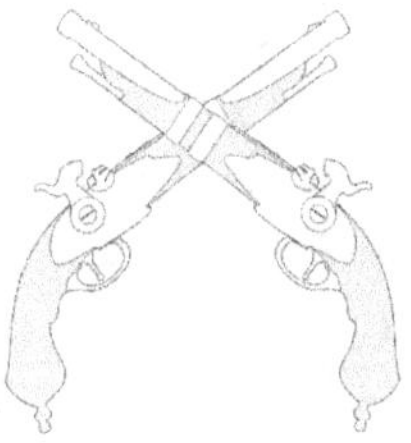

La main devant la flamme de la chandelle, Esmée descendait prudemment l'escalier en prenant soin de ne pas troubler le silence nocturne de la maison. Depuis des heures, l'insomnie la gardait éveillée et fébrile.

Au dîner, l'annonce officielle de ses fiançailles à la famille et aux domestiques scellait son destin. En découvrant le festin de fête, le comte s'était réjoui de son acceptation tacite alors qu'un dernier soubresaut de révolte secouait encore Esmée. Sa résignation tenait à un fil et s'effilochait plus vite que son vieux châle de soie. Son envie farouche de décliner la proposition du duc la gardait éveillée. Elle échafaudait des plans de fuite, listait les possibilités qui s'offraient à elle pour contrecarrer les projets de son père ou tout au moins se soustraire à la contrainte d'un mariage forcé.

Le duc tenait-il à elle en particulier, ou bien n'importe quelle fille de la famille Brooke lui conviendrait-elle ?

Mary-Jane se réjouissait de son union non sans montrer un brin de jalousie.

— Pourquoi elle ? avait demandé sa cadette au moment de l'annonce.

— Et bien… Sans doute parce que ta sœur fait preuve de maturité et s'accorde mieux au duc qu'une jeune écervelée, avait répliqué le comte, un léger embarras dans le ton.

Cette gêne infime perturbait Esmée. Aussi, après moult tergiversations, elle avait décidé de lire la lettre envoyée. Son père avait refusé de la lui montrer et elle en concevait une grande contrariété mêlée d'une angoisse sourde.

Qu'avait écrit son prétendant pour que le comte repousse sa demande légitime ? Le duc avait-il fait mention d'elle, expressément, ou bien avait-il simplement proposé d'épouser l'une ou l'autre des filles Brooke en âge de se marier ?

Du haut de ses seize ans, Mary-Jane aiguisait déjà l'appétit des jeunes hommes des environs. Jolie, pétillante, amusante et espiègle, sa cadette lui ressemblait peu et caressait des rêves de grandeur auxquels Esmée ne trouvait aucun charme. Tout à l'heure, campée devant son miroir de pied, elle avait contemplé son reflet sans y découvrir un attrait particulier ni cette pétulance dont Mary-Jane débordait. Très tôt, la charge d'aînée avait incombé à Esmée. À la mort de leur mère, elle avait naturellement pris les rênes de la maison ainsi que l'éducation des plus jeunes pour dégager son père de ce fardeau supplémentaire et terriblement turbulent. Son caractère posé lui permettait de gérer au mieux les tumultes générés par ses frères et sœurs à qui elle dédiait tout son temps et son énergie. Tout à coup, elle se sentait vieille, dépitée de n'avoir pas vécu la frivolité accordée à la jeunesse, ou expérimenté avec insouciance les premiers émois amoureux. Stupidement, elle avait pris pour argent comptant les attentions charmeuses d'un vaurien, avait supposé un heureux dénouement et elle se trouvait là, une bougie à la main avec l'intention de forcer le bureau de son père.

Une marche grinça, stoppa aussitôt sa lente descente. Esmée s'immobilisa, le cœur battant, un relent de frayeur et d'excitation à l'esprit.

Avait-elle une seule fois enfreint les règles ? Non, pas avant ce jour.

Elle étouffa son rire nerveux dans sa paume, poursuivit sa route vers le cabinet de travail. Le comte le verrouillait rarement et elle espéra trouver la lettre sans avoir à retourner la pièce et ainsi provoquer des soupçons. Elle préférait qu'il ne sache rien de sa désobéissance. Avec prudence, elle tourna la poignée, entrebâilla la porte. Le grincement lugubre résonna étrangement à ses oreilles. Le souffle court, elle écarta le battant, pénétra dans le bureau et repoussa le huis. À pas comptés, elle rejoignit l'imposante table de travail, s'installa dans le fauteuil haut, puis posa la chandelle pour éclairer sa fouille. Parmi les papiers soigneusement empilés, elle ne découvrit pas la lettre du duc malgré sa recherche minutieuse.

— Par Saint Georges, jura-t-elle, frustrée de ne rien trouver.

Elle ouvrit le premier tiroir, y dénicha des plumes, deux bouteilles d'encre, un pot de sable, du papier, un bâton de cire à cacheter. Le deuxième résista à sa curiosité. Elle insista, sans succès. Le grincement de la porte la figea sur place. Les yeux rivés sur l'obscurité que la chandelle perçait à peine, elle reconnut avec soulagement la visiteuse : Mary-Jane. Sa sœur entra en catimini, referma le battant et gloussa de voir la mine agacée de son aînée.

— Que fais-tu ici ? chuchota Esmée, perturbée d'être prise en flagrant délit d'effraction.

— Et toi ? rétorqua effrontément Mary-Jane.

— Ce ne sont pas tes affaires. Retourne te coucher !

— Certainement pas ! Dis-moi pourquoi tu es là, sinon, je le répète à Père, riposta Mary-Jane dans un murmure.

Esmée s'agaça de la perfide réplique, mais connaissant sa sœur, elle savait la menace réelle. Sa cadette n'hésiterait pas une seconde à la dénoncer pour en tirer un quelconque profit. Esmée soupira, montra la pile de papiers sur le coin du bureau.

— Je cherche la lettre du duc.

— Pourquoi ?

— Pour la lire ! s'énerva Esmée en secouant la poignée du tiroir fermé.

— L'as-tu trouvée ? s'approcha Mary-Jane, le regard pétillant de curiosité. Le duc de Dartford. Mon Dieu, quelle chance as-tu !

— Crois-tu ? marmonna Esmée entre ses dents.

Elle tenta une nouvelle fois d'ouvrir le tiroir, renonça, dépitée d'échouer à cause de la prudence inhabituelle de son père.

— Tu penses qu'elle est là ? chuchota Mary-Jane penchée sur le coin du bureau.

— Père ne les ferme jamais d'habitude.

— Peut-être a-t-il quelque chose à cacher ? Attends !

Mary-Jane récupéra le coupe-papier en argent, l'enfonça dans la serrure sous les yeux médusés d'Esmée.

— Voilà ! s'exclama la jeune fille en ouvrant le tiroir.

— Mary-Jane ! s'offusqua Esmée.

Le sentiment de culpabilité la traversa une seconde avant que la fébrilité de savoir efface ses remords. Après tout, son père la mariait sans lui demander son avis.

— Où as-tu appris à faire ça ?

— C'est Timmy. Il perd tout le temps ses clés et

ronchonne à chaque fois. Alors…

Mary-Jane haussa les épaules, un sourire mutin aux lèvres.

— Regarde ! souffla-t-elle, les yeux pétillants de convoitise.

— N'y touche pas, la gronda Esmée, elle aussi étonnée d'apercevoir une liasse de ces nouveaux billets de banque qui peu à peu remplaçaient les pièces de monnaie.

Esmée refusait de les utiliser pour payer les commerçants soupçonneux et toujours prêts à contester l'usage de ce papier qu'ils jugeaient sans valeur, et elle leur donnait raison. Esmée fouilla parmi les papiers soigneusement classés, écarta les courriers du notaire, découvrit enfin la lettre convoitée. La large enveloppe d'une grande qualité et décorée des armoiries en filigrane prouvait l'aisance de son expéditeur. Esmée sortit la délicate feuille de vélin, admira la surimpression du monogramme surmonté de la couronne ducale entourée de deux lions debout et d'une colombe en vol.

— C'est beau ! chuchota Mary-Jane.

Elle poussa Esmée et s'installa à ses côtés dans le fauteuil.

— Va te coucher, maintenant. Ce ne sont pas tes affaires, ordonna Esmée, impatiente de découvrir les mots de son prétendant.

— Tu vas épouser le duc de Dartford ! Je veux tout savoir !

À l'évocation de son union, Esmée frissonna. La réalité la rattrapait et les paroles de sa sœur ancraient en elle une sourde angoisse en lui rappelant ses obligations. L'année de ses seize ans, sa mère l'avait pourtant préparée à cette éventualité de mariage arrangé et les propos sages remontaient à sa mémoire avec netteté.

« Ma chérie, un jour, tu partiras pour fonder ta propre famille. Quelles que soient les circonstances, tu dois t'appliquer à rendre ton union heureuse, qu'elle te soit imposée ou non. Tu es jeune, ton esprit romanesque rêve d'un beau jeune homme dont tu tomberas amoureuse. Cependant, prends garde. La passion est éphémère et souvent source de dépit. Les véritables fondations d'une vie commune réussie sont le respect et la confiance mutuelle. J'ai épousé ton père à seize ans, après un arrangement entre nos familles et sans ressentir pour lui d'attachement. Néanmoins, nous nous sommes compris et il me rend heureuse tous les jours. J'ai appris à l'aimer parce qu'il a su combler mes attentes. Alors, laisse-moi te donner ces conseils : respecte ton mari et il t'estimera à ta juste valeur. Accorde-lui ta confiance, et ne fais rien pour détruire celle qu'il te portera. Les hommes agissent différemment de nous, car ils recherchent le pouvoir, la fortune ou la réussite de leurs ambitions, tandis que nous, nous rêvons d'un foyer chaleureux, de beaux enfants en bonne santé, d'une vie sereine. Soutiens ton mari dans l'adversité, sans te plaindre ou récriminer, sois forte pour deux si nécessaire. Mais sache aussi exprimer tes opinions si la situation l'exige. Montre-toi tendre et douce pour le réconforter, deviens son havre de paix et il n'aura d'autres envies que d'y revenir. »

Après la mort de sa mère, l'amour que son père portait à la disparue ne déclinait pas, elle le voyait. La mélancolie étreignait souvent le comte lorsqu'un mot, un geste ou un objet la lui rappelait. Il entourait ses enfants d'une affection décuplée malgré ses soucis, elle le concevait enfin. Esmée inspira lentement, calma son angoisse et se promit de répondre au mieux aux vœux de sa chère maman. Mary-Jane lui arracha la lettre des mains et la porta à la lumière de la chandelle.

— Monsieur, lut-elle à haute voix. Il a une jolie écriture, ferme, déliée et joliment tournée. À mon avis, c'est un érudit, prétendit-elle.

— Laisse-moi lire en paix !

D'un geste fébrile, Esmée repoussa sa cadette et récupéra le vélin fin. Elle admit la justesse de la réflexion de sa sœur. L'écriture haute, légèrement penchée sur le côté charmait l'œil par sa régularité. Mary-Jane s'approcha plus près et continua sa lecture.

— « En tant que très bon ami de la comtesse de Bradbury, permettez-moi de vous adresser une requête qui nous l'espérons vous satisfera, tout comme elle trouve son plein agrément de notre côté. » Très bon ami de la comtesse ? Crois-tu que cela soit exact ?

— Pourquoi pas ? La comtesse connaît à peu près tout le monde sur cette terre.

— C'est vrai. Même nous, elle nous connaît, soupira Mary-Jane avant de reprendre sa lecture. « Lady Suzanne nous apprend les difficultés que vous traversez depuis quelques mois, vous et votre famille. Nous en sommes navrés, croyez-le bien. » Elle ne manque pas de toupet de nous dénigrer de la sorte !

— Je suis certaine qu'elle souhaitait nous aider et non ajouter aux ragots à notre sujet, maugréa Esmée, embarrassée que leurs déboires soient étalés sur la place publique.

— Tout de même ! Quelle bavarde !

— J'en connais une autre.

— J'exprime mes opinions, s'offusqua Mary-Jane sans quitter la lettre des yeux. « Qui plus est, notre amie vous porte en grande estime et ne tarit pas d'éloges sur l'éducation parfaite que votre défunte épouse, Lady Margaret a prodigué à vos enfants. » J'ignorais que la comtesse nous appréciait autant, alors qu'elle ne donne plus de nouvelles depuis des mois.

— Elle souffre beaucoup de ses rhumatismes ; prendre la plume lui réclame de terribles efforts, répliqua Esmée.

— Bavarder ne lui en demande aucun ! Tu vas aimer la

suite ! gloussa Mary-Jane, les yeux pétillants de malice. « Elle m'a cordialement vanté les charmes de votre aînée, ainsi que sa dignité et son caractère docile. » Mon Dieu ! Il n'en dirait pas moins pour louer les qualités d'une jument. Caractère docile !

— Qu'as-tu à seriner là-dessus ? J'obéis aux ordres de père.

— Vraiment ? Même quand tu retrouves le bel Andrew au presbytère ? Sans chaperon ?

Esmée se figea, une onde de chaleur colora ses joues. La contrariété la submergea, augmentant en un instant son agacement déjà grand à la lecture des écrits peu flatteurs de son prétendant.

— Comment le sais-tu ? demanda-t-elle.

Elle ne niait pas, consciente qu'elle se tenait sur un baril de poudre. Si son père apprenait les libertés qu'elle s'accordait trois fois par semaine, il risquait fort de se fâcher, renoncerait à l'avantageux contrat proposé et ils sombreraient tous dans l'indigence par sa faute. La demande précise du duc ne lui laissait plus de doutes. Il désirait l'épouser elle, et non Mary-Jane. Pourquoi, restait un mystère à éclaircir, mais elle entrevoyait les raisons qui le poussaient à agir de la sorte sous l'impulsion de la comtesse. Un beau mariage sauverait leur famille et Lady Suzanne connaissait son abnégation en la matière. Pour eux, Esmée se dévouerait corps et âme. Ce jour arrivait et elle se résoudrait à cette union avec résignation.

— Je t'ai suivi pour découvrir pourquoi tu partais seule sans chaperon. L'aimes-tu ?

— Qui ?

— Andrew ! Qu'a-t-il dit en apprenant ton mariage ? chuchota la malicieuse, une étincelle de curiosité dans les yeux.

Découragée que l'espionne se montre plus futée qu'elle, Esmée soupira. Autant tuer dans l'œuf les idées romanesques de sa jeune sœur et éviter un drame à cause d'un bavardage intempestif.

— Il n'est point d'attachement entre nous. Nous apprécions simplement de partager nos avis de lecture ou de confronter nos opinions. De plus, il caresse d'autres ambitions que d'épouser une pauvre fille désargentée, déclara-t-elle d'un ton aussi détaché que possible.

Le cœur, lui, se tordait de douleur, tressautait un peu plus vite dans sa poitrine oppressée par son immense déception. La moue perplexe et l'air désolé de sa sœur ne consolèrent pas Esmée.

— À ton âge, toutes les filles sont mariées, asséna Mary-Jane. Que le duc veuille t'épouser représente une chance inouïe pour toi. Sinon, tu serais devenue comme Miss Billings ; aussi aigre que du vieux lait.

Esmée foudroya sa cadette d'un regard sévère, outrée par son peu de considération. Hélas, elle finissait par se rendre à l'évidence : la proposition tombait à pic et lui éviterait le triste sort que tous lui prédisaient.

— Voyons quelles raisons poussent monsieur le duc à demander ta main, poursuivit Mary-Jane. « Notre chère comtesse ne peut se résoudre au sort qui hélas, est réservé à votre fille étant donné vos empêchements à la nantir ». Oh ! Crois-tu qu'il fait acte de charité, uniquement pour faire plaisir à Lady Suzanne ?

Irritée par la question indélicate, Esmée récupéra la lettre sans répondre à Mary-Jane.

– « Nous reconnaissons la difficulté de trouver un mari convenant à son rang sans dot. Nous concevons sans mal que l'éducation prodiguée à vos garçons engloutit une grande part des revenus de votre domaine et ne peut vous permettre d'extravagance pécuniaire pour trouver un époux pour vos filles. » lut-elle à son tour, la voix éraillée par la rage.

— Il n'a pas tort, soupira Mary-Jane.

Dans les salons, les difficultés du comte couraient sur toutes les lèvres. De peur d'entacher leur réputation de nantis, leurs connaissances ne les invitaient plus. Déjà ses amies la regardaient avec méfiance et les jeunes hommes convenables tournaient les talons pour éviter de l'engager à danser.

Comment trouver un mari digne de ce nom si les prétendants fuyaient en découvrant qu'elle n'apporterait pas une guinée dans le ménage ? se lamenta Mary-Jane.

Maintenant qu'Esmée épousait le duc de Dartford, elle s'accommoderait fort de cette parenté prestigieuse et profiterait de sa nouvelle position privilégiée.

— Est-ce une raison de l'exprimer avec autant de dédain, s'offusqua Esmée, froissée de se sentir dévalorisée par cet individu. « Nous nourrissons nous-même le vœu de nous remarier pour donner une descendance au duché de Dartford. » Remarier ? s'exclama-t-elle, perturbée par cette nouvelle inattendue.

Quel âge avait-il donc ? s'effraya-t-elle de tomber dans un traquenard peu reluisant.

— Ne le savais-tu pas ? s'étonna Mary-Jane.

Les yeux rivés sur le profil éclairé par la lueur vacillante de la chandelle, elle observait son aînée avec intérêt.

— Pourquoi l'aurais-je su ? Nous ne nous sommes jamais rencontrés et je n'ai pas souvenance d'avoir entendu quoi que ce soit à son propos.

— Tu es bien la seule ! s'exclama Mary-Jane.

— Que veux-tu dire ?

— Au printemps de l'année dernière, tout le monde parlait de lui à Londres.

— Pour quelle raison ?

Esmée s'effraya que son futur mari soit un intrigant ou pire un débauché sans foi ni loi.

— Ne te rappelles-tu pas ? Il venait de perdre sa

femme. Mary Conrad n'arrêtait pas avec cette histoire !

— Et en quoi cela avait-il de l'importance ?

Mary-Jane fit la moue, embarrassée de rapporter des ragots dont sa sœur pourrait s'affoler. Elle, au contraire, trouvait ça excitant et mystérieux. Elle préféra taire l'affaire de peur que le projet échoue et qu'à nouveau elle soit désignée comme la pauvre fille du comte de Brooke.

— Aucune. Avec un tel parti libre, les demoiselles à marier se pavanent à qui mieux mieux et s'égosillent comme des rossignols. Le duc possède des atouts qui en séduisent plus d'une, gloussa Mary-Jane.

— Comment le sais-tu ?

— Mary ! Cet hiver, elle l'a rencontré à Londres et elle ne tarit pas d'éloges sur son élégance, son charme, sa galanterie sans faille. Toutes les filles se pâment sur son passage pour attirer son attention ! Et puis, il n'est pas si vieux et reste encore fringant.

— Qu'entends-tu par-là ?

La moue embarrassée de Mary-Jane alerta Esmée. Le tableau peint par sa sœur devenait flou et caricatural. Elle craignit le pire.

— Raconte ! insista Esmée pour lui tirer les vers du nez.

— Tu as de la chance d'épouser un tel homme, même s'il a dépassé les trente ans, certifia la commère.

Esmée respira plus librement, rassurée qu'il ne soit pas le vieux monsieur qu'elle imaginait depuis des heures. À trente ans, un homme se situait dans la fleur de l'âge, possédait une maturité appréciable et des envies différentes de celles d'un fougueux jeune homme. Il lui accorderait certainement du temps pour qu'elle s'habitue à sa nouvelle condition et n'exigerait pas, dès les premiers jours, de répondre à ses devoirs conjugaux. Le poids s'allégea sur ses épaules. Mary-Jane reprit la lettre.

— Oh ! Écoute. « La comtesse de Bradbury affirme

votre aînée solide et bien faite sans qu'elle montre pour autant une stupidité ou une frivolité de mauvais aloi. De plus, son âge représente sans doute un frein à des propositions sérieuses de la part de jeunes hommes désireux de fonder une famille, mais, pour notre part, cela nous convient. Elle correspond en tout point à ce que nous recherchons pour assurer la continuité de notre lignée », lut d'un trait Mary-Jane, la bouche arrondie par la crudité des propos.

Mary-Jane contempla sa sœur et le visage ciselé par l'irritation. La remarque désobligeante du duc cadrait peu à ce qu'elle détaillait avec attention.

Solide ? Imaginait-il une paysanne bien en chair, gironde et robuste ?

Il risquait fort d'être déçu en découvrant sa fiancée. D'une stature élancée, d'un maintien ferme sans mièvrerie, Esmée rivaliserait avec les beautés de Londres à moins de s'habiller autrement que de vieilles fripes démodées. La robe de chambre et la chemise ne cachaient pas les charmes évidents du corps épanoui dans toute la splendeur de sa jeunesse arrogante. La poitrine pleine haut perchée, la taille naturellement fine, la courbure des hanches rappelaient certaines statues grecques à la féminité exacerbée.

— Au moins, il est clair sur ses intentions, marmonna Esmée submergée par la rage.

Elle arracha la lettre des doigts de Mary-Jane, en continua la lecture d'une voix assourdie.

— « Nous nous permettons donc de vous écrire pour solliciter la main de votre fille, Esmée, Élisabeth, Emily-Jane, dont nous sommes certains qu'elle consentira à notre demande. Nous aimerions que l'affaire se conclue rapidement avant que nous ne soyons contraints de retourner à Londres pour la session parlementaire. »

— Esmée, tu vas à Londres ! s'extasia Mary-Jane, des

étoiles dans les yeux. Tu m'inviteras ?

— Nous verrons cela en temps voulu, décréta Esmée d'un ton sec. Maintenant, va te coucher, la repoussa-t-elle d'une main ferme.

— Esmée, je…

— Au lit !

Mary-Jane capitula, désireuse de ne pas contrarier celle qui bientôt lui ouvrirait les portes des plus fabuleux salons de Londres. Elle en rêvait. Elle sautilla vers la porte, l'ouvrit doucement, glissa un regard à celle qui repliait la lettre soigneusement.

Quelle chance elle avait !

Chapitre 4

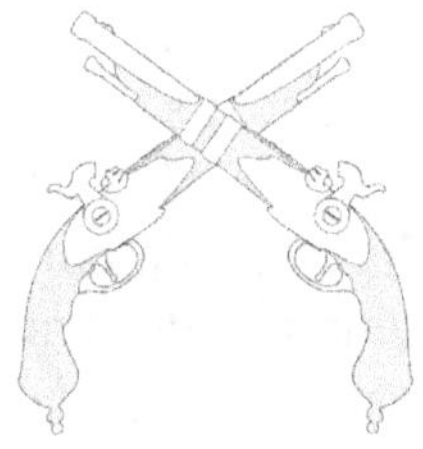

À Françoise, déjà inquiète pour Esmée

Le paysage verdoyant fait de collines, de bosquets, de prés délimités par des murets de pierres sèches défilait sous les yeux d'Esmée sans qu'elle y prenne garde. La lourde calèche avançait sur la route au rythme soutenu du trot des chevaux de poste. À marche forcée, le voyage durait depuis deux jours à peine, et bientôt elle arriverait à destination.

Deux jours.

Esmée serra les mains dans le manchon de fourrure, tenta de calmer son amertume et sa colère. Elle retint à grand-peine son ricanement, redressa le menton et détourna les yeux vers la portière. Les regards de Kate, sa nouvelle femme de chambre et de monsieur Killeroy l'incommodaient.

Mariée.

À nouveau, elle répéta ce mot étrange porteur d'angoisse ainsi que d'une révolte étouffée.

Mariée.

Elle remâcha sa rancœur à l'égard du duc, son désormais mari devant Dieu et les hommes bien qu'il n'ait pas daigné assister à ses propres noces. Tristes épousailles que cette cérémonie où présidait Andrew en tant qu'officiant. Un instant, elle avait espéré qu'il conteste son union, s'agenouille à ses pieds et la supplie de le pardonner. Au lieu de cela, il s'était empressé de la bénir, d'apposer la signature et le cachet de l'église sur la licence spéciale fournie par l'homme de confiance de Dartford les dispensant des trois semaines des bans et scellant ainsi son destin que tous prétendaient enviable.

À l'annonce de ses fiançailles, étrangement leurs amis avaient retrouvé le chemin de Brookfields. À tour de rôle, ils apportaient leurs vœux, tentaient de découvrir les raisons de ce brusque retournement de situation et s'extasiaient sur sa prestigieuse alliance. Cependant, derrière cette bonhomie un rien jalouse, elle avait pressenti un malaise. Malgré ses questions discrètes, elle n'avait obtenu aucune indication à propos de son prétendant. À part son veuvage, elle n'avait rien appris d'intéressant pour cerner le personnage devenu terriblement flou dans son esprit.

Qui était réellement le duc de Dartford ?

Elle n'en avait aucune idée. Monsieur Killeroy lui-même répondait évasivement à ses interrogations, lui souriait d'un air obligeant et s'éclipsait au plus vite. Au cours du voyage, elle avait à peine entendu le son de sa voix. Il prétextait des affaires urgentes à régler afin de se soustraire à la curiosité d'Esmée. Elle en concevait un profond agacement, se voyait reléguée elle aussi comme une « affaire » rondement menée par son impatient fiancé.

Pourquoi montrait-il autant d'empressement à l'épouser ?

Deux jours après la réception de la demande en mariage, une nouvelle missive arrivait à Brookfields pour annoncer les modalités de l'accord conclu entre le comte et le duc. Celui-ci n'avait pas daigné adresser un mot de reconnaissance ou un remerciement à Esmée ; elle se sentait de plus en plus comme une jument achetée sur une place de village.

« Bien faite et docile ».

Les deux qualificatifs insultants la poursuivaient nuit et jour. La substantielle rente annuelle octroyée par contrat confirmait son impression.

— Le duc t'accorde une grande preuve de confiance par ce geste, avait prétendu son père, la mine réjouie d'une si belle aubaine.

— Vraiment ? N'est-ce pas simplement le prix à payer pour s'acheter une… femme ? avait-elle lancé avec impertinence, retenant de peu le mot « jument ».

Étant donné le montant que certains gentlemen dépensaient pour s'offrir une bête de race, Esmée s'était sentie dévalorisée par la somme proposée pour son « acquisition ». Le duc la jugeait à peine digne de rivaliser avec sa cavalerie que l'on prétendait d'une qualité exceptionnelle.

— Esmée ! s'était offusqué le comte de sa remarque aigre. Lord Percy t'accorde un très grand honneur et tu devrais lui en être profondément reconnaissante. Bien peu de femmes peuvent se targuer d'obtenir de leur époux une rente de cet acabit, et cela uniquement pour leurs charités. Tu es libre d'utiliser à ta guise ce pécule personnel sans avoir à lui en rendre de compte. C'est exceptionnel, ma fille. N'oublie pas qu'il n'exige aucune dot de notre part et semble disposé à nous aider pour redresser le domaine. C'est un geste d'une très grande noblesse !

Esmée avait retenu une seconde remarque acerbe, avait baissé les yeux pour cacher à son père la montée brutale de son humeur révoltée.

Deux jours plus tard, à l'arrivée de l'émissaire du duc, elle s'était sentie encore plus mal à l'aise et insultée par l'absence de son dédaigneux fiancé. Pour le reste, monsieur Killeroy avait mené tambour battant l'affaire et moins de dix jours après l'incroyable annonce, un anneau d'or brillait à son doigt et la voiture aux portières ornées du blason de Dartford la conduisait vers sa destinée : triste et désespérément vide. Un mari aussi peu attentif à son épouse réclamerait uniquement son dû et s'empresserait d'oublier la jeune femme « bien faite et docile » pour courir se divertir à Londres ou ailleurs, selon son bon vouloir.

— Nous rendons-nous à Londres ? avait-elle demandé à monsieur Killeroy le jour de la cérémonie.

— Non, Votre Grâce. Nous retournons à Dartford où Sa Seigneurie vous attend.

— Je croyais que nous devions rejoindre la capitale sans délai ?

L'embarras de Killeroy et la manière dont il avait souri avaient prévenu Esmée qu'à nouveau les souhaits de son mari différaient de ce qu'elle imaginait.

— Lord Percy doit en effet regagner Londres au plus vite pour des affaires urgentes.

Le ton, la façon d'insister sur « Lord Percy » avisait Esmée que le duc ne désirerait pas qu'elle l'accompagne. Elle en ressentait un fort dépit et dans le même temps, un soulagement certain. Ainsi, elle n'aurait pas à supporter son époux ou ses demandes conjugales plus que nécessaire.

Une fois la jument saillie, l'étalon retourne à son écurie, ironisait-elle en elle-même.

La rente annuelle trouvait là son explication plausible : en l'assurant d'un confort pécuniaire personnel, le duc espérait ne plus devoir s'occuper d'elle une bonne partie de l'année. Nombre d'hommes de leur milieu agissaient de la sorte, abandonnant leur épouse légitime dans leur fief campagnard pour vaquer à leurs obligations londoniennes sans jamais leur laisser autre chose que la charge du ménage. Autrefois, Esmée jugeait ce genre de situation déplorable, surtout lorsque le mari baguenaudait à droite à gauche, entretenait maîtresses ou divers vices que les gorges chaudes rapportaient à la pauvre délaissée. Aujourd'hui, Esmée considérait l'affaire sous un angle différent et entrevoyait les avantages à en tirer. Tant que le duc ne la ridiculisait pas publiquement en s'affichant avec des catins, elle n'y trouverait rien à redire s'il lui accordait la liberté d'aller et venir à sa guise. Elle envisageait avec sérénité de revenir à Brookfields aussi souvent que possible lorsque le cafard la prendrait ou que l'envie de visiter sa famille la tenaillerait. Dès qu'un fils naîtrait, elle supposa que son époux déserterait Dartford au profit de son hôtel particulier à Londres que certains affirmaient plus somptueux qu'un palais royal. Se plier aux usages de la cour, recevoir les amis du duc, supporter la vie frivole de Londres ne l'enchantait guère. Elle préférait de loin une existence à la campagne à l'écart des folies de ce monde pour élever un enfant. Un seul point la chagrinait. Depuis des années, elle nourrissait l'espoir de fonder une famille nombreuse, mais les circonstances de ses épousailles l'incitaient à redouter cette aspiration. Supporter les assauts de son mari la révulsait et elle pria de tomber enceinte aussi vite que possible, même si cela impliquait de se plier au devoir conjugal le soir même. Elle frissonna, resserra sur sa gorge le col en fourrure de son manteau.

— Nous arrivons, madame, signala Kate.

— Vraiment ?

Esmée observa le paysage avec plus d'attention, entraperçut le vallon en contrebas où se nichait sa future demeure. Deux tours crénelées sortirent de la brume au détour du chemin, la masse imposante de la bâtisse élisabéthaine aux multiples clochetons, tourelles et enchevêtrement de logis impressionna fortement Esmée. Une vague de panique la saisit, l'air vicié de la calèche fermée augmenta son malaise.

— Arrêtez la voiture ! s'exclama-t-elle, la nausée au bord des lèvres.

Elle agrippa à deux mains la poignée de la porte, l'abaissa, prête à se jeter dehors.

— Madame ! s'écria Kate en la retenant.

Par la corne, monsieur Killeroy ordonna au cocher d'arrêter l'attelage. Esmée n'attendit pas le valet de pied et sauta à terre, la poitrine oppressée par la montée inexorable d'une terreur inconnue. Kate se précipita à sa suite.

— Madame, nous sommes presque arrivés, la réconforta la jeune camériste.

— Laissez-moi !

Esmée s'éloigna de quelques pas, inspira lentement pour écarter son malaise.

— Des sels ? proposa Kate en lui tendant un petit flacon d'argent.

— Non, ce n'est rien, la rabroua Esmée simplement désireuse de se retrouver seule un instant. Remontez en voiture.

— Madame ! s'offusqua Kate.

D'un geste de la main, Esmée la chassa sans ménagement.

— Madame, nous sommes attendus, prétexta à son tour

Killeroy à la portière de la calèche.

Le chemin boueux n'engageait pas à la promenade et il regardait avec embarras la jeune femme immobile au bord du fossé.

— Ils attendront, rétorqua Esmée, la rage des jours précédents à nouveau à l'esprit. J'ai besoin de marcher. Je ne vous retiens pas.

— Madame, Sa Seigneurie vous…

— Attendra, répliqua-t-elle d'un ton hautain. Je désire découvrir Dartford à ma façon. Partez !

Kate et Killeroy se jetèrent un coup d'œil dont Esmée comprit la teneur immédiatement. Ils désespéraient de ses mauvaises manières, mais elle n'en avait que faire. Reculer d'une dizaine de minutes la rencontre avec son époux lui permettrait de retrouver son calme. L'aborder ainsi, déstabilisée par l'incongruité de cette union, ne répondait pas à ses vœux. Elle se voulait forte, déterminée et non angoissée comme une enfant perdue. Elle se redressa, toisa avec hauteur ceux qui l'observaient avec ennui. Elle se détourna, agrippa la jupe de sa robe, sauta par-dessus le petit fossé avec l'intention de rejoindre Dartford à travers champ.

— Madame, s'exclamèrent Kate et Killeroy.

— Retournez à Dartford ! lança-t-elle avec malice. Voyons qui arrivera le premier !

Elle s'élança à travers la prairie tapissée par les premières primevères, les jonquilles et les pervenches.

— Mon Dieu, murmura Killeroy, contrarié par la fuite de la jeune épouse.

— Le maître va…

— Taisez-vous, Kate. Cela ne nous concerne pas. Montez, répliqua l'homme de confiance, une sourde inquiétude à l'esprit.

Le duc détestait les imprévus et celui-ci l'irriterait plus qu'aucun autre. Kate obtempéra, les yeux rivés à celle qui s'éloignait d'un bon pas dans la mauvaise direction.

— Peut-être devrions-nous lui indiquer le chemin ? tenta-t-elle d'amadouer Killeroy.

Un sourire sarcastique répondit à sa proposition.

— Puisqu'elle souhaite découvrir le domaine par elle-même, laissons-la se débrouiller, déclara-t-il en frappant le toit de la calèche avec sa canne.

— Elle va gâter sa robe, soupira Kate avec dépit.

Une si belle étoffe, se morfondit-elle.

La nouvelle épouse du duc ne ressemblait pas à ce qu'elle attendait et elle en concevait une vive déception. À l'annonce des épousailles de Sa Seigneurie, ils s'étaient réjouis, curieux de connaître leur maîtresse. Le duc montrait un tel bon goût en tout que Kate se trouvait déçue par la jeune femme à mille lieues de ce qu'elle supposait ; la nouvelle dénotait parmi les précédentes duchesses. À dire vrai, elle n'était pas laide, mais elle manquait cruellement de raffinement et Kate redouta les impairs de celle qu'elle considérait grossière comme une campagnarde.

Qu'était-il passé par la tête de Sa Grâce pour épouser une fille assurément différente de ses devancières ?

Jamais celle-ci ne ferait bonne figure dans le monde très codifié du duc de Dartford.

La calèche se présenta au portail grand ouvert du château et vint se positionner face à l'entrée monumentale. La cohorte de domestiques attendait en rang pour saluer comme il se devait leur nouvelle maîtresse. La cloche sonna pour avertir de leur arrivée et Kate frissonna en imaginant la réaction du duc. Il se montrait parfois cassant et elle redouta le pire pour la pauvre fille désormais duchesse.

Chapitre 5

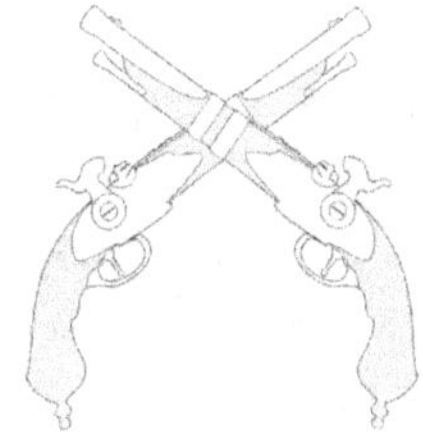

La jupe relevée haut sur les mollets, Esmée se frayait un passage parmi les grandes herbes de la prairie luxuriante. Arrivée au sommet de la colline, elle admira le magnifique panorama que lui offrait ce point d'observation unique. Devant elle, à trois lieues au moins, la surface miroitante de la Tamise serpentait entre deux vallons verdoyants. Des bois de chêne couvraient une partie du domaine, des prés et des champs s'étendaient en pente douce à ses pieds. Des murets dessinaient le paysage avec une régularité étonnante comme elle ne l'avait jamais vu auparavant. Elle repéra un village niché sur le versant d'une colline.

Au sud, la magnificence de la demeure attirait le regard. Les bosquets de bouleaux, de frênes et de hêtres s'éparpillaient autour du château encerclé par un immense jardin. Le tout l'enchâssait dans un écrin de verdure que seul le chemin carrossable coupait de sa rectitude. Il lui sembla repérer une allée cavalière plus au nord, ainsi qu'un lac ou un étang. Le toit d'une chapelle s'élevait derrière un taillis touffu, des constructions apparaissaient ici ou là. L'ensemble offrait un cadre somptueux, impressionnant, presque angoissant. Dartford Castle surplombait de sa superbe le paysage environnant. Les hautes fenêtres cathédrales étincelaient sous les rayons du soleil ardent à cette heure de l'après-midi, les tourelles au nombre de six coupaient la sévérité du bâtiment principal relié à deux ailes distinctes, l'une à l'ouest, l'autre au sud. La muraille grise par endroits s'égayait de taches vertes, rouges ou ocre inattendues, presque incongrues.

— Eh bien ma fille, gérer une telle maisonnée t'occupera plus que tu ne l'espérais. Tu ne risques pas de t'ennuyer, même si Sa Grâce s'absente souvent, marmonna-t-elle, un brin de crainte au cœur. Encore faudra-t-il que les domestiques se montrent moins arrogants que monsieur Killeroy ou Kate.

Au cours du voyage, elle avait mesuré le gouffre entre le personnel de son père et celui du duc. Elle connaissait chaque membre de Brookfields ou des métayers. Pour beaucoup, ils s'apparentaient à des amis plus qu'à des employés et elle savait pouvoir compter sur eux si nécessaire, tout comme ils n'hésitaient pas à lui demander des conseils ou des faveurs.

Qu'en serait-il dans une maison aussi prestigieuse que Dartford ?

L'arrogance du bâtiment l'engageait à craindre le pire. Elle imagina l'armada de serviteurs occupés à surveiller ses faits et gestes. Elle comprenait parfaitement leur curiosité, envisageait leur manière de les épier, de commenter les actions de leurs maîtres ou de colporter des ragots au village.

Les employés de Brookfields se montraient loyaux et dévoués à leur égard, mais qu'en serait-il ici ? se demandat-elle avec anxiété.

Esmée connaissait le pouvoir de destruction des commérages sur une réputation sans tache et elle redouta ce qui déjà circulait à son propos parmi le personnel du duc.

— Sotte ! se fustigea-t-elle.

À cause d'un instant de panique malvenu, elle deviendrait le sujet de discussion favori des domestiques et en très peu de temps de tout le comté. Elle grommela entre ses dents, attrapa sa robe à deux mains et continua sa route pour rejoindre Dartford Castle.

— Sotte, sotte, sotte, scanda-t-elle en marchant d'un bon pas vers le chemin qu'elle distinguait en contrebas. Que vont-ils penser de toi ? Déjà ta femme de chambre te considère comme une pauvre fille de la campagne incapable de choisir elle-même sa tenue de voyage. monsieur Killeroy ne te juge pas digne d'engager la conversation avec toi et maintenant ? Tu te comportes pire qu'une gamine irréfléchie et capricieuse. Sotte, sotte, sotte ! Et lui ?

Elle s'arrêta sur le bord du sentier, fronça les sourcils, inquiète de provoquer un incident que le duc risquait de lui reprocher. Un sourire fugace étira ses lèvres, un rire joyeux s'éparpilla dans la brise venue des hauteurs.

— Docile !

Cet accès de gaieté allégea ses craintes et atténua le poids sur son cœur si lourd. Quoi qu'il advienne, elle se promit de se montrer digne de sa charge et d'essayer de répondre aux attentes de son époux. Cependant, il en était une qu'elle redoutait : le devoir conjugal.

« Elle correspond en tout point à ce que nous recherchons pour assurer la continuité de notre lignée », énonçait le message du duc à propos de ses intentions et du but de sa démarche.

Lui accorderait-il un temps d'adaptation ?

Quelque chose dans les propos de Killeroy, sa gêne manifeste la convainquit du contraire. L'empressement de son mari à retourner à Londres après avoir précipité leur union annonçait la couleur : ce soir ou dans les jours à venir, son époux exigerait d'elle qu'elle se plie à ses devoirs.

Elle en frémit, repoussa vaillamment l'onde de panique et s'interdit de penser à Andrew. À chaque pas, elle lista des arguments en faveur du duc ou tout au moins capables de lui faire accepter son rôle.

Il possédait de nombreuses richesses, et d'après ce qu'elle admirait, plus que n'importe qui de sa connaissance. De plus, il avait promis au comte de l'aider à redresser Brookfields.

Il se montrait affable et bien fait de sa personne. Harriet Pendleton certifiait que le duc remportait un franc succès dans les salons de Londres, Bath, Paris ou Rome grâce à sa bonne mine, sa galanterie légendaire et un charme à « damner les saintes ». L'affirmation de la vieille dame effrayait plus Esmée qu'elle ne la rassurait.

Il œuvrait avec assiduité au Parlement, au contraire de certains représentants plus intéressés par les divertissements de la capitale que par la conduite du pays. Bien qu'elle suive l'actualité politique de loin en loin, Esmée ne se souvenait pas d'avoir vu le nom de Dartford apparaître dans la presse.

Un seul point noir restait à approfondir : la mort de sa précédente épouse. Jane Harrington, une impénitente bavarde friande de ragots, avait vaguement effleuré le sujet avec Amalia Burton, puis elle s'était tue en rougissant comme une écrevisse dès qu'elle s'était aperçue qu'Esmée écoutait sa conversation. Malgré ses questions discrètes, personne n'abordait le sujet de front et tout le monde lui souriait hypocritement sans lâcher un mot. Elle avait tout de même obtenu quelques informations récoltées par Betty auprès du deuxième cocher du duc, un jeune homme avenant et jovial. Ainsi, elle avait appris que la précédente épouse s'était tuée lors d'une partie de chasse. Esmée déterminait mal pourquoi ce fait provoquait ce mutisme ennuyé chez ses interlocuteurs. Tous évitaient la question au risque de la troubler sur l'implication du mari et sa probité.

Était-il responsable de la mort de sa femme ? Sciemment ?

Elle en frémissait à chaque fois qu'elle repensait à la confusion de Jane ou aux dérobades de monsieur Killeroy lorsqu'elle abordait le sujet. Parler franchement de ses inquiétudes l'embarrassait fort et elle remâchait ses hypothèses sans trouver de réponses claires. Son esprit cavalait, imaginait parfois un crime déguisé ou une vengeance cruelle, une histoire sordide rapportée par la presse. Le fait de n'avoir rien lu à propos de ce tragique accident, elle supposait que l'affaire se révélait banale, qu'une chute de cheval avait ravi au duc sa compagne bien-aimée.

— Peut-être l'aimait-il sincèrement ? s'exclama-t-elle en s'arrêtant au milieu du chemin. Pourquoi n'y ai-je pas pensé plus tôt ? Voilà qui éclaire sa demande ! Il se remarie pour perpétuer sa lignée, donc, peu lui importe l'épouse tant qu'elle se montre « bien faite et docile », une bonne jument, rien de plus !

L'idée ne rassura pas Esmée sur son avenir proche ou lointain. Elle ne compterait jamais pour le duc autrement que comme un ventre à remplir.

Était-ce un bien ou un mal ? se demanda-t-elle avec perplexité.

Le bruit d'un galop soutenu la sortit de ses réflexions

pensives. Elle se décala sur le bas-côté du chemin de terre, prit soin de ne pas tomber dans le fossé peu profond, mais boueux. Si elle arrivait au château crottée et dépenaillée, le duc ne la considérerait jamais comme son égale.

— Tu ne le seras jamais, maugréa-t-elle entre ses dents. Une jument, même une bête racée, reste une jument !

Le ralentissement du cavalier derrière elle l'alerta. Elle se retourna, recula d'un pas, effrayée par la vision d'enfer qu'elle entraperçut en une seconde. Un cheval aussi noir que du charbon se précipitait sur elle. Elle hoqueta, trébucha, se rattrapa de justesse et évita de tomber dans la petite ravine boueuse. Le cœur bousculé par une peur soudaine, elle serra sur sa gorge palpitante la fourrure de son manteau d'un geste de protection dérisoire.

Devait-elle redouter des bandits de grand chemin dans les environs ?

Le cheval tenta de se dérober à la poigne de fer de son maître, se cabra à moins de cinq mètres d'elle. Les antérieurs battirent l'air, retombèrent au sol bruyamment. Le grognement sourd de la bête et l'écume blanche sur son poitrail engagèrent Esmée à reculer précipitamment. D'une stature imposante, vêtu d'un manteau de lainage noir à revers de velours, de culottes mastic, de hautes bottes de cuir fauve, il émanait du cavalier une force brute, effrayante. En une seconde, Esmée mesura son imprudence, recula de quelques pas, prête à prendre les jambes à son cou. Il la rattraperait en un battement de cils, mais elle se défendrait de ses poings si nécessaire. Charles l'entraînait à la lutte régulièrement, uniquement pour l'humilier et se gausser de son état de femme. De tout temps, sa mère l'avait encouragée à apprendre à se battre pour ne jamais devenir une proie facile.

— Madame, entendit-elle distinctement l'apostrophe coupante du cavalier.

Le regard impérieux la cloua sur place tandis que d'une

main ferme il soumettait l'étalon à ses ordres. Une fois l'animal immobile, l'homme sauta à terre souplement, se découvrit galamment et d'une courbette ridicule, il la salua. Il se redressa, la toisa de sa haute taille. Un sourire mi-ironique, mi-ennuyé étira les lèvres pleines, creusa une fossette dans le menton carré avant qu'il ne reprenne un air impassible.

— Il ne fait pas bon se promener seule dans les environs, madame, déclara-t-il d'un ton impérieux.

— Dois-je craindre la présence de brigands ? rétorqua-t-elle, encore sous le coup de la rencontre inattendue.

Un frémissement dans l'eau noisette clair des prunelles fixées sur elle l'avertit que sa remarque déplaisait. L'arrogance de l'attitude, autant que le maintien rigide impressionnèrent Esmée.

Une pensée fulgurante la traversa.

Le duc !

L'évidence de l'identité du cavalier la pétrifia. Tout l'amenait à cette conclusion : l'endroit où ils se rencontraient, l'étalon de toute beauté, la prestance élégante de l'homme et cette manière nonchalante, mais guindée qu'il adoptait face à elle. Elle le dévisagea, chercha à déceler dans la rudesse des traits virils, la carrure imposante, le charme que beaucoup accordaient au duc. Pour le moment, il l'intimidait fort, elle se sentait ridicule, sotte et ne lui trouvait rien d'attirant ou d'avenant. Elle percevait sans mal son autorité dominatrice et la dureté de son caractère. L'image forgée grâce aux propos recueillis çà et là ne l'avait pas préparée à cette confrontation brutale.

Le plissement des paupières, le léger sourire ironique répondirent à sa remarque.

— Des gredins non, mais des taureaux en liberté oui, répliqua-t-il sèchement.

Il s'approcha sans la quitter des yeux. Le regard

inquisiteur troubla Esmée. Elle contint son rire nerveux, releva le menton avec dignité et le toisa avec la morgue d'une duchesse. L'étincelle de mécontentement vibra sur les traits rudes, la mâchoire se contracta un court instant, la bouche se pinça légèrement.

Retenait-il une remarque désobligeante ou bien son dépit en réalisant que la « jument bien faite et docile » répondait si peu à ses vœux ?

Déçu ? eut-elle envie de lui lancer dans un accès d'impertinence.

Elle frémit du plaisir malsain de le désappointer, un rire s'invita sous son crâne.

« La prochaine fois, venez donc constater par vous-même la qualité de la marchandise au lieu de vous fier aux avis d'une femme sénile. N'importe quel maquignon le sait ! »

— Venez, l'engagea-t-il à le rejoindre.

Il tendit la main vers elle pour l'inciter à obéir. Elle s'y refusa, recula d'un pas, une flambée de gaieté impertinente à l'esprit.

Docile ?

— Je ne puis, monsieur. Nous n'avons pas été présentés. Je n'ai pas pour habitude de suivre des inconnus, dussent-ils prétendre me protéger d'animaux dangereux. Seriez-vous le contremaître du domaine ? lança-t-elle d'une voix claire.

Touché ! se réjouit-elle de la raideur soudaine de son vis-à-vis.

Le traiter de domestique l'irritait, elle le voyait.

Ou bien son impudence le choquait-il ?

— Me voici rassuré sur vos qualités morales, madame, répliqua-t-il d'un ton sarcastique. Permettez-moi de remédier à mon impolitesse. Percy Stanton, votre époux.

Il s'inclina d'une courbette outrageusement galante, balaya le sol de son chapeau et se redressa, un sourire du diable à la bouche. Ce simple rictus bouleversait la rude figure, lui apportait un charme certain et elle comprit pourquoi tant de femmes le prétendaient beau. Pour sa part, elle ne trouvait aucune séduction à ces traits virils beaucoup trop marqués. Elle préférait la pointe poétique d'un visage, sa douceur angélique. Celui-ci ressemblait plus à un voleur de grand chemin, un de ces individus plus épris de leurs chevaux ou de leurs chiens que du reste de l'humanité.

— Esmée Brooke, répondit-elle avec froideur.

Le regard posé sur elle flamba de mécontentement. Le duc n'appréciait pas qu'elle le défie et refuse ostensiblement le nom imposé par son père, mais elle souhaitait mettre les choses au point dès le début. Désormais, il connaissait ses sentiments à son égard. Il se redressa, retint sa remarque acerbe et inclina la tête d'un geste coupant.

— Permettez-moi de vous accompagner à Dartford, proposa-t-il sèchement.

Esmée imagina sans mal les moyens qu'il emploierait pour la punir de son impertinence. Son acte de rébellion augmentait sa rancœur, mais la raison la poussa à se montrer conciliante. Attaquer de front un gaillard de la sorte lui vaudrait des déboires, à elle et sa famille. Avant tout, elle devait penser à ses frères et sœurs, à son père, à leur domaine. Le reste revêtait peu d'importance. En signant au bas du certificat de mariage, elle reconnaissait au duc ses droits d'époux ; se rebeller maintenant ne lui apporterait que des désagréments inutiles.

— Avec plaisir, le remercia-t-elle d'un ton respectueux.

— Montez-vous à cheval ?

— Oui, Votre Grâce.

Sa soudaine docilité lui valut un regard perplexe. D'un claquement de langue, il appela l'étalon à les rejoindre. Esmée admira l'animal, sa robe bai brune d'une noirceur de charbon, les attaches solides, le dos court et fort et l'harmonie de la stature : brut et élégant à la fois.

Comme son maître, pensa-t-elle.

— Laissez-moi vous aider, proposa le duc.

Sans attendre sa réponse, il la saisit par la taille, la hissa avec facilité sur le devant de la selle. Esmée retint son couinement de surprise, s'accrocha des deux mains à la crinière pour ne pas culbuter de l'autre côté. Souplement, Percy sauta à cheval, se colla à elle de tout le corps. Il l'encercla de ses bras, récupéra les rênes et la ceintura fermement.

— Attention de ne pas tomber, murmura-t-il à son oreille, une pointe de sarcasme dans la voix.

Esmée rougit sottement, embarrassée par la proximité de l'homme qui la plaquait contre lui. Le sourire satisfait et l'étincelle moqueuse dans les yeux baissés vers elle lui firent comprendre qu'elle ne gagnerait jamais face à une volonté pareille. Le duc lui expliquait en deux secondes qu'il était désormais son maître et qu'il était préférable qu'elle lui obéisse à moins de vouloir en supporter les conséquences.

— Allons-y.

Il talonna l'étalon, le poussa au galop d'un geste autoritaire. Le cavalier resserra son emprise autour de la taille d'Esmée troublée par l'intimité de leur étreinte.

Jamais un homme ne l'avait ainsi enlacée de cette manière dominatrice. Le discret parfum à la douceur d'épices et cannelle étourdissait ses sens. Le bras ferme autour d'elle l'embarrassait et la perturbait.

Qu'en serait-il lorsqu'il exigerait d'user de ses droits ?

Esmée pria pour qu'il lui laisse du temps pour s'habituer à sa nouvelle situation, parce qu'elle reconnaissait avec franchise que le duc l'effrayait plus qu'il ne la charmerait jamais.

Chapitre 6

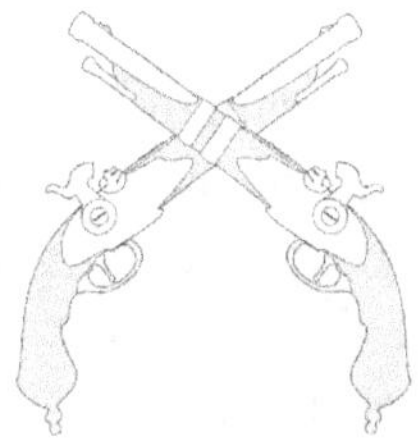

— Dartford, annonça la voix grave à son oreille.

Esmée y perçut un accent de fierté. De près, la magnificence de la bâtisse l'impressionna encore plus. Les rayons du soleil l'habillaient de mille éclats. Les hautes fenêtres en ogive semblaient les observer tandis que Percy arrêtait le cheval devant le porche en avancée. La façade aux murs crénelés s'agrémentait de quatre tourelles disposées aux deux angles et donnait à l'ensemble une solennité qu'Esmée jugea étouffante. Le cavalier sauta à terre, jeta les rênes à un palefrenier, puis se tourna vers elle.

— Madame.

Il la saisit à nouveau par la taille, la souleva de selle,

puis la posa au sol. Aussitôt, il s'écarta en s'inclinant légèrement sous les regards imperturbables du personnel réparti de part et d'autre de la monumentale entrée.

— Merci, murmura-t-elle, les joues attaquées par une rougeur d'embarras.

Percy se détourna, un rictus à la bouche.

Il jubile du ridicule de cette situation ! se lamenta Esmée.

Que le maître ramène ainsi sa jeune épouse, presque de force et d'une manière aussi cavalière, que tous les domestiques assistent à cette triste arrivée l'humilia plus qu'un discours sur le respect de ses obligations. Elle passait désormais aux yeux des serviteurs pour une fille inconséquente et stupide. Un vieil homme en livrée rayée et frac noir se présenta devant elle.

— Bienvenue à Dartford, Votre Seigneurie. Je m'appelle Baines, j'occupe le rang de majordome, pour vous servir, s'inclina-t-il bas devant elle.

Il s'agenouilla à ses pieds, attrapa le bord de la robe maculée de boue et la porta à ses lèvres.

— Merci, bafouilla Esmée, embarrassée par ce signe de déférence.

À deux pas derrière elle, le duc assistait à ce simulacre de servilité, le visage empreint d'une lassitude agacée.

— Baines, reprit-il le vieil homme d'un ton ennuyé.

— Permettez-moi de vous présenter le personnel, Votre Seigneurie, se releva Baines avec difficulté, sans tenir compte de l'avertissement de son maître.

— Je… tenta-t-elle de se soustraire à cette épreuve.

D'un regard impérieux, Percy lui recommanda de se taire. Pendant dix minutes, Baines énuméra les noms, titres et qualités de ceux qui s'agenouillaient devant leur maîtresse et embrassaient le bas de sa robe. Esmée se plia à cette coutume ancienne qu'elle jugea barbare. Son mari assistait au défilé, recevait lui aussi les vœux de bonheur de son personnel, affichait un air las et désabusé, mais n'imposait pas l'arrêt de ce ridicule manège. Il l'observait d'une manière dérangeante et peu à peu, elle sentit la nervosité l'envahir. La dernière employée s'inclina devant elle, sans s'agenouiller.

— Madame Gates, pour vous servir. Je suis en charge de la maison et des étages, se présenta la femme d'une cinquantaine d'années.

Grande et sèche, habillée de noir, les cheveux gris relevé en un chignon serré, madame Gates affichait avec arrogance son statut de maîtresse des lieux. Esmée la salua d'un signe de tête, peu désireuse d'entrer en conflit avec celle qui gérait la maisonnée. Épuisée par le voyage, par la semaine folle vécue au pas de charge, elle préférait abandonner l'administration de Dartford Castle à la gouvernante. Son implication dans les décisions à prendre attendrait qu'un rôle précis lui soit octroyé par son époux. Se battre contre une femme imbue de sa position ne lui apporterait que des déboires et des aigreurs d'estomac.

— Madame, la rappela à l'ordre Percy.

Le bras tendu, il attendait qu'elle choisisse de l'accompagner. Elle obtempéra, glissa la main sous le coude de son mari et le suivit docilement à l'intérieur du château. Le hall éclairé par de grandes baies vitrées offrait une idée précise de l'opulence du lieu. Tout ici respirait le luxe discret et de bon ton. Aucune fausse note ne dérangeait l'harmonie élégante du logis. Malgré tout, Esmée se sentit oppressée par ce luxe ostensible et sa froideur impersonnelle.

— Nous dînerons tôt. Le voyage a dû vous épuiser. Madame Gates va vous conduire à vos appartements, décréta le duc.

Il saisit la main posée sur son bras, la porta galamment à ses lèvres, la relâcha aussitôt. Il n'attendit pas de réponse de la part d'Esmée et se détourna pour sortir par la porte grande ouverte. Esmée le regarda disparaître, interloquée par ce départ à la limite de l'insulte.

Lui faisait-il déjà payer son insolence ?

— Madame, la rappela à l'ordre, madame Gates.

Esmée se reprit et suivit la femme de charge vers l'escalier monumental. Elles grimpèrent jusqu'au deuxième étage sans échanger un mot.

— Vous logerez dans l'aile sud, la prévint son guide.

Elles empruntèrent un large corridor et débouchèrent dans une galerie dont Esmée admira le cadre luxueux. Les hautes fenêtres à meneaux aux verres colorés dispensaient une lumière chatoyante sur le dallage et les murs de pierres blanches. Les tapis d'Aubusson aux motifs champêtres traçaient le chemin à suivre.

— Vos appartements, annonça madame Gates en ouvrant une porte à double battant.

Esmée s'arrêta sur le seuil du salon décoré avec goût. Le bleu pastel des tentures et des rideaux adoucissait la clarté vive apportée par les fenêtres. Le plafond aux poutres apparentes s'ornait de dessins bucoliques d'une délicatesse charmante. Les murs tapissés de ce que l'on appelait du « papier peint » étonnèrent Esmée. Les bouquets de fleurs ainsi éparpillés sur les cloisons agrémentaient joliment l'ensemble. La haute cheminée à manteau de marbre dispensait une chaleur bienfaisante dans l'immense pièce. Jamais de sa vie elle n'avait vu un cadre aussi exquis.

— Votre chambre, la guida l'intendante.

Une fois encore, Esmée admira le raffinement de la moquette à boucle, les boiseries peintes en blanc et myosotis, le lit au baldaquin orné de rideaux de brocard d'un bleu azur tissé de fil d'argent, les bergères disposées autour d'un guéridon en marqueterie.

— La garde-robe, énonça madame Gates en ouvrant une porte sur une pièce qu'Esmée jugea immense.

Des robes en taffetas, faille de soie, lainage et satin occupaient une bonne part de la place. Des cartons à chapeau s'empilaient sur des étagères, ainsi que des boîtes à chaussures rangées au pied de la penderie. De l'autre côté, chemises, corsets reposaient sur des rayonnages. Les deux malles de voyages à son chiffre attendaient dans un coin. Face à tant de fastes, Esmée sentit le vertige la saisir.

Comment allait-elle choisir une tenue parmi ces robes magnifiques et accessoires ? À qui appartenaient-elles ? se demanda-t-elle soudain.

Madame Gates ne lui laissa pas le temps de l'interroger et l'entraîna vers une pièce située à côté.

— La salle de bains, annonça fièrement la femme de charge.

À nouveau, Esmée s'extasia sur cette pièce d'eau hors du commun. Un baquet en cuivre grand comme deux tonneaux trônait au centre d'une estrade surélevée, une magnifique coiffeuse surmontée d'un miroir doré à l'or se dressait contre le mur tendu d'un papier peint champêtre représentant des scènes nautiques. Une armoire renfermait du linge de bain d'une qualité incroyable et une vitrine exposait pots et boîtes. Esmée s'approcha du bac, en caressa le bord poli d'une douceur de soie.

— Combien de seaux faut-il donc pour le remplir ? s'inquiéta-t-elle de la profondeur inhabituelle du cuvier et du travail supplémentaire des servantes pour apporter une conséquente quantité d'eau.

— Nous avons un monte-charge ! se rengorgea madame Gates.

— Oh, murmura Esmée, déroutée par un tel modernisme.

À Brookfields, tout le monde se baignait dans la cuisine pour éviter d'avoir à transporter l'eau dans les étages. Les cuvettes de toilettes dans chaque chambre leur permettaient les ablutions matinales imposées par leur mère.

— Le dîner sera servi dans une heure, annonça l'intendante.

— Très bien.

— Kate va vous aider à vous préparer.

Esmée hocha la tête en signe d'assentiment. La fatigue pesait lourd sur ses épaules. Le cadre somptueux de la demeure finissait de l'assommer. Elle ne se sentait pas à sa place entourée de ce faste et regretta Brookfields, sa chambre simple décorée par ses soins. Madame Gates s'éloigna sans un mot de plus et quitta la pièce.

— Et lui ? Où loge-t-il ? murmura Esmée.

Elle revint dans la chambre, chercha une porte communicante entre ses appartements et ceux du duc, mais ne vit rien de semblable. Elle s'en trouva soulagée avant de s'interroger sur la proximité ou non du logement de son époux. Elle l'imagina venant frapper à sa porte pour réclamer ses droits de mari, en rit, puis s'en inquiéta. Elle pria pour qu'il se montre discret et que les domestiques se désintéressent des allées et venues de leur maître pour la rejoindre. Quelle honte cela serait si les serviteurs discutaient de leur intimité.

Le léger coup la sortit de sa réflexion perplexe et annonça l'arrivée de sa femme de chambre.

— Entrez !

— Madame, s'inclina Kate d'une courte révérence. Que souhaitez-vous porter ce soir ?

Esmée regarda sa robe de voyage froissée et tachée de boue. Elle haussa les épaules, indécise sur le choix à faire. Vêtir les habits d'une morte la révulsait. De loin, elle préférait endosser une tenue démodée, mais bien à elle. Avec l'autorisation du comte, elle avait pioché dans le trousseau de sa mère pour y trouver quelques toilettes seyant à son rang de duchesse. Deux nuits de couture avaient été nécessaires pour remettre au goût du jour deux robes, un ensemble de voyage et une veste d'équitation.

— Ma robe de taffetas bleu, ordonna-t-elle en se débarrassant de son manteau.

— Excusez-moi madame, mais…

— Obéissez ! répliqua Esmée pour couper court à une discussion inutile.

La jeune fille plongea dans une révérence rapide, puis se précipita vers la penderie. Esmée se laissa tomber sur le lit, attendit que la servante revienne avec sa tenue.

— Madame, je dois la repasser.

— Faites.

D'un geste las, Esmée renvoya la domestique. Dès que le battant se referma, elle s'allongea, les bras en croix, les yeux rivés au dais brodé de fleurs et d'animaux sauvages.

— T'attendais-tu à tant de faste ? Au moins, tu ne manques de rien et tu pourras en faire profiter plus miséreux que toi.

La pendule posée sur le manteau de la cheminée égrena la demi-heure de dix-huit heures. Esmée se redressa, contempla une nouvelle fois la chambre, le salon par la porte ouverte. Tout était trop grand et elle se sentait perdue. Elle se leva, se dirigea vers la salle de bains pour se rafraîchir le visage et cou. Les deux mains appuyées à la coiffeuse, elle scruta son reflet dans le miroir en psyché, vit les marques de la fatigue des jours derniers, la lassitude de ses traits. Le toussotement dans son dos la ramena à ses obligations présentes. Kate patientait sur le seuil, la robe sur le bras.

— Puisqu'il est temps, marmonna Esmée entre ses dents.

Rapidement, elle se déshabilla et passa la toilette, rien de comparable avec les superbes tenues accrochées dans la penderie. Kate terminait d'ajuster sa coiffure lorsque la cloche sonna.

— Le dîner, madame, l'avertit la servante.

— Où dois-je me rendre ?

— Au salon, madame.

— Pouvez-vous m'y conduire ?

— Oui, madame.

Kate se fendit d'une révérence et précéda sa maîtresse à travers le château. Elles descendirent au premier étage, traversèrent des pièces en enfilade qu'Esmée jugea être des salles d'apparat. Elles arrivèrent dans une galerie semblable à un cloître de couvent. Le préau fermé ceinturait un jardin d'intérieur comme Esmée n'en avait jamais vu de sa vie. Des plantes exotiques poussaient là, attirées par la lumière de la verrière en dôme.

— Nous sommes dans l'aile ouest, celle du maître, expliqua Kate.

Esmée imagina le dédale à parcourir pour atteindre les appartements de son mari et s'en félicita. Au moins, il ne la dérangerait pas inutilement.

Juste pour assurer sa descendance !

Elle croisa les doigts et pria le ciel de lui accorder rapidement la joie de tomber enceinte. Ainsi, elle éviterait les visites de son époux plus que nécessaire. Le salon où elle fut conduite étalait avec ostentation la richesse du maître des lieux. Campé devant la cheminée où un feu crépitait, il l'attendait.

— Lady Esmée, Votre Grâce, annonça Baines immobile à la porte.

Mal à l'aise par tant de cérémonials, Esmée s'avança vers le duc. Il la dévisagea, détailla sa tenue avec une sagacité dérangeante. La moue de dépit et l'air mécontent embarrassèrent Esmée.

Il n'espérait tout de même pas qu'elle revête les habits d'une morte ?

Constituer un trousseau en une semaine relevait d'un exploit que seule une armada de couturières aurait mené à bien à condition de payer triple tarif. Elle n'en avait pas les moyens. Malgré sa mine chagrine, il tut sa contrariété et l'engagea d'un geste à venir le rejoindre.

— Le dîner sera servi dans quelques minutes. Souhaitez-vous un verre de sherry ? s'enquit-il sans bouger d'un pouce.

— Non, merci. Le voyage m'a épuisé et l'alcool risque de m'abrutir un peu plus.

— Je suis heureux de constater que vous ne vous adonnez pas à la boisson comme certaines, énonça-t-il avec sérieux.

Esmée le fixa, désemparée par la remarque à la limite de l'insulte.

Tenait-il la gent féminine en si piètre estime ? Où résidait sa prétendue galanterie vantée par certaines connaissances de son père ?

La cloche aigrelette lui interdit de répliquer vertement. Percy s'approcha et lui proposa le bras. Elle se plia à cette mascarade, se laissa mener vers la porte à double battant donnant sur une salle à manger plus imposante que la salle de bal de Brookfields. La table dressée pour deux scintillait des porcelaines de prix, des verres de cristal, des couverts soigneusement polis. Deux grands candélabres éclairaient l'ensemble.

— Emilie a préparé un dîner pour fêter votre arrivée. Dans quelque temps, nous organiserons une réception avec quelques amis pour vous présenter, annonça Percy en tirant un siège pour qu'elle y prenne place.

Esmée obéit, s'installa et admira la délicatesse des pièces d'argenterie disposées avec art.

— Servez, indiqua le duc à Baines debout derrière la haute chaise seigneuriale.

Commença alors un ballet parfaitement rodé et étourdissant. Les valets de pied apportaient les plats, s'inclinaient cérémonieusement devant leur maître, servaient Esmée, repartaient, revenaient, répondaient aux moindres gestes de Baines immobile à deux pas de la table. Ils mangeaient en silence, lui avec appétit, elle avec difficulté, la gorge nouée de se sentir observée par l'armada des domestiques. Son estomac se révulsait à chaque bouchée qu'elle se forçait à avaler sous le regard acéré du majordome.

— Vous n'aimez pas ? s'enquit le duc en considérant le rôti de bœuf en croûte proposée après une imposante terrine de lièvre.

— C'est délicieux. Simplement, le voyage m'a tourné les sangs. J'ai peu d'appétit.

— Après un tel périple, vous devez reprendre des forces. Mangez ! ordonna-t-il sans une once de compassion.

Esmée frémit, chipota dans son assiette, humiliée d'être traitée comme une enfant. Elle reposa ses couverts, incapable d'avaler une bouchée de plus. L'angoisse des heures à venir nouait ses tripes. Désormais, elle ne doutait plus des intentions du duc à son encontre. Dès ce soir, il se chargerait de lui expliquer ses devoirs et l'affaire la révulsait.

Par décence, n'allait-il pas au moins lui demander son avis ?

Tu es une jument !

Le bruit des couverts posés sur le bord de l'assiette la fit sursauter. Elle fixa le duc qui la dévisageait, les sourcils froncés, un agacement visible sur les traits mobiles.

— Puisque la cuisine d'Emilie ne semble pas vous convenir, à l'avenir faites-lui part de vos goûts, lança-t-il sèchement. Baines !

D'un geste impérieux, il engagea le majordome à débarrasser la table. Les trois valets s'activèrent si vite que les vestiges du repas disparurent en un instant sous le regard médusé d'Esmée.

— Il n'en est rien, monsieur ! Madame Emilie ne doit

rien changer à ses menus. Tout ceci est parfaitement délicieux, s'empressa-t-elle de se justifier pour ne pas vexer la cuisinière et n'avoir que des toasts carbonisés au petit-déjeuner. Le voyage m'a épuisée, je l'avoue, et je manque d'appétit.

Sans parler de cette union ridicule qui me pèse sur l'estomac comme deux tonnes de plomb !

— Dans ce cas...

Le duc se leva, l'incita de la main à le suivre vers le salon. Le valet derrière elle attendit qu'elle se décide et tira la chaise lorsqu'elle se redressa. Arrêté à la porte, son mari patientait, l'air ennuyé.

— Je vous reconduis à vos appartements, annonça-t-il quand elle se trouva à sa hauteur.

— Ce n'est pas nécessaire, je... commença-t-elle avant de se taire.

Elle rougit sous le regard impérieux, baissa les yeux de peur d'éclater stupidement en sanglots. Elle se sentait submergée par des émotions contradictoires. Son désir d'aider sa famille et son immense chagrin que l'homme à ses côtés ne soit pas Andrew la perturbait plus qu'elle ne le voulait. Savoir que dès ce soir, elle appartiendrait au duc et à nul autre, la bouleversait. Elle posa la main sur le bras tendu, suivit son époux, le cœur en charpie. Ils traversèrent deux salons en enfilade, remontèrent un corridor inconnu et débouchèrent dans la galerie desservant l'aile sud du château sans qu'Esmée repère les lieux. Arrivé devant les appartements d'Esmée, le duc s'inclina et porta les doigts tremblants à ses lèvres.

— Reposez-vous, madame. Demain, nous discuterons. Bonne nuit.

Il se détourna et repartit dans l'autre sens, disparut derrière une porte refermée en silence. Une ombre se dressa à quelques pas, effraya Esmée encore interloquée par l'éloignement de son époux.

Montrerait-il plus de galanterie qu'elle n'en espérait de sa part ?

— Madame, l'interpella, madame Gates.

— Pardon, murmura Esmée en pénétrant dans le salon.

— Je vais vous aider à vous préparer pour la nuit, avertit la gouvernante.

D'un geste décidé, elle poussa Esmée vers la chambre. Les rideaux masquaient les hautes fenêtres, un candélabre éclairait la pièce, ainsi que le feu de cheminée.

— Habituellement, nous n'allumons que lorsque le froid s'installe, déclara madame Gates en se plaçant derrière Esmée pour délacer sa robe.

— Ne changez pas vos pratiques pour moi, madame Gates, souffla Esmée, peu désireuse d'engager une conversation inutile pour le moment.

Plus tard, si le duc l'y autorisait, elle s'occuperait de gérer au mieux le château avec l'aide de madame Gates. Elle ne voyait pas son rôle autrement.

— Vous semblez plus solide qu'il n'y paraît, déclara tout à coup l'intendante.

Esmée se raidit sous le regard inquisiteur de la bonne femme.

— Avez-vous eu vos saignements récemment ?

Esmée rougit de la question directe et révélatrice de ce que tout le monde attendait d'elle.

— C'est bon de le savoir pour éviter d'abuser de la chose. Un homme s'épuise vite à trop vouloir en faire et sa semence perd de sa vigueur. Il faut choisir la période idéale. Alors ? insista madame Gates.

— Deux semaines, bredouilla Esmée, désemparée par les propos.

Elle se sentait comme une jument menée à l'étalon.

— Hum… murmura la gouvernante, des étincelles de satisfaction dans les yeux.

Dans la seconde, Esmée sut que son sort était désormais

scellé et que la délicatesse du duc s'arrêtait à la porte de sa chambre.

Plus vite, il accomplira son œuvre, plus vite nous en finirons ! tenta-t-elle de se persuader alors que l'envie de hurler montait à sa gorge.

Chapitre 7

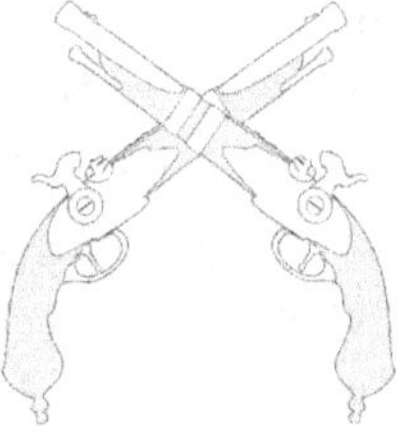

Le soleil resplendissait. Debout devant la haute fenêtre, Esmée admirait la lumière adoucie du levant sur l'étang. Les écharpes de brume matinale s'accrochaient aux bosquets de bouleaux aux écorces bicolores. Plus loin, le vallon s'alanguissait vers la forêt dense, puis s'arquait vers la colline où se nichait le village. Les fumées des cheminées montaient droit vers le ciel d'un bleu limpide, surmontaient d'un panache blanchâtre la cime d'arbres deux fois centenaires. La pelouse d'un vert tendre s'étendait du perron jusqu'aux limites d'une haie aux feuillages foncés. Ensuite, au gré des humeurs des jardiniers, des massifs de fleurs, d'arbustes, d'arbres majestueux apportaient une note exubérante au paysage.

Esmée reconnut que la beauté du lieu apaisait sa morosité. Une nuit entière à écouter les bruits inconnus du château, à tenter de découvrir l'origine du grincement lancinant provenant de nulle part mettait ses nerfs à fleur de peau. Après avoir été sommée d'aller au lit par madame Gates, elle avait guetté avec angoisse la venue de son époux, certaine que la gouvernante s'était précipitée chez son maître pour lui conseiller d'honorer la couche de sa femme au plus vite. À ce moment-là, elle s'était vue comme une jument soufflée par le boute-en-train pour vérifier sa réceptivité aux assauts du prestigieux étalon. Au bout d'une heure d'attente apeurée, elle s'était endormie pour se réveiller quelques heures plus tard, couverte de sueur, terrifiée par une panique obscure. Le reste de la nuit n'avait été que retournement, écoute des bruits inconnus, tentatives désespérées de calmer ses nerfs en pelote. Seul le lever du soleil apaisait ses angoisses.

— Ce n'est que partie remise, murmura-t-elle en se détournant de la fenêtre.

Elle tira sur le cordon pour appeler Kate et regagna son lit. Après tout, autant profiter pleinement de son statut de duchesse et se faire dorloter. Enfoncée dans les oreillers moelleux, en une seconde, elle retourna à Brookfields, imagina les disputes d'Emily et Maggy à propos de la confiture à mettre sur leurs tartines, les jérémiades d'Ann concernant son envie ou non de porter des rubans dans ses cheveux ou les colères matinales de James.

Comment Mary-Jane se débrouillait-elle avec ses frères et sœurs dont elle avait maintenant la charge ?

Mal, elle le pressentait. Puisqu'elle en avait désormais les moyens, elle se promit de trouver une gouvernante capable d'assumer l'éducation de ses jeunes frères et sœurs. Le léger coup à la porte annonça l'arrivée de la domestique.

— Bonjour, madame, la salua une jeune fille inconnue.

Votre petit-déjeuner.

Le large plateau d'argent recouvert d'une dentelle fine renseigna Esmée sur le désir matinal de son époux de ne pas s'encombrer d'elle de si bonne heure. Elle soupira, montra le lit à la servante immobile.

— Merci. Quel est votre nom ?

— Daisy, madame.

— Merci, Daisy. Kate est-elle indisposée ?

— Non, madame. Elle…

La petite hésita, les yeux baissés sur ses mains jointes.

— Elle ? insista Esmée curieuse de connaître la raison de l'absence de sa femme de chambre.

— Elle nettoie votre robe de voyage, souffla Daisy avec embarras.

Esmée sentit la rougeur envahir ses joues à l'évocation de sa conduite indécente de la veille.

— Merci, congédia-t-elle la fille d'un geste de la main.

Esmée contempla le plateau du petit-déjeuner sans le voir, perdue dans ses réflexions.

Quelle attitude adopter face au duc ou au personnel ?

Elle n'en savait fichtre rien et sa précédente vie paisible à la campagne ne la préparait pas à cette situation. « Demain, nous discuterons », avait prétendu son mari.

Devait-elle réclamer l'entretien prévu ou attendre sa convocation ? se demanda-t-elle avec ennui.

Elle soupira derechef, sans réussir à répondre à l'épineuse question. Le coup à la porte la sortit de ses réflexions.

— Entrez !

Kate apparut, s'inclina d'une révérence déférente.

— Bonjour, madame.

— Bonjour, Kate.

— Sa Grâce a-t-elle un vœu particulier concernant sa tenue ?

Esmée sentit la réticence de la jeune fille.

— Ma robe grise. Je souhaite visiter le château et le jardin. Autant que je n'aille pas gâter une des merveilles de la penderie, énonça-t-elle d'un ton jovial.

— Oui, madame, répondit Kate en soupirant.

La servante disparut aussitôt dans la garde-robe, laissant à Esmée le temps de déjeuner. Puisque le duc désirait discuter, Esmée décida de lister ses demandes pour que les choses soient éclaircies entre eux. Premièrement, elle refusait de porter quoi que ce soit ayant appartenu à une morte et solliciterait la venue d'une couturière pour constituer son trousseau. Deuxièmement, elle exigerait immédiatement que sa rente lui soit versée dans son intégralité sans contrôle de la part de monsieur Killeroy ou n'importe qui. Pour le reste, et principalement dans leur intimité, elle attendrait qu'il se présente à elle et réclame son dû. Aborder de front cette délicate question l'embarrassait fort pour le moment. Elle s'y habituait, mais un peu de temps lui était nécessaire. Forte de ses résolutions, elle se sentit plus légère et attaqua le petit-déjeuner avec appétit.

Une nouvelle journée commençait, une nouvelle vie devait-elle dire.

*****

— Madame ? s'inquiéta Baines immobile dans son dos. Pouvons-nous servir ?

— N'attendons-nous pas Sa Seigneurie ?

Le vieil homme se redressa, jeta un coup d'œil rapide aux deux valets debout à la porte du salon où Esmée patientait depuis une heure que le duc daigne la rejoindre pour le déjeuner. Jusqu'à présent, plongée dans un livre de poésie, elle feignait le calme pour donner le change aux domestiques. Depuis son lever, rien ne se déroulait comme prévu. Par des propos détournés, Kate lui avait conseillé de garder la chambre le temps que la maisonnée s'emploie aux tâches habituelles. Pour ne pas contrarier l'organisation établie, Esmée convenait qu'il serait plus prudent de rester à la disposition de son époux en ne s'éloignant pas du château ou en ne s'y aventurant pas pour une visite de curiosité. Elle avait imaginé qu'il la convoquerait à la première heure, lui ferait les honneurs de sa demeure, comme tout bon maître des lieux. En la matière, le duc manquait de civilité.

— Madame, toussota Baines avec embarras. Sa Grâce est partie, murmura-t-il d'un ton compassé.

Esmée le fixa, pétrifiée d'apprendre par le majordome le départ de son mari.

Parti ? Il quittait Dartford sans même l'en avertir, et cela le lendemain de son arrivée ?

Quel rustre !

La colère bouillonna en elle. Elle se leva avec dignité, traversa le salon et entra dans la salle à manger où la table dressée pour deux l'étonna.

Était-il coutume de préparer un couvert pour le duc qu'il soit présent ou non ? Une manière déférente de le considérer comme le seul maître de la maison et en avertir quiconque se plairait à croire le contraire ?

Le message parut clair à Esmée. Baines se précipita, tira la chaise où elle prit place. Le déjeuner se déroula dans un silence de mort. Elle goûtait peu aux savoureux plats, l'estomac noué par l'insultante attitude de son époux.

Peut-être madame Gates juge-t-elle que le moment n'est pas propice à monter la jument ? remâcha-t-elle sa contrariété tout au long du repas.

Puisqu'il en était ainsi, elle décida de s'accorder du temps à l'extérieur, loin de l'ambiance pesante du château.

— Veuillez avertir madame Emilie que nous dînerons à dix-huit heures, annonça-t-elle à Baines en se levant de table.

L'étonnement du majordome n'échappa pas à Esmée, mais elle n'en avait cure. Autant imposer ses propres habitudes à la maisonnée maintenant qu'elle s'y trouvait seule. Elle regagna sa chambre, non sans s'égarer trois fois et devoir demander aux domestiques la route à suivre pour rejoindre ses appartements. Le dédale de couloirs, d'imbrications étranges des deux ailes et du corps du logis la laissa perplexe. Elle y perdait la notion de l'espace et préféra descendre dans les jardins pour y prendre l'air. Le reste de l'après-midi, elle déambula dans la roseraie qu'elle découvrit cachée dans un vallon fermé. Elle admira le parc entretenu par une armada de jardiniers, contempla la majestueuse bâtisse posée dans son écrin de verdure. Vers dix-sept heures, alors que la cloche du thé avait sonné depuis belle lurette, elle rejoignit ses appartements sans rencontrer âme qui vive. Elle s'étonna de ne pas avoir entraperçu madame Gates de toute la journée ni monsieur Killeroy.

Kate l'aida à se changer pour le dîner, sans qu'elles échangent un mot de plus que nécessaire. Le babillage intarissable de Betty manquait déjà à Esmée. Avec sa servante, elles discutaient de tout et de rien, riaient ou s'agaçaient des petites choses du quotidien, partageaient des instants de complicité malgré leurs différences sociales. Du même âge qu'elle, son ancienne caMériste ressemblait plus à une amie qu'à une domestique et elle regretta de ne pas avoir réclamé sa présence à Dartford pour se sentir moins seule. Sans se tromper cette fois, Esmée rejoignit la salle à manger. Baines la regarda étrangement, se précipita pour tirer la chaise. À nouveau, un deuxième couvert attendait au bout de la table. Esmée l'ignora et ordonna le début du service. Sa promenade au grand air avait creusé son appétit et l'absence du duc allégeait considérablement le poids sur ses épaules. Dans un silence monacal, le repas s'organisa. La soupe aux couleurs de safran et courge la ravit, autant que la terrine de lièvre au porto. Le blanc de poulet braisé agrémenté d'un savoureux gratin de légumes enchanta ses papilles. La crème aux œufs parfumés à la vanille termina de la satisfaire. Depuis des mois, elle n'avait pas dégusté des mets aussi délicats. À la fin du repas, Esmée posa la serviette le long de son assiette et se tourna vers Baines, debout derrière elle.

— Vous remercierez madame Emilie pour…

— Que se passe-t-il, ici ?

Esmée sursauta de l'apostrophe irritée de l'homme immobile sur le seuil de la salle à manger. Le duc ?

— Baines ? Pouvez-vous m'expliquer ceci ? réclama l'arrivant en s'approchant de la table d'un pas martial.

— Madame désirait dîner plus tôt, rétorqua le majordome sans se départir de son flegme, une pointe de désapprobation dans le ton.

— Puis-je en connaître la raison ? demanda Percy en fixant Esmée.

Il la détailla des pieds à la tête, s'agaça de sa tenue, elle le vit. Loin de se sentir coupable, elle redressa le menton, le dévisagea avec rancune.

— Monsieur Baines m'a annoncé votre départ au déjeuner alors que je vous attendais depuis une heure, les accusa-t-elle l'un comme l'autre du peu d'égards qu'ils lui accordaient.

Percy lança un regard au domestique pétrifié par le reproche.

— Nous en discuterons tout à l'heure. Servez, Baines, je suis affamé. Je ne veux pas retarder madame.

Le duc se laissa tomber sur la chaise haute, soupira profondément et but une bonne rasade du vin servi par le valet de pied.

— Bien, Votre Grâce, s'inclina Baines.

Il ne cacha pas sa réprobation et d'un signe de tête ordonna d'avertir madame Emilie de l'arrivée inattendue de leur maître.

Inattendue ? se demanda Esmée en détaillant la tenue d'équitation de son mari.

S'était-il simplement absenté pour la journée et non pour des semaines comme elle s'était plu à l'imaginer ?

— Ne souhaiteriez-vous pas vous rafraîchir avant de dîner ? lança-t-elle, avec l'espoir de s'éclipser discrètement le temps qu'il passe des vêtements plus appropriés.

— Ma tenue vous incommode-t-elle ?

— Je pensais que l'habit était de rigueur pour le souper.

— Tiens donc ! L'habit, rien de moins, ironisa-t-il en la fixant avec attention. Votre garde-robe vous déplaît-elle tant que vous ne daigniez pas y puiser pour votre propre usage ?

— Ma robe ne convient pas à Votre Grâce ?

Le regard narquois un rien irrité de Percy renseigna Esmée sur son désappointement. D'un geste, il engagea le valet à le resservir en vin. Il but lentement sans la quitter des yeux.

— Peut-être mes goûts personnels ne vous agréent point. Dans ce cas, renvoyez ces robes et commandez selon votre inclination. Un crédit est ouvert pour vous chez madame Burton, à Londres, usez-en à votre convenance.

Esmée fronça les sourcils, incertaine de comprendre les propos de son voisin de table. Le nom de la prestigieuse maison de couture l'impressionnait, mais elle ne saisissait pas le sens de son commentaire.

Pourquoi renvoyer les vêtements de la précédente duchesse ? À moins que… ? Son mari avait-il commandé pour elle cette superbe garde-robe ? Comment était-ce possible ?

Elle baissa les yeux sur son assiette, chercha la

meilleure façon de démêler cette histoire. Elle releva le nez, observa celui qui se régalait de la soupe tout juste servie.

— Est-ce vous qui avez commandé ce trousseau ?

Percy hocha la tête, poursuivit sa dégustation avec l'intention de la laisser dans l'embarras.

Quel être odieux ! pensa-t-elle, agacée par sa suffisance et sa manière désinvolte de la traiter comme une moins que rien incapable de choisir elle-même ses habits.

Certes, les robes somptueuses convenaient parfaitement à une duchesse, mais point à une femme engagée pour porter la progéniture du maître, et qui, elle le pariait à cent contre un, demeurerait à Dartford une partie de l'année. Une jument de race s'exposait, une vulgaire bourrique « bien faite et docile » restait à l'écurie. Rien de ce qu'elle avait entraperçu dans la penderie ne correspondait aux toilettes qu'elle revêtait habituellement pour vaquer à ses occupations à Brookfields. Sans être coquette, elle aimait les mises simples et pratiques, gardait pour les grandes occasions, devenues très rares depuis un an, les fanfreluches que Mary-Jane appréciait plus que tout.

— Sont-elles à votre taille ? lui lança-t-il avec effronterie.

Le pétillement des prunelles noisette, le léger haussement des sourcils bruns ou le demi-sourire renforça l'opinion d'Esmée qu'il n'ignorait aucun de ses faits et gestes. Madame Gates se chargeait certainement de rapporter par le menu ses actions ou propos. Le fait qu'elle refuse de porter les habits qu'elle pensait appartenir à une morte était arrivé à l'oreille du duc.

— J'en doute, répondit-elle en cachant sa contrariété.

— Essayez-les avant de l'affirmer. Madame Gates s'occupera de les faire reprendre si nécessaire. Madame Burton en sera courroucée si par malheur aucune ne vous allait. L'atelier a travaillé nuit et jour depuis une semaine pour que tout soit prêt pour votre venue, glissa-t-il en souriant hypocritement.

Esmée percevait à quel point il se réjouissait de la ridiculiser, de la mettre mal à l'aise en lui expliquant qu'elle ne connaissait rien aux usages des dames de la bonne société. Esmée en convenait et baissa les yeux sur ses mains, les cacha sous la table pour qu'il ne remarque pas leur léger tremblement. L'irritation grandissait démesurément en elle.

— À ma demande, votre père a envoyé une de vos robes à mon secrétaire à Londres. Mais, je l'avoue, nous autres pauvres hommes distinguons très mal une tenue correctement ajustée ou non. Ne m'en veuillez pas si par malheur aucune de ces tenues ne vous allait, termina-t-il pour l'achever.

Le silence d'Esmée agaça le duc, il posa son couvert d'une manière brusque sur le bord de son assiette.

— Étant donné le peu de temps dont vous disposiez pour monter votre trousseau, j'ai pris la liberté de faire au mieux, madame. Vous m'en voyez désolé, si cela vous contrarie. Renvoyez tout et n'en parlons plus, maugréa-t-il après une tentative maladroite de s'excuser.

Esmée se mordit la joue pour ne pas rire de son air bougon, presque aussi comique de celui de James lorsque son petit frère n'obtenait pas gain de cause. Avec mauvaise humeur, Percy repoussa son assiette.

— Débarrassez, ordonna-t-il sèchement à Baines. Je n'ai plus d'appétit.

Tout à coup, Esmée se sentit coupable de se montrer peu redevable envers le duc. Elle releva les yeux, se heurta au regard assombri de Percy qui sirotait son verre de vin en la fixant.

— Je vous remercie infiniment pour cette délicate attention, monsieur. Veuillez me pardonner de n'avoir pas pris la mesure de ma position jusqu'à présent. À l'avenir, je me plierai à vos décisions, fit-elle amende honorable.

— Je n'en attends pas moins de vous. Désirez-vous boire le café au salon ?

— Pas de café pour moi, monsieur. Je vous remercie. Permettez que je me retire.

Un instant, elle perçut l'hésitation du duc, sa moue désenchantée parlait pour lui. Il espérait prolonger cette soirée, mais le choc de le voir alors qu'elle s'imaginait débarrassée de sa présence détruisait les défenses d'Esmée. Une discussion dans ces conditions s'avérait au-dessus de ses forces. Pour le reste, elle craignait le pire et préférait s'y préparer au calme dans ses appartements.

Chapitre 8

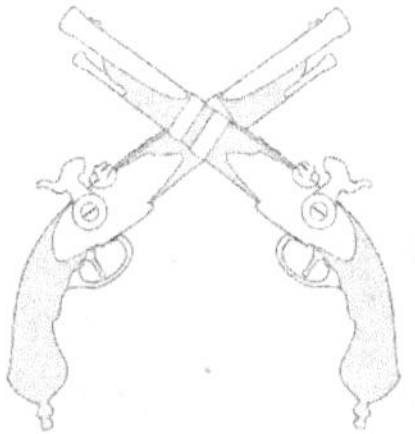

Assise devant la cheminée, Esmée se perdait dans ses réflexions moroses. Sa première journée au château se soldait par des constats désolants qu'elle ne savait comment interpréter. À part une discussion à cœur ouvert avec Percy, elle ne voyait pas comment rattraper une situation aussi désastreuse. De plus, elle hésitait sur la considération que lui portait son époux. En commandant à son intention un magnifique trousseau dont elle évaluait la valeur, il montrait une délicatesse inattendue qui démontrait son souci de l'affubler du rôle de duchesse.

Pouvait-elle réellement lui concéder une once de bienveillance alors qu'il l'oubliait une journée entière sans donner signe de vie ou omettait de l'informer de son absence temporaire ?

Cette négligence insultante ne laissait rien présager de bon pour l'avenir. Les domestiques adoptaient le même comportement, la regardaient comme une étrangère et non la potentielle maîtresse des lieux. Quelque chose lui échappait, sans qu'elle détermine les raisons de cette conduite à la limite de l'impertinence. Baines ou madame Gates lui vouaient une animosité flagrante.

L'estimaient-ils indigne du duc ?

Elle le supposait et s'en désolait. Ils la jugeaient sans rien connaître d'elle ou de sa famille, à part les commentaires rapportés par Kate, Monsieur Killeroy ou les serviteurs venus à Brookfields. D'heure en heure, elle devenait cette jument reléguée au fond de l'écurie et destinée à donner un poulain pour grossir le cheptel d'un maquignon.

Elle soupira, désemparée par ses sentiments brouillons.

Le coup léger à la porte du salon la fit sursauter. Fébrilement, elle resserra sa veste de nuit sur la chemise beaucoup trop fine à son goût, sangla la cordelière autour de sa taille. La porte s'ouvrit avant qu'elle prononce l'ordre d'entrer. Un seul pouvait se permettre cette incivilité : son époux.

La chandelle tenue d'une main ferme habillait le visage du duc d'ombres et de lumières. Ses yeux ressemblaient à deux puits aussi profonds que les ténèbres.

— Puis-je ? demanda-t-il, sans franchir le seuil dans l'attente de son autorisation.

Non ! eut-elle envie de le renvoyer séance tenante, mais elle savait la chose impossible. Une part d'elle capitulait, étouffait les derniers bastions d'une révolte inutile. Tout à coup, la présence de sa mère, ses conseils avisés lui manquèrent terriblement. Elle redevenait cette petite fille effrayée par les monstres du lac que Charles prétendait observer toutes les nuits.

— Je vous en prie, l'invita-t-elle à entrer.

Que des domestiques le découvrent ainsi sur le seuil l'incommodait plus que de le voir pénétrer dans son intimité.

Tu y es. Tu ne peux plus reculer à moins de le mécontenter. Souviens-toi que tu as accepté pour sauver ta famille et parce que l'homme que tu aimais te préfère une substantielle rente.

Le duc hésita quelques secondes, s'avança de deux pas et prit le temps de refermer la porte doucement. Vêtu d'une robe de chambre en velours pourpre, d'une chemise blanche visible dans l'échancrure du col, tout indiquait sans fioritures les raisons de sa venue.

La discussion sera pour une autre fois, pensa Esmée.

Elle inspira lentement pour cacher son trouble et sa frayeur des minutes à suivre, serra les mains sur ses genoux et attendit qu'il réclame son attention et sa soumission.

— Merci d'accepter de me recevoir, déclara-t-il en s'approchant de l'âtre.

Sur le manteau de la cheminée, il plaça la chandelle, la moucha avec nonchalance, signe évident de son intention de s'attarder.

— Avez-vous passé une bonne journée ? engagea-t-il la conversation d'un ton badin.

— Parfaite, mentit-elle, la voix assourdie par son appréhension.

Les récriminations attendraient une position moins embarrassante pour elle. Pour le moment, elle préférait taire ses doléances. Plus tard, demain ou dans une semaine, si la situation n'évoluait pas, elle l'entretiendrait de ses réflexions.

— Vous êtes-vous remise de votre voyage ? continua-t-il sans réellement attendre une réponse de sa part.

— Oui. Merci.

— Bien.

Debout devant le foyer, Percy contemplait le feu, silencieux, perdu dans ses pensées. Esmée l'observait du coin de l'œil, étonné par son mutisme. Les flammes éclairaient son visage, découpaient ses traits avec rudesse démontrant sans conteste la force de son caractère.

Beau ? se demanda-t-elle alors qu'elle ne lui trouvait aucun charme.

Il l'effrayait plus qu'il ne l'attirait, au contraire d'Andrew. Le jeune révérend l'avait séduite dès le premier regard, elle avait entrevu en lui l'homme de ses rêves et maintenant, elle devait supporter cet individu qu'elle jugeait arrogant et indifférent à son sort.

— J'aimerais que nous abordions les clauses de notre contrat, Esmée, commença-t-il avec gravité.

Contrat. Sur l'instant, le mot la choqua, puis elle y trouva un réconfort. D'office, il installait des barrières entre eux, ramenait chacun à son rôle : lui, le duc désireux de prolonger sa lignée ; elle, un ventre à remplir. Il établissait les bases de leur association, écartait avec rigueur de possibles attachements ou la décadence d'une attraction charnelle.

— Je suis le dernier représentant de la famille Stanton, la seule détentrice des privilèges sur le comté de Dartford. Plus qu'une charge, cela représente aussi des combats menés par mes ancêtres, des compromis, des victoires et des défaites, du sang versé pour protéger ces terres données en récompense de notre loyauté envers la Couronne. Je suis le dernier, murmura-t-il.

Esmée écoutait sans mot dire, attentive à l'attitude de son mari. La mélancolie des mots la toucha. Percy se redressa, puis s'adossa au jambage de la cheminée. Il l'observa quelques secondes, soupira.

— Mon oncle du côté de mon père a succombé à la dysenterie pendant un voyage en Égypte. J'ai perdu ma mère l'année de mes douze ans et il y a quelques années, mon frère cadet est mort lors d'un duel. Mon père a disparu juste après. Je suis désormais le dépositaire de la charge de duc et le seul à pouvoir en assurer la pérennité au nom de la famille Stanton.

À travers les mots prononcés, Esmée prit la mesure de la solitude de son époux. Elle saisissait mieux son désir d'enfant. Il se retourna vers le feu, le contempla deux longues minutes.

— Comme vous le savez, il y a deux ans, ma femme a succombé à un terrible accident de chasse. Comprenez bien que la situation m'impose de me remarier. Je dois assurer ma descendance pour préserver ce que mes ancêtres ont bâti avant moi. Je ne puis me résoudre à tout abandonner.

— Je comprends, murmura-t-elle, touchée par la solennité de son aveu.

Tout comme elle, il obéissait à des circonstances et non à ses propres vœux.

— Sachez cependant que mon cousin héritera à ma mort, mais je ne peux m'y résigner. Garald est un débauché notoire, fainéant et il dilapidera le moindre penny de ma fortune en un claquement de doigts. Mes gens comptent sur moi. Je ne peux décemment les abandonner au triste sort que leur réservera Garald par son incurie. Je souhaite pouvoir transmettre tout ceci à mes enfants et me remarier est la seule solution pour éviter un terrible naufrage.

— Pourquoi moi ?

— Pourquoi pas vous ? s'exclama-t-il en se retournant.

Esmée ne sut que dire face à sa véhémence.

— La comtesse de Bradbury m'a expliqué dans quelles difficultés votre famille se débattait. Elle vous porte en grande estime et appréciait Lady Margaret. Elle m'a vanté la parfaite éducation donnée par votre mère et m'a assuré de votre sérieux. Vous ne ressemblez pas à ses jeunes filles frivoles que je croise dans les salons. De plus, vous élevez vos frères et sœurs depuis la disparition de votre mère, et vous y réussissez très bien au dire de certains. Je trouve cela très honorable. Je peux donc espérer de votre part semblable comportement à l'égard de nos enfants. Étant extrêmement occupé par mes obligations au Parlement, je dois pouvoir compter sur le sérieux de mon épouse pour guider leur éducation. Jusqu'à sa mort, ma mère a toujours été très présente pour nous. Je souhaite que mes enfants connaissent la même… sécurité, et je pense que vous êtes la personne idéale. De plus…

Il s'arrêta un court instant, la détailla de la tête aux pieds.

— Excusez-moi d'être cavalier, mais votre âge vous défavorise dans la quête d'un compagnon digne de votre rang. Je vous évite un mauvais mariage, finit-il au grand dam d'Esmée.

Un moment, il l'avait attendrie, mais son jugement final la terrassait de stupeur.

Rustre ! le foudroya-t-elle d'un regard torve.

Il ne sembla pas comprendre le message muet, lui sourit d'un air arrogant, persuadé qu'il représentait le parti idéal et lui faisait un indicible honneur en l'épousant. Les hommes demeuraient d'une stupidité sans nom.

— M'autorisez-vous à rester ce soir ? s'enhardit-il face à son silence.

Elle rougit du regard insistant fixé sur elle.

— Ai-je le choix ? répliqua-t-elle aigrement, blessée qu'il n'évoque ni le respect ni la confiance mutuelle.

Le visage éclairé par les flammes s'assombrit, il se redressa de toute son imposante stature.

— Non. Ce luxe ne nous est plus permis, rétorqua-t-il d'un ton sec.

Esmée se mordit la joue pour ne pas riposter. Elle hocha

la tête en signe d'assentiment, la gorge serrée par la panique naissante. Au pied du mur, ou plus exactement du lit, reculer représentait une indignité de sa part. Elle se leva de peur de se rétracter, se dirigea vers la chambre où une chandelle éclairait le lit.

Que faire ? se demanda-t-elle, une onde de frayeur à l'esprit.

Devait-elle se dénuder ? Garder sa chemise ? S'allonger et attendre ?

— Gardez votre chemise, l'informa-t-il en la rejoignant. Allongez-vous.

Elle acquiesça d'un misérable signe de tête, délaça la ceinture de sa veste de nuit, s'en débarrassa et la disposa au pied du lit ouvert par Percy.

— Je vous en prie, Esmée.

Elle obéit, s'étendit, les jambes serrées, les bras le long du corps, incapable de se détendre ou d'émettre un son ou faire un geste.

— Vous a-t-on instruite de ce qui se passe entre un homme et une femme ? demanda-t-il avec hésitation.

Un court instant, l'incertitude du ton la fit espérer qu'il se rétracte, mais il s'assit résolument au bord du matelas.

— Oui, souffla-t-elle d'un filet de voix.

Il hocha la tête, se débarrassa à son tour de sa robe de chambre. La chemise à mi-cuisse couvrait le torse et le bas-ventre qu'elle évita de regarder. L'échauffement de son sang suffisait à sa peine. La nausée lui entortillait l'estomac, le parfum de savon, épices et cannelle arrivait à ses narines, plus puissant que jamais.

— La première fois peut se révéler douloureuse. Ensuite, vous pourriez y trouver du plaisir. Cependant, je…

Il s'arrêta, la regarda dans les yeux, inspira lentement.

— Je ne m'attarderai pas comme pourrait le faire un amant. Comprenez que nous agissons uniquement pour procréer, énonça-t-il crûment.

Elle frémit, perturbée par ses mots.

En quoi cela était-il différent de faire l'amour ou procréer ? se demanda-t-elle.

Le sujet restait nébuleux malgré les explications souvent graveleuses de Betty à propos de son galant en titre. Voir des filles de ferme, les jupes sur les hanches et entreprises par les valets ne la choquait plus depuis belle lurette. Cependant, les mots du duc l'interpellaient et la perturbaient fortement.

Agirait-il autrement avec une amante ?

— Ne bougez pas, indiqua-t-il en se levant.

Il souffla la chandelle posée sur la table de nuit, se dirigea vers la porte et la ferma à demi, plongeant la chambre dans la pénombre. Esmée distinguait à peine son ombre, mais percevait ses mouvements. Il revint près d'elle, s'assit à nouveau sur le bord du lit.

— Laissez-moi faire, murmura-t-il d'une voix étrangement rauque.

Les doigts calleux glissèrent sous la chemise d'Esmée, remontèrent le long de sa cuisse, s'y attardèrent en pétrissant sa peau frémissante. Elle le fixait, sans rien distinguer de son corps ou son visage. Elle se crispa de la progression inexorable de sa main vers son entrejambe. Elle ne bougeait plus, ne respirait plus, pétrifiée de terreur.

Que fait-il ? s'effraya-t-elle des attouchements impudiques sur son intimité.

Elle en ressentait un trouble certain, fait d'angoisse et de curiosité. Avec autorité, il écarta ses cuisses, les caressa d'une manière plus ferme, revint sur son bas-ventre, appuya sur son sexe de ses doigts conquérants.

— Détendez-vous. Ce sera moins douloureux, murmura-t-il d'une voix sourde.

Se détendre ? Comment voulait-il qu'elle fasse une chose semblable dans de telles circonstances ?

Les yeux rivés sur lui, tendue, elle attendait sans savoir quelle attitude adopter.

Que fait-il ?

Elle remarqua le mouvement léger, le fixa, certaine de reconnaître le va-et-vient d'une main serrée sur un membre. Plus d'une fois, elle avait découvert Charles ou Richard en pareille position ou comparant leur virilité dressée par leurs propres soins. Elle les grondait, les sommait de n'en point abuser. Ils montraient de la honte devant elle pour ensuite se vanter auprès d'Abby-Sue, la catin du village.

Il se caresse !

Les doigts plus intrépides que jamais s'invitèrent en elle, s'enfoncèrent plus profondément. Elle suffoqua, serra les dents pour taire son gémissement affolé. Le suintement soudain lui fit craindre l'arrivée de ses saignements, mais son époux n'y prit pas garde. Une sensation insolite l'envahissait, alourdissait ses membres raidis, déboussolait son esprit tendu vers son intimité visitée de si étrange manière.

Mon Dieu ! s'agrippa-t-elle des deux mains au drap.

Son corps réagissait, se chargeait d'un fourmillement anormal. Elle brûlait de l'intérieur, tremblait et son cœur battait la chamade.

— Vous êtes prête, entendit-elle vaguement la voix à travers le coton dans ses oreilles.

Prête ? Jamais !

Elle ne respira plus lorsqu'il s'approcha. Les poils de jambes contre les siennes la picotèrent, la détournèrent une seconde de cette chose dure appuyée contre son bas-ventre. Sans attendre, il glissa entre ses cuisses, s'installa au-dessus d'elle. Son souffle saccadé, son odeur, sa chaleur déroutaient ses sens en alerte.

Mon Dieu !

Elle se mordit la langue, se contracta de partout tandis

qu'il la pénétrait lentement. Elle gémit de le recevoir en elle. Il poussa plus fort pour passer la barrière de ses chairs vierges de tous plaisirs.

Mon Dieu !

Le pincement la sortit à peine de la torpeur où elle plongeait, anéantie par des émotions confuses, bonnes ou mauvaises, elle ne saurait le dire. Elle frissonna de sentir la chaleur de ses jambes contre ses mollets, les poils ressemblaient à des aiguillons sur sa peau couverte par la chair de poule.

— Ouvrez-vous, l'incita-t-il à écarter les cuisses plus largement.

Mon Dieu !

Il s'allongea sur elle, posa les bras de chaque côté de sa tête, puis il bougea. Le souffle haché caressait sa joue. Elle détourna le visage de peur qu'il l'embrasse. Il ne tenta pas ce geste qui représentait pour elle un gage d'amour, de respect mutuel, d'abandon aussi. Lentement, il coulissait entre ses cuisses, allait et venait dans son ventre sans discontinuer. Elle ferma les yeux, retint ses larmes autant que possible. Bousculée par l'acharnement qu'il mettait à remplir son devoir, elle empoigna le drap à pleines mains, laissa son esprit s'évader loin de cette chambre, de cet homme sur elle, de cette chose en elle. Loin, si loin qu'elle perdit la notion du temps. Un râle étouffé et il se tendit, revint plus fort encore. Les dents agrippées à sa lèvre, elle s'interdit de gémir. Il haletait au-dessus d'elle, immobile au plus profond de ses chairs. Lentement, la sensation étrange reflua, tout comme son mari.

— Vous ai-je fait mal ? murmura-t-il à quelques centimètres de ses lèvres tremblantes.

— Rien qui ne soit insupportable.

Elle perçut son flottement, mais elle ne bougea pas de peur qu'il recommence. Heureusement, il se redressa, s'écarta et s'assit au bord du lit. Pudiquement, il tira drap et couverture sur elle.

Par honte ou pour éviter qu'elle prenne froid ? s'interrogea-t-elle, encore sous le coup de cette première fois singulière.

— Merci, Esmée.

Elle ne répondit pas, incapable de prononcer un mot. Il se leva, récupéra sa veste de nuit et l'enfila rapidement.

— Nous nous verrons demain. Je vous souhaite une bonne nuit.

— Bonne nuit…

Elle se tut ne sachant comment le nommer en pareil moment.

Percy ? Monsieur ? Votre Grâce ?

La silhouette sombre s'évapora dans la pénombre de la chambre avant de reprendre sa consistance à l'ouverture de la porte du salon éclairé par les bougies. Il lui sembla qu'il se retournait, la regardait, mais elle ne put l'assurer.

Regrettait-il son « achat » ?

Le battant se referma sans bruit, abandonnant Esmée à ses interrogations.

L'acte charnel ressemblait à ça ? Pourquoi Betty prétendait-elle qu'elle se sentait toute chose et excitée, que l'univers entier lui appartenait lorsqu'elle touchait les étoiles ?

Esmée ne ressentait rien de particulier, à part cette gêne infime lui rappelant son désormais statut de femme. Son cœur n'avait pas éclaté de douleur comme elle l'avait imaginé. Il s'était simplement tu, étouffant ses sentiments pour un autre. Ses rêves disparaissaient dans un recoin secret de son esprit.

Fini l'innocence. Fini les histoires de petite fille. Fini les princes charmants. Place à la réalité de sa nouvelle vie.

Chapitre 9

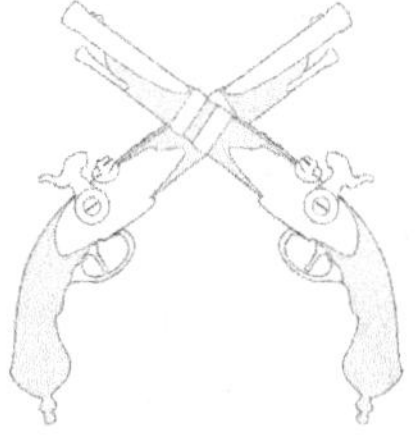

À Claire qui apprécie particulièrement Percy « le Barbe-Bleue »

Le matin éclaircissait d'une lumière rosée la chambre d'Esmée. Elle se réveilla peu à peu, ouvrit les yeux et contempla le dais du lit, ses fleurs brodées et ses animaux sauvages.

Quatre jours.

Elle soupira, se redressa contre les oreillers, grimaça de la douleur fugace dans ses reins. Elle écarta le drap, regarda la tache rouge sur sa chemise annonçant sa défaite pour cette fois. Elle se laissa tomber sur le matelas, déçue que les espoirs du duc et les siens s'effondrent. Son époux montrait une assiduité tatillonne à s'inviter dans sa couche chaque soir. À la fin du dîner, avec une certaine délicatesse, il lui demandait la permission de la rejoindre, puis la remerciait d'accepter sa proposition. Une heure plus tard, il se présentait sur le seuil du salon, posait sur le manteau de la cheminée la chandelle qu'il mouchait. Il regardait les flammes un moment, puis l'interrogeait sur sa journée sans montrer un semblant d'intérêt à ses commentaires. Il ne se confiait plus comme la première fois, ne partageait rien d'autre avec elle que des considérations sur le climat, l'avancée du printemps. Il occupait simplement le temps et attendait patiemment qu'elle choisisse le moment où elle l'inviterait dans son lit.

Croyait-il ainsi la rassurer ? Ou bien imaginait-il qu'il lui accordait le pouvoir de décider de se donner à lui ?

La veille, elle avait capitulé en deux minutes, incapable de supporter une conversation d'une platitude désolante. Elle s'était retenue de lui jeter : « venez faire votre affaire qu'on en finisse de cette situation stupide ». Elle avait prétexté de la fatigue, uniquement pour le contrarier, s'était méchamment réjouie de voir son air pincé et son mécontentement.

— Venez, l'avait-elle invité à la suivre avant qu'il ne se lance dans un exposé condescendant sur les tenants et les aboutissants de son rôle.

— Vous...

Il s'était tu, comprenant qu'une explication ou discussion s'avérait futile. Esmée s'était allongée, la chemise remontée haute sur les cuisses, la tête bien calée par deux oreillers pour éviter de se cogner au dosseret du lit comme la veille. Le duc montrait une ardeur à remplir son devoir et elle en avait fait les frais pendant un assaut plus vigoureux que les autres. Bizarrement, elle ne ressentait rien de particulier lorsqu'il la prenait de cette manière énergique. Elle se perdait ailleurs le temps qu'il termine son affaire, fermait les yeux et attendait que le grognement et l'immobilité du maître annoncent la fin de l'entreprise.

Après leur deuxième nuit d'une parfaite similitude avec la première, un étrange apaisement l'avait envahie. Elle ne craignait plus d'éprouver de la félicité entre les bras de son mari et s'en trouvait profondément soulagée. Elle associait le plaisir à l'amour, imaginait la puissance du partage de deux corps lorsque les cœurs battaient à l'unisson. Secrètement, elle se réjouissait de ne plus jamais traverser les affres du désespoir par la faute d'un homme. Plus de bouleversement du cœur, plus ce déchirement de l'âme ou cette part de soi arrachée par le désappointement d'avoir cru à la réciprocité de ses sentiments.

Maintenant, la clarté de son rôle la rendait à la raison. Elle retrouvait une stabilité émotionnelle acceptable et se promit de satisfaire le duc autant que possible. Pour le moment, hélas, la déception la tenaillait. Un bain lui permettrait de se délasser avant de descendre annoncer à son époux l'insuccès de leurs tentatives.

À moins que madame Gates ne se charge de cette mission ?

L'intendante ne lui accordait aucune considération, menait la maisonnée d'une main de fer sans qu'Esmée puisse intervenir ou émettre un avis. Son séjour à Dartford se transformait en oisiveté à laquelle elle goûtait avec délice après trois années à porter à bout de bras Brookfields et l'éducation de ses frères et sœurs.

Le duc lui assignerait-il une position particulière en dehors de son statut de jument ? se demanda-t-elle en tirant sur le cordon d'appel.

Le léger coup à la porte de la chambre lui annonça l'arrivée de l'inquisitrice en chef. Depuis que le maître honorait sa couche, madame Gates se présentait la première pour vérifier que la jument remplissait son rôle. Esmée s'en agaçait, mais elle admettait les raisons de cette surveillance de son intimité. Selon les dires de son mari, son cousin Garald dilapiderait la fortune amassée par les précédents ducs au risque de détruire les emplois de centaines de gens. Après deux années de mauvaises récoltes et d'investissements malheureux, Brookfields se trouvait au bord de la faillite, quoi que son père tente pour sortir de l'ornière, alors Esmée comprenait mieux que quiconque les angoisses du personnel de la maisonnée.

— Madame, la salua madame Gates, un sourire aux lèvres.

— Bonjour, madame Gates. Pouvez-vous préparer mon bain ? Je me sens lasse, ce matin.

— Oh ! sourit de plus belle la femme de charge. Bien sûr, Votre Grâce. Kate s'en occupe tout de suite. Désirez-vous prendre votre petit-déjeuner dès à présent ?

— Je n'ai pas faim, mentit Esmée uniquement pour voir la bonne femme se rembrunir.

Finalement, aujourd'hui Esmée trouvait de l'agrément à cette joute matinale. Elle écarta l'édredon et s'assit sur le bord du lit en surveillant du coin de l'œil la réaction de la gouvernante. Elle se mordit la joue pour ne pas rire sous le nez de celle qui se renfrognait. Ce matin, la tache de sang sur sa chemise ne réjouissait pas madame Gates comme les jours précédents. Madame Gates s'inclina à la va-vite et sortit de la chambre sans un mot de plus. Esmée fixa la porte, sourit tristement. Elle caressa son ventre tendu, pria le ciel pour qu'il lui accorde rondement la joie d'être mère. Supporter les attentions de son époux plus que nécessaire ne l'enchantait guère et elle espéra du fond du cœur porter rapidement l'enfant tant attendu.

Une heure plus tard, le valet de chambre du duc se présenta à elle.

— Madame, Sa Seigneurie vous demande de la

rejoindre dans son bureau.

— Son bureau ? Où se trouve-t-il ?

— Au rez-de-chaussée, Votre Grâce. Souhaitez-vous que je vous y conduise ?

— Oui, merci.

D'un coup d'œil dans le miroir au-dessus de la cheminée, Esmée vérifia sa tenue.

Désormais, elle puisait dans la garde-robe offerte par son époux uniquement pour le contenter. Elle y trouvait un certain agrément, même si la moitié des toilettes correspondaient peu à ses envies de liberté. Elle s'effrayait de salir ou de gâter de si beaux habits.

— Allons-y, engagea-t-elle le valet à la précéder.

Elle s'égarait encore dans le dédale des couloirs, échouait parfois dans les communs sous les regards médusés des domestiques. Elle évitait l'aile l'ouest, le domaine privilégié du duc et se contentait de visiter le reste du logis. Perdue dans ses pensées, elle suivit le serviteur et se retrouva bientôt debout sur le seuil du bureau. L'austérité de l'endroit malgré les grandes fenêtres dispensant une lumière engageante correspondait en tout point à ce qu'elle imaginait. Une vaste bibliothèque courait le long d'un mur, l'autre paroi s'ornait de trophées de chasse. D'épais tapis recouvraient le plancher de chêne. Des fauteuils confortables entouraient l'imposante cheminée destinée à réchauffer les lieux. Une table de travail ancienne se trouvait face à la porte.

— Entrez ! s'impatienta le duc.

Il lisait le courrier sans doute arrivé le matin même, puis le triait en trois piles.

— Je dois m'absenter, mes affaires m'appellent à Londres.

— Je comprends, déclara-t-elle en cachant son contentement.

D'instinct, elle sut qu'il ne l'invitait pas à le suivre et en ressentit un profond soulagement. Elle ne tenait pas à être exposée comme la nouvelle duchesse, celle en qui Percy Stanton plaçait ses espoirs. Quelques jours seule lui permettraient de mettre de l'ordre dans ses pensées et d'organiser sa vie à sa convenance.

— Monsieur Killeroy reste à votre entière disposition le temps de mon absence. N'hésitez pas à lui réclamer ce dont vous avez besoin pour agrémenter votre séjour. Je souhaite ardemment que Dartford devienne votre maison, Esmée. Ici, vous vous adonnerez à des activités plus saines qu'à Londres.

Esmée acquiesça d'un signe de tête. Il ne se trompait pas et déjà elle s'imaginait chevaucher à travers le domaine pour en répertorier les merveilles, savourer la satisfaction de vivre sans s'occuper de qui que ce soit à part elle. En trois jours, elle expérimentait les bienfaits de l'oisiveté. Elle se promenait, cueillait des fleurs pour son agrément, flânait et profitait du radieux soleil des temps derniers. La bibliothèque qu'elle découvrait avec ravissement comblerait son ennui. Elle s'adonnerait à la lecture sans être dérangée toutes les deux minutes par les jérémiades de ses frères et sœurs. Elle s'accommoderait sans peine de l'absence de son époux pour quelques semaines. Ensuite, le répit de neuf mois sans avoir à subir les assauts du duc se transformerait en paradis. Si elle lui donnait un fils, peut-être s'en contenterait-il et ne lui imposerait plus le devoir conjugal. Il ne semblait pas y prendre plus de plaisir qu'elle puisqu'il la quittait dès sa besogne terminée. Pour le reste, ils entretenaient si peu de relations qu'un chien remplirait mieux son office de compagnon.

— Quand partez-vous ? demanda-t-elle curieuse de connaître son degré d'impatience.

Il releva les yeux, la dévisagea un moment, sourit d'une manière qu'elle jugea condescendante.

— Avant le déjeuner. Mes obligations m'appellent d'urgence à Londres.

— J'en suis désolée, prétendit-elle hypocritement en baissant le regard sur ses mains jointes sur son ventre.

— Souhaitez-vous m'accompagner ?

La question posée d'un ton ennuyé indiquait à Esmée qu'il le lui proposait uniquement pour paraître civilisé.

— Non, monsieur. Je trouverai ici de quoi me distraire, n'ayez crainte.

Il sembla se satisfaire de sa réponse déférente, reprit le tri de son courrier. Esmée hésita un instant, puis s'éclipsa discrètement, une certaine allégresse au cœur. Dartford lui appartenait pour une semaine ou deux.

Forte de ce constat, elle emprunta un couloir, monta un escalier et se retrouva dans une galerie suspendue au-dessus du jardin intérieur. Elle chercha à se repérer, agacée de s'être encore égarée à cause de son inattention.

— Il serait temps que tu visites chaque recoin de cette bâtisse ! se donna-t-elle comme mission pour les jours à venir.

La bibliothèque lui fournirait certainement des indications sur la construction ou l'histoire des Stanton. Le cadre grandiose lui inspirait des récits romanesques de chevaliers et de belles dames enfermées dans la tour. James raffolait de ce genre de contes et Esmée trouverait à Dartford de quoi nourrir son imagination de petit garçon. Elle bifurqua dans une seconde galerie, et tomba nez à nez avec un immense portrait du duc. Elle s'approcha, détailla le tableau avec intérêt. L'air d'arrogance était si bien reproduit qu'elle eut l'impression que le regard noisette la transperçait de part en part. Elle frissonna, resserra le col de son châle sur sa gorge frémissante, puis se détourna pour échapper à l'angoissante sensation de se sentir épiée. Deux portraits de femme se trouvaient face à celui du duc. Le réalisme des expressions et la grande beauté des deux modèles la clouèrent sur place.

— Madame ?

La voix de madame Gates sortit Esmée de sa contemplation troublée. Immobile à trois pas derrière elle, l'intendante l'observait.

— Qui est-ce ? demanda Esmée avec curiosité.

Madame Gates s'approcha à pas lents, un air d'adoration marquait son visage à l'ossature sèche.

— À droite, Lady Maud. La première femme de Sa Seigneurie. Il l'aimait plus que tout au monde et aurait tué pour elle, déclara la gouvernante d'un ton dévot.

— Elle était très belle, murmura Esmée.

— Ravissante, mais aussi instruite et d'une éducation parfaite. Elle éclipsait toutes les autres par son charme et sa gentillesse. Lorsqu'elle paraissait, le soleil semblait moins éclatant qu'elle. Une vraie duchesse.

Esmée ne releva pas le dernier commentaire, une attaque personnelle contre elle, elle le sentait.

— Et celle-ci ?

Elle désigna le deuxième tableau. La ressemblance frappante des deux jeunes femmes d'une blondeur rutilante lui sauta aux yeux. Même visage à l'ovale ferme, lèvres en forme de cœur, regards myosotis identiques, attitude hautaine semblable.

— La deuxième épouse de Sa Grâce, Lady Ashley. Une grande dame, elle aussi. Excusez-moi, je dois donner des ordres pour le départ de Sa Seigneurie.

Interloquée, les yeux rivés sur le deuxième portrait, Esmée se demanda pourquoi personne ne l'avait avertie du double veuvage de son mari.

Était-ce la raison du malaise qu'elle avait perçu quand elle avait tenté d'en savoir plus ?

Un frisson glacé le parcourut. La comparaison entre elle et ses devancières ne l'avantageait pas. Les deux jeunes femmes resplendissaient de santé, de joie de vivre et d'une arrogance tout au moins égale à celle du duc. À leur côté, elle ressemblait à un vilain petit canard échoué malencontreusement en ce lieu.

— Une jument de trait, voilà ce que tu es pour lui. Une vulgaire jument de trait, murmura-t-elle pour elle-même.

Elle se détourna et reprit sa route pour rejoindre ses appartements, désemparée par sa découverte et les omissions de son entourage à propos de son époux. Son père n'ignorait certainement pas la situation de son gendre. Elle lui en voulait de lui avoir caché une information importante.

— Madame ! sursauta Kate à son entrée dans la garde-robe.

— Aidez-moi à me préparer. Je souhaite me rendre au village.

— Maintenant ?

— En effet. Maintenant. Allez ! s'énerva-t-elle.

L'air ahuri de sa femme de chambre calma l'humeur chagrine d'Esmée. Elle avait sous la main la parfaite informatrice pour en connaître plus sur les amours malheureux du duc et démêler les fils embrouillés de cette histoire.

— Mais tout d'abord, je souhaiterais que vous me coiffiez. Un chignon sera parfait, déclara-t-elle en s'asseyant.

— Oui, madame.

Kate se plia à sa demande avec bonne volonté. Esmée l'observait par le truchement du miroir, s'interrogeait sur la manière aborder le sujet délicat des veuvages du maître des lieux.

— Lady Maud et Lady Ashley étaient ravissantes, lança-t-elle.

Le sursaut de Kate, son coup d'œil inquiet et la moue pincée ne découragèrent pas Esmée.

— Les avez-vous connues, Kate ?

— J'ai servi Lady Ashley, madame. Du temps de Lady Maud, je travaillais encore à la buanderie, et ils ne venaient pas souvent ici, sauf pour les grandes chasses. Ils voyageaient beaucoup, Paris, Londres, Rome. Ils sont même allés aux Amériques !

— Quelle chance, murmura Esmée, consciente d'enfreindre la règle sacrée de ne jamais bavarder avec les domestiques à propos des occupants de la maison.

— Hélas, cela n'a pas duré, soupira Kate.

— Que s'est-il passé ?

Kate hésita, dodelina de la tête quelques secondes, soupesant sans doute les informations à révéler.

— Lady Maud est morte en couche en mettant au monde un petit garçon, pas bien solide le bougre. Il a suivi sa pauvre maman deux jours plus tard. Sa Seigneurie a été profondément affectée par ce malheur.

— Je ne savais pas, murmura Esmée, une compassion nouvelle à l'esprit.

Elle tenait là les raisons du silence du duc à propos de sa première femme. Son désir obsessionnel d'enfant provenait peut-être de ce traumatisme passé.

— Et Lady Ashley ? poussa-t-elle Kate à lui en confier plus.

— Ce n'est pas à moi de raconter l'histoire.

— Au contraire. Je ne souhaite pas chagriner Sa Seigneurie en abordant le sujet d'une manière malséante ou en lui rappelant malencontreusement ce drame par des propos inconsidérés.

— Il a rencontré Lady Ashley à Vienne au bal de la Reine. Elle était si jolie ! L'accident de chasse a tourneboulé le pauvre maître. Il ne faut pas lui en vouloir, vous savez. Il…

Kate retint ses mots, s'activa à terminer le chignon en silence. Esmée ne relança pas la conversation qu'elle jugeait inutile. Elle en connaissait désormais assez et le portrait de Percy s'éclaircissait dans sa tête. Elle fixa son reflet, se compara à ses devancières et comprit les raisons du choix du duc. Il ne risquait pas de s'éprendre d'elle et ne souffrirait pas si par malheur elle disparaissait à son tour.

Finalement, ils recherchaient autant l'un que l'autre à atteindre le même but : avoir un enfant à chérir, le seul véritable amour qu'ils se sentaient encore capables de donner.

Chapitre 10

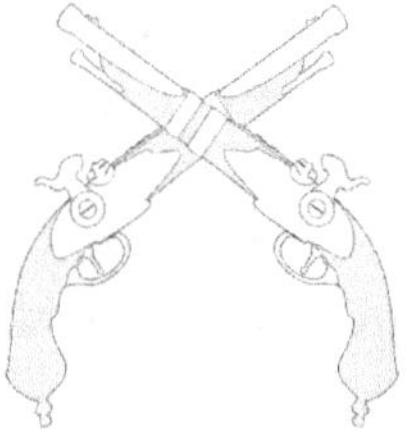

L'effervescence du personnel avait fait fuir Esmée vers la roseraie. Les fleurs aux riches couleurs exhalaient leurs parfums suaves et enivrants. Les abeilles butinaient avec frénésie avant les premiers frimas.

L'automne, réalisa Esmée.

Depuis son arrivée, le temps s'effilochait au rythme des séjours de son époux à Dartford.

Six mois.

Elle se remémorera son entrée dans la cour, juchée sur le cheval du duc, ses questions de l'époque, ses doutes, ses peurs, sa révolte de n'être qu'une jument. Désormais, l'indignation laissait place à la résignation et elle s'accommodait fort bien du rôle imposé par son mari, ainsi que sa réclusion forcée à Dartford. Elle y trouvait le repos de l'âme, se rappelait avec nostalgie sa vie d'avant, les rires de ses frères et sœurs, leurs disputes, ses conversations passionnantes avec son père ou Andrew.

Elle soupira, poursuivit sa tâche, coupa quelques roses fanées, déposa dans son panier les fleurs destinées à la table du dîner et à son salon qu'elle décorait selon ses goûts au grand dam de Marty, le jardinier en chef, et de adame Gates, toujours suspicieuse ou critique de ses faits et gestes. Le majordome et la gouvernante ne désarmaient pas sans qu'Esmée détermine la raison de leur animosité. Depuis un bon moment, elle en prenait son parti et ne s'affligeait plus de leurs remontrances. Au contraire, par esprit de contradiction et pour le plaisir de les embarrasser, elle profitait de chaque départ du duc pour vivre suivant ses propres vœux, allait et venait sur le domaine au gré de ses envies. Désormais, monsieur Killeroy renonçait à lui faire la leçon ou à lui imposer un domestique lors de ses sorties. Elle semait si souvent le pauvre garçon affecté à sa surveillance que l'homme de confiance avait capitulé après trois mois de tentative de la raisonner. Étrangement, son mari n'abordait jamais la « désobéissance » de sa femme, comme si monsieur Killeroy gardait pour lui les incartades de la duchesse. Esmée riait de ce que le bonhomme nommait ses « incartades » ; de simples promenades à cheval ou à pied à travers le domaine ou des visites aux indigents du village. L'aumônier de la paroisse se déplaçait chaque dimanche pour célébrer l'office dans la chapelle principale du château, évitant à Esmée de se mêler à la population des environs. Elle appréciait cette attention et se préservait ainsi des rencontres avec les connaissances du duc. Puisqu'il n'avait pas daigné la présenter à ses métayers, fournisseurs ou proches voisins, Esmée rejetait la moindre invitation. Devenir la « curiosité locale » en de telles circonstances l'embarrassait fort, et, elle se l'avouait, se pavaner en tant que maîtresse de Dartford dans les salons ne l'intéressait aucunement.

Le duc lui-même refusait de lui accorder ce statut, alors pourquoi le revendiquer ?

Finalement, elle y trouvait son compte et un plaisir non dissimulé de se sentir libre. Jusqu'au retour de son mari.

Imminent, pensa-t-elle.

Depuis le matin, madame Gates hurlait, fébrile comme jamais, soucieuse du confort de Sa Seigneurie. L'arrivée annoncée chagrinait Esmée.

Pourquoi diable se présentait-il avec une semaine d'avance ?

Le calendrier établi par madame Gates rythmait les allées et venues du duc à Dartford et dans le lit de son épouse.

Invariablement, après le dîner, il paraissait sur le seuil de son salon, lui demandait respectueusement de partager sa couche, l'interrogeait vaguement de ses occupations pendant son absence, impatient, elle le voyait, d'en terminer au plus vite avec la corvée du devoir conjugal. L'affaire en devenait cocasse tant la répétition à l'identique de leur première étreinte perdurait au fil des mois. En cela, il montrait une constance rigoureuse, ne lui accordait pas plus que nécessaire et disparaissait dès qu'à nouveau la mauvaise nouvelle tombait et que ses menstrues annonçaient un nouvel échec. Deux semaines plus tard, il se représentait à Dartford et le cycle recommençait. Parfois, pour échapper à ses devoirs avec un ou deux jours d'avance, Esmée volait du sang de poulet à la cuisine et en tachait sa chemise. Pour le moment, madame Gates ne flairait pas le subterfuge, mais la bonne femme la regardait étrangement, comptant sur ses doigts le prochain retour estimé de son maître entre les cuisses de son épouse.

Esmée ne ressentait aucun remords de s'accorder

quelques jours supplémentaires de tranquillité, surtout depuis qu'elle connaissait l'existence de Gillian Coventree.

Une bouffée de dépit entama sa résignation. Le sécateur décapita les gourmands de deux rosiers tant la hargne la submergeait.

— Calme-toi ! s'admonesta-t-elle à l'apaisement.

Esmée se redressa, laissa son regard errer jusqu'à l'horizon où les nuages noirs s'amoncelaient annonciateurs d'orage ou de tempête.

Devait-elle sommer le duc de s'expliquer ? Ou jouer l'ignorance ?

L'ignorance, opta-t-elle.

Après tout, le contrat entre eux n'incluait aucun devoir mutuel hormis celui de partager la même couche à des fins dictées par les circonstances. Pour le reste, ils leur convenaient d'agir à leur guise et selon leur inclination.

Cependant, Esmée ne comprenait pas l'attitude du duc ou ce ridicule mariage aussi peu fructueux que possible pour l'un et l'autre.

Pourquoi n'avait-il pas épousé sa maîtresse au lieu de lui imposer ce simulacre d'union ?

Esmée n'y comprenait rien et ressassait sa rancune depuis qu'elle avait découvert la liaison de son mari avec Gillian Coventree, la veuve du meilleur ami du duc. L'aventure était de notoriété publique et personne ne l'ignorait à moins d'être aussi sot qu'un âne. La Gazette rapportait à qui mieux mieux les moindres faits et gestes de Percy Stanton par des entrefilets sournoisement tournés, mais, elle le remarquait, explicites.

Monsieur Killeroy, pour elle ne savait quel motif à l'époque, cachait le London Gazette et prétendait ne pas le recevoir à Dartford, jusqu'à ce qu'elle éclaircisse la raison de ce mensonge : les infidélités du duc. Par le plus grand des hasards, en fouillant la bibliothèque à la recherche d'un livre sur la botanique, elle était tombée sur deux journaux. Au début, elle avait cru tenir là de vieux exemplaires datant de plusieurs mois, mais le titre d'un article à propos du Roi avait éveillé sa curiosité. La Gazette remontait à une semaine après le départ de Lord Percy. En le feuilletant, le nom de Dartford avait attiré son œil. La lecture de l'entrefilet l'avait laissée perplexe, sans pour autant susciter sa méfiance. Il était question d'un dîner donné en l'honneur d'un gentilhomme revenu des Indes à laquelle assistait son mari ; rien d'extraordinaire.

Le lendemain, elle avait réclamé à Baines le journal dès le petit-déjeuner. La mine embarrassée du majordome, son air pincé avait alerté Esmée. À force de le côtoyer, elle connaissait de mieux en mieux ses mimiques et ses sentiments. Il en était un dont elle jouait : son orgueil d'appartenir à une illustre famille. Le tourner en ridicule lui permettait d'obtenir gain de cause.

— Envoyez un homme à Londres s'il le faut, mais trouvez-moi cette gazette ! Nous la recevions à Brookfields, ne me dites pas qu'ici, vous êtes incapable de vous la procurer, s'était-elle moquée effrontément.

La pique avait fait mouche et le lendemain, le quotidien soigneusement plié attendait à côté de son assiette, comme tous les matins depuis deux mois. Au début, suivre les pérégrinations du duc par journalistes interposés l'amusait fort, jusqu'à ce qu'elle lise un entrefilet d'une teneur bien différente des précédents.

« Nous apprenons que Gillian Coventree, veuve du comte Edwin Coventree, a été proposée par le duc de Dartford en tant que marraine officielle de la fondation Morton. Cette célèbre fondation dont le duc est un éminent mécène vient en aide aux orphelins de Londres. La nomination de Lady Coventree, amie personnelle de Lord Dartford, a été annoncée lors du grand bal donné en l'honneur de la princesse Élisabeth de Hambourg où le duc et la comtesse étaient présents. »

La tournure de l'article et les deux noms accolés avaient éveillé la curiosité d'Esmée. Une semaine plus tard, leur présence au Royal Ascot avait cette fois conforté l'opinion d'Esmée. Le duc, qu'elle croyait stupidement sous le choc de la perte de ses deux précédentes épouses, batifolait avec sa maîtresse et ne cachait pas son penchant pour la jeune femme. Depuis, elle suivait l'évolution de ce qui ressemblait fort à une liaison. Il était désormais rare de ne pas trouver une allusion à Gillian Coventree lorsque le nom de Dartford apparaissait, ou inversement. Au cours des deux derniers mois, ils avaient participé à trois soupers, deux bals de charité, quatre réceptions organisées par d'éminentes personnalités de la cour, huit promenades à Regent Park. Tous les soirs, Esmée priait que son père ne découvre pas son infortune et ne réclame pas à son mari réparation de la faute. D'après les dires de Sweet, le régisseur des écuries, Sa Seigneurie maniait le pistolet ou le sabre avec une dextérité acquise à Eton et gagnait ses duels si par malheur un inconscient le défiait.

Aussi, écrivait-elle avec retenue à sa famille, évitait d'évoquer Lord Percy ou l'étrangeté de leur relation.

Que cherchait le duc en « l'achetant » ? se demanda-t-elle pour la énième fois.

Elle n'expliquait ni son attitude ni son choix.

Pourquoi lui imposer cet odieux contrat ? Pourquoi s'obstiner à revenir à Dartford tous les mois pour ensuite retourner dans les bras de sa maîtresse une fois son devoir accompli ?

Et dire qu'elle s'était émue du sort du pauvre veuf, qu'elle avait tenté de comprendre son immense peine après la perte de son fils et de ses épouses. Finalement, il ne méritait aucunement son apitoiement, ni sa sollicitude, ni même son obéissance.

Depuis quelques jours, un autre tourment la préoccupait.

Pouvait-elle dignement accepter de porter l'enfant d'un homme qui s'affichait ouvertement avec sa maîtresse ?

Tu oublies les largesses qu'il t'octroie et dont bénéficie ta famille. Tout ceci a-t-il réellement de l'importance ? Personne ne te connaît et tu pourrais te trouver dans la même pièce qu'eux sans que personne ne se doute que sont réunies là la femme et la maîtresse de Sa Seigneurie. Et puis, tu n'as pas à te justifier à propos de ton manque d'attachement à son égard et tu peux songer à Andrew sans te sentir coupable de trahison.

Tout à coup, une pensée la frappa.

Et si elle ne lui donnait pas d'enfant, que se passerait-il ? Divorceraient-ils ?

Un frisson d'angoisse la traversa. Les causes de la mort de sa devancière lui revinrent à l'esprit.

Accident de chasse ? Ou bien une volonté délibérée du duc de se débarrasser de celle qui ne remplissait pas son rôle de jument après deux ans de mariage et une activité effrénée du côté du lit ?

Grâce au tuyau d'évacuation des eaux usées installé dans ses appartements, Esmée surprenait régulièrement les bavardages des domestiques sans qu'ils se doutent que leurs propos remontaient de l'entresol jusqu'à sa salle de bains. Elle avait découvert cette incongruité quelques semaines après son arrivée alors qu'elle se prélassait dans la baignoire pour délasser ses muscles malmenés par l'arrachage du lierre de l'ancienne chapelle située à l'orée du domaine. Elle aimait se recueillir dans ce lieu de culte abandonné, loin du château, des regards suspicieux ou curieux des serviteurs. Ce soir-là, la discussion animée entre deux femmes de chambre l'avait sortie de la torpeur où la plongeait la douceur parfumée de l'eau chaude.

Intriguée, elle avait cherché la provenance de ce vacarme et avait constaté que le tuyau ramenait jusqu'à elle les conversations tenues dans les communs. Les jours de mauvais temps, elle s'amusait à surprendre les paroles distinctes ou non du personnel. Au cours de son espionnage, Esmée avait appris que les autres duchesses résidaient dans l'aile ouest dans des appartements communiquant avec ceux de leur époux. Un valet de pied prétendait que leur maître passait plus de temps dans la chambre de sa première et deuxième femme que dans son bureau et qu'il honorait la couche conjugale plus qu'à son tour. En quatre mois, Esmée avait surpris de nombreux secrets du château et se gardait de dévoiler les sources de son savoir. Baines et madame Gates ignoraient comment elle apprenait certains faits dont elle parlait parfois d'une manière détournée, uniquement pour les prendre en faute ou les embarrasser et, elle le reconnaissait sans regret, ce petit jeu la distrayait fort de sa solitude.

— Madame !

Esmée sursauta, surprise par l'apostrophe de Dean, un jeune valet toujours gauche, mais de bonne volonté.

— Que se passe-t-il, Dean ?

— Sa Seigneurie vous demande.

Esmée haussa les sourcils, étonnée que le duc soit arrivé avant même l'heure du déjeuner.

Les précédentes fois, il se présentait à Dartford une heure après le thé, ne prenait pas la peine de la saluer et disparaissait mystérieusement jusqu'au souper où invariablement ils tenaient une conversation sans intérêt. Ils s'en lassaient aussi vite l'un que l'autre et terminaient leur repas dans un silence pesant jusqu'à ce qu'il prononce les mots rituels : me permettez-vous de vous rejoindre ? Tout aussi naturellement que possible, elle répondait « je vous en prie, monsieur », se levait de table et regagnait sa chambre pour se préparer à la visite de son mari.

Pourquoi dérogeait-il à leurs règles établies depuis le début ?

Esmée s'agaça de devoir supporter le duc plus que de coutume.

Il n'allait tout de même pas lui infliger sa présence pendant deux semaines ?

— Dites à Sa Seigneurie que j'arrive, énonça-t-elle avec la ferme intention de laisser traîner les choses jusqu'au déjeuner.

— Tout de suite ? s'enquit Dean, l'air inquiet.

— En a-t-il fait la demande ?

Le jeune homme sembla embarrassé.

Que se passe-t-il donc ? s'interrogea Esmée, surprise par la mine déconfite du messager.

Craignait-il de perdre sa place si elle désobéissait à un ordre du maître ?

Elle soupira, saisit l'anse de son panier. Dean se précipita, l'engagea à lui remettre son fardeau.

— Merci, Dean, le remercia-t-elle de son attention galante.

Bien peu de serviteurs à Dartford lui prodiguaient une telle déférence, elle s'en étonnait.

— Avec plaisir, madame, s'inclina-t-il légèrement, le rouge aux joues.

Esmée l'observa une seconde, se détourna, gênée par la dévotion qu'elle voyait briller dans le regard posé sur elle. Elle préférait l'indifférence hautaine des autres que cette bienveillance sans fondement ou leur pitié malvenue. Elle redressa le menton, agrippa sa robe à deux mains et d'un pas décidé remonta l'allée menant à la terrasse du château.

Que le duc daigne se souvenir d'elle et la réclame dès son arrivée ne présageait rien de bon, elle le sentait.

Qu'allait-il inventer pour la contrarier ?

L'accident de chasse de Lady Ashley remonta à sa mémoire, un frisson la traversa.

Chapitre 11

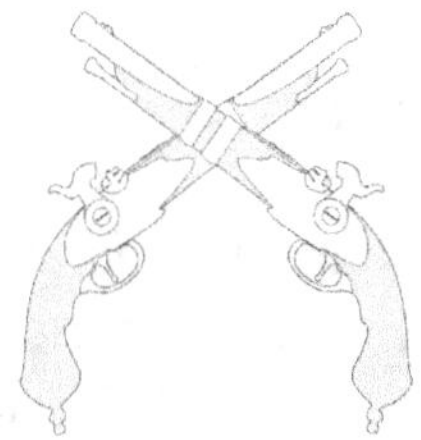

— Entrez.

Le duc engagea Esmée à franchir le seuil de la bibliothèque. Il s'affairait à trier le courrier entassé par monsieur Killeroy. Esmée s'avança, referma la porte derrière elle. Un sentiment d'angoisse l'étreignait sourdement, la mort de Lady Ashley prenait tout à coup des allures de mauvais présages dans sa tête. La jeune femme montrait elle aussi une incapacité à concevoir et Esmée voyait dans sa situation une similitude inquiétante. Cela confortait son opinion sur le choix par son époux d'une jument « bien faite et docile ».

Comptait-il se débarrasser d'elle si par malheur aucun enfant ne venait couronner ses efforts héroïques à l'honorer ?

— Bonjour, Votre Grâce, le salua-t-elle comme à l'accoutumée.

Elle se fendit d'une révérence déférente pour se soustraire à l'attention aiguë du duc, consciente que sa servilité écarterait peut-être les futures représailles. Elle imagina qu'il la soupesait, évaluait ses chances de lui donner un fils ; à moins qu'il s'interroge sur les raisons l'ayant poussé à la prendre pour femme alors qu'une autre occupait son cœur et son lit.

Percy contourna sa table de travail pour la rejoindre, saisit sa main, la porta à ses lèvres, les yeux rivés sur son visage rougissant.

— Bonjour, Esmée. Vous portez-vous bien ? demanda-t-il d'un ton étonnamment avenant.

Esmée plissa les paupières, plus inquiète que jamais de sa sollicitude. Un instant, elle regretta qu'aucun tuyau ne traverse l'aile ouest pour lui rapporter les propos échangés entre lui et madame Gates. Elle devina sans peine la substance de leur conversation : A-t-elle bien dormi ? Se repose-t-elle assez ? Mange-t-elle convenablement ? Ne se fatigue-t-elle pas trop ? Peut-elle me recevoir dans son lit ?

À cette dernière question, elle imaginait la réponse de l'intendante : oui, autant que vous voulez.

Si Esmée ne s'accordait pas quelques jours supplémentaires grâce à son subterfuge, elle supporterait mal l'assiduité du duc à la rejoindre pour arriver à ses fins. L'idée qu'il la force toutes les nuits la révulsa. Trois ou quatre par mois suffisaient amplement à son sens, même si elle doutait de plus en plus des dons de clairvoyantes de madame Gates en ce qui concernait la fertilité d'une femme. Pour s'instruire sur ce sujet bien peu traité par les livres, Esmée interrogeait Sweet sur la reproduction des chevaux pour tenter de combler le vide de ses connaissances en la matière.

Après tout, n'était-elle pas une jument ?

— Très bien, monsieur, répondit-elle aussi sereinement que possible.

Elle retira sa main emprisonnée par les doigts du duc, s'avança vers la cheminée et tendit les paumes vers les flammes pour se donner une contenance.

— Combien de temps restez-vous ? posa-t-elle la seule question importante.

L'arrivée en avance faisait craindre le pire à Esmée et elle pria que cela se solde par un départ rapide à la fin de la semaine.

— Quelques semaines, rétorqua-t-il avec un léger sarcasme.

Il s'approcha dans son dos presque à la toucher et elle en ressentit un élan de panique. Elle se raidit, se força au calme, avança d'un mètre pour s'écarter.

Que lui prenait-il tout à coup ? Redoutait-il qu'elle le somme de s'expliquer à propos de Gillian Coventree ?

Monsieur Killeroy tenait son maître informé de ses faits et gestes, elle le pariait. Maintenant que la gazette de Londres arrivait à Dartford, son cher époux appréhendait peut-être d'être pris à partie par sa femme légitime. Il se trompait lourdement. Esmée préférait jouer à l'oie blanche et maintenir entre eux une relation dépourvue d'animosité. Elle s'interdisait de penser au duc et sa maîtresse. À l'office, les servantes et valets discutaient fréquemment des bonnes fortunes de leur maître. Esmée avait surpris quelques conversations vives entre les défenseurs du « il a raison d'en profiter, un bel homme comme lui » et ceux du « oui, mais tout de même, il a un rang à tenir ».

Quant à elle, Esmée ne portait aucun jugement sur son mari et ses aventures recensées. Comme prétendait Ned, le palefrenier du comte : « les hommes ont des besoins que les femmes n'ont pas ». Sur ce point, Esmée approuvait. Au fil du temps, elle se satisfaisait pleinement des absences du duc, et pour sa part éviterait la « chose » s'il ne lui rappelait pas les termes de leur contrat en s'invitant dans son lit. Tout comme lui, elle désirait cet enfant, mais pas pour les mêmes raisons. Un petit être à chérir comblerait le vide de sa vie, éloignerait les fantômes du passé, les « si » souvent rabâchés comme des regrets de plus en plus tenaces. Son cœur battit fort dans sa poitrine à l'évocation de son amour pour Andrew, à ce qu'elle avait rêvé de vivre à ses côtés.

Elle soupira, les yeux attachés à la danse des flammes. Elle l'entendit à peine se poster dans son dos. La main sur son épaule la ramena au présent.

— Esmée ? s'inquiéta Percy de son silence mélancolique.

— Pardonnez-moi. Un peu de fatigue, s'excusa-t-elle en se retournant.

Elle affronta le regard circonspect fixé sur elle. Les petites rides aux coins des paupières la renseignèrent sur sa perplexité. L'observation du maître des lieux occupait une grande partie de son temps quand il daignait la gratifier de sa présence. Elle s'étonnait d'ailleurs de percevoir ses humeurs alors qu'ils n'échangeaient pas dix mots et uniquement des banalités. La contrariété, le mécontentement, l'agacement plissaient ses yeux d'une manière particulière ou pinçaient la bouche d'une crispation fugace. L'amusement ou la satisfaction tressautaient au coin de ses lèvres ou dans le ton de sa voix. Les autres sentiments, il les cachait si bien qu'elle doutait qu'il puisse ressentir des émois simples comme un émerveillement devant un coucher de soleil ou un attendrissement face à un sourire d'enfant. La lecture de la Gazette la renseignait sur ses opinions politiques, sa volonté de faire évoluer un monde sclérosé par les privilèges, par la pauvreté, par les abus ou maltraitances subies par les classes les plus défavorisées. Pour le reste, elle ne connaissait de lui que les ragots surpris presque à son corps défendant.

Quel père sera-t-il ? se posa-t-elle la question avec curiosité, étonnée de n'y avoir jamais pensé.

Distant et peu préoccupé de sa progéniture comme bon nombre d'hommes ? Ou bien attentif et soucieux de leur bien-être comme l'était son père ?

Certes le comte l'avait mariée de force, mais les arguments du duc pesaient lourd dans la balance face à leurs difficultés. En un instant, elle se souvint des rires de ses parents, leur fierté lorsque ses frères et sœurs marchaient seuls pour la première fois ou perdaient une dent. Elle se remémora comment son père l'avait entourée de sa protection au moment de ses premiers pas dans la société, son air sévère si par malheur un jeune homme s'autorisait des privautés. Elle s'en était plainte à sa mère qui lui avait expliqué qu'un père éprouvait de la jalousie à l'égard de ceux qui lui volaient son bien le plus précieux : ses filles.

Que penserait-il de ma situation étrange ? se demanda-t-elle.

— Esmée ! la rappela à l'ordre le duc.

Elle rougit de plus belle, se força à écouter les banalités habituelles à propos du temps.

— La saison de chasse approche. Nous en profiterons pour inviter nos amis et nous rendrons la pareille à nos voisins, l'informa-t-il de la raison de son séjour plus long que d'habitude.

— Oh, murmura-t-elle, décontenancée par ce qu'elle redoutait.

Endosser le rôle de duchesse à part entière l'effrayait, surtout face aux relations de son époux.

— Pour l'occasion, peut-être pourriez-vous convier votre famille ?

Le ton de sollicitude et le sourire engageant troublèrent

Esmée.

— Ma famille ? chevrota-t-elle.

Jamais de la vie !

Elle préférait les garder éloignés pour qu'ils ne découvrent pas la place qu'elle occupait à Dartford. Quelle honte ce serait s'ils entrevoyaient les incohérences de son ménage. Mary-Jane, fine mouche et toujours à l'affût risquait fort de s'immiscer dans sa relation avec son mari et pointer du doigt les inconvenances de leur situation. Quant à son père, elle redoutait qu'il s'apitoie sur son sort, s'accuse d'être l'artisan de son malheur et en réclame justice au duc.

— Oui, votre famille. Ils seront heureux de vous revoir, j'en suis certain. Vous leur manquez.

— Co... comment le savez-vous ? s'éberlua-t-elle de son affirmation.

— Votre frère Richard m'en a glissé un mot.

Il s'éloigna de quelques pas, comme s'il ne supportait pas la contrariété visible d'Esmée.

Qu'a-t-il inventé ? s'épouvanta-t-elle.

— Richard ? Auriez-vous rencontré Richard ?

— À vrai dire, il s'est imposé à moi.

Il s'adossa à la table de travail, les bras croisés sur la poitrine.

— Qu'a-t-il fait ? s'écria-t-elle, ahurie que son frère provoque une de ces manigances dont il avait le secret.

— C'est un jeune homme très volontaire et déterminé pour son âge.

— Obstiné est plus proche de la vérité ! Qu'a-t-il fait ? le somma-t-elle de lui répondre au lieu de détourner la conversation.

— Son escadron séjournait à Londres, il en a profité pour se présenter. Il m'a avoué que vous ne donniez que peu de nouvelles à votre famille. Est-ce vrai ? répliqua-t-il avec sévérité.

Esmée se retourna, agacée qu'il se mêle de ce qui ne le regardait pas. Une fois par mois, elle écrivait à son père, une épreuve qu'elle s'imposait. Pendant des heures, elle cherchait les meilleures tournures pour ne pas éveiller la suspicion du comte ou de Mary-Jane. Sa jeune sœur s'empressait de lui répondre, démontrant sans conteste que sa vie de duchesse intéressait fort sa cadette. Esmée priait que personne à Brookfields ne lise le London Gazette. Son père ne supporterait pas que sa fille soit cocufiée officiellement par la presse.

Après de tels agissements publics, comment Percy pouvait-il oser lui faire la morale pour une simple correspondance ? Un comble !

— J'écris à ma famille régulièrement. Que voulait Richard ? Je doute que se présenter ou se plaindre de mes envois épistolaires soit l'objet de sa visite. Que vous a-t-il demandé ? attaqua-t-elle d'un ton posé.

Un sourire en coin effleura les lèvres du duc. Il la fixait avec une acuité étrange, tentait de la déstabiliser, elle le sentait.

Qu'a raconté Richard ? s'irrita-t-elle de la fourberie de son frère.

— Pour un jeune homme de dix-sept ans, il montre un intérêt marqué pour la politique. Il souhaite que je l'engage comme secrétaire.

— Pourquoi feriez-vous une chose pareille ? s'éberlua-t-elle de la demande outrancière de son cadet.

— Pourquoi ne le ferais-je point ? C'est votre frère. De plus, ce garçon paraît avoir une solide opinion de ses capacités à devenir un homme politique éminent.

— Il s'imagine conseiller le roi depuis qu'il a quatre ans ! Ce n'est qu'un rêveur, s'exclama-t-elle.

— Il m'a semblé avoir la tête sur les épaules et des idées dont j'ai apprécié la valeur.

— Ne vous laissez pas attendrir ! Il glorifie des théories

absurdes. Il encense les Français d'avoir guillotiné leurs souverains ! Il se prend pour un… progressiste.

— Ne le sommes-nous pas tous un peu ? sourit le duc d'un air étrange.

Esmée le dévisagea, désarçonnée par la remarque. Se moquait-il ?

De la part d'un autre, elle aurait pu croire à de l'effronterie, mais pas venant de lui. Les répercussions de la Révolution française secouaient encore l'Europe et maintenant, ce Bonaparte accédait au titre de Premier Consul. Un comble. Si le peuple décidait de renverser le trône d'Angleterre et d'adopter les horribles manières des révolutionnaires, le duc finirait à l'échafaud dès les premiers soulèvements, et elle avec.

Le rire sourd répondit à son interrogation. Il se moquait. Rustre !

— Il n'en demeure pas moins que Richard possède de belles dispositions. Bien dirigé, il deviendra un homme avisé. Je lui proposerai le poste qu'il a sollicité avec beaucoup d'humilité. Il n'a pas abusé de votre parenté, rassurez-vous. S'il se révèle aussi anarchiste que vous le prétendez, croyez-moi, je n'accéderai pas à sa demande.

— Allez-vous réellement le prendre à votre service ?

— Je me dois d'en parler avec votre père et obtenir sa permission. J'ai apprécié de discuter avec Richard, même s'il se montre enthousiaste tel un chiot. Il apprendra la mesure. Votre père ambitionne pour lui un tout autre avenir que Richard repousse vigoureusement. Accepteriez-vous de m'aider à convaincre Lord Brooke que ce jeune garçon mérite mieux que l'armée ?

— Se serait-il plaint auprès de vous ?

— Disons qu'il a abordé le problème à sa manière. Je crains qu'il ne commette une folie au lieu de négocier.

— Quelle folie ?

Le duc hésita quelques secondes, hocha la tête, une

moue perplexe à la bouche.

— Déserter, énonça-t-il sobrement.

— Je le lui interdis ! s'exclama Esmée.

Depuis des mois, elle imaginait fort bien l'idée envisagée par Richard. Elle le sommait de patienter, d'attendre que la situation à Brookfields se stabilise et que leur père retrouve une certaine sérénité avant d'aborder le problème de front. Rien ne sortait de bon quand deux volontés aussi têtues l'une que l'autre s'affrontaient.

— Votre interdiction ne l'empêchera pas de mettre son projet à exécution. Je me suis permis de prendre les devants auprès de son supérieur. John est un ami de longue date et compréhensif lorsque ses subordonnés témoignent peu de goût pour l'armée. Nous avons combattu ensemble et il préfère commander des recrues désireuses de se battre et non de futurs déserteurs. Votre frère est au fer depuis deux jours.

— Quoi ? s'étrangla-t-elle, catastrophée par la mauvaise nouvelle.

— Rien de grave, rassurez-vous. Quelques camarades l'ont incité à l'ivresse ; un moyen de l'empêcher de mettre sa menace à exécution. Une semaine de cachot le persuadera d'obtenir le consentement de votre père. Si vous m'y autorisez, j'intercéderai en sa faveur auprès de son commandement. Pour le reste de sa période, je réclamerai son service en tant que secrétaire détaché des armées.

— Vous avez tout prévu, n'est-ce pas ? murmura-t-elle, envahie par un puissant sentiment de lassitude.

Il lui volait son frère. Après avoir amputé son pauvre avenir, il récidivait et décidait de celui de Richard. Percy s'approcha, prit les mains inertes dans les siennes, la fouilla du regard, déterminé à la convaincre du bien-fondé de ses vues.

— Je sais jusqu'à quelles extrémités un garçon peut

aller pour se faire entendre. Mon frère William l'a payé de sa vie. Si je peux éviter à un jeune homme de valeur de connaître cette triste fin, je m'emploierai à soutenir Richard. Il montre une grande intelligence, mais hélas, il possède un caractère trempé, et vous l'avez souligné, borné. Aidons-le à devenir ce pour quoi il est destiné. Ne souhaitez-vous pas le meilleur pour lui ? demanda-t-il d'une voix persuasive.

À ce moment, Esmée comprit le talent d'orateur et la popularité du duc au Parlement. Il n'hésitait pas sur les moyens pour atteindre ses buts. Elle secoua la tête pour évacuer la mollesse qu'il avait insufflée dans son esprit.

— C'est la seule solution pour éviter un drame, s'évertua-t-il à la convaincre.

La chaleur des mains sur les siennes, le parfum dont elle connaissait toutes les fragrances la troublait autant que le regard suppliant poudré d'un brin de prière.

— Ne brisez pas son avenir, Esmée. Pensez à tout ce qu'il accomplira. Laissez-moi vous aider, murmura-t-il en se rapprochant au point qu'elle sentit la chaleur de son corps à travers sa robe.

Elle recula d'un pas, perturbée par son comportement dérangeant. Qu'il charme ainsi les femmes ne l'étonnait pas outre mesure, mais elle ne céderait pas à ce genre de manigances. Cependant, le plaidoyer du duc à propos de Richard entamait ses résistances.

— Que dois-je faire ? demanda-t-elle d'un ton consterné.

— Écrivez à votre père, invitez-le à se joindre à nous pour la chasse que nous organisons dans un mois. Vos frères et sœurs seront les bienvenus. Ce sera l'occasion de prévoir quelques festivités en leur présence, conseilla-t-il, un accent de triomphe dans la voix.

Son visage reflétait la joie d'avoir obtenu gain de cause, son regard pétillait de son orgueilleuse victoire. Esmée se détourna, désabusée, son cœur se serra dans sa poitrine. Une fois de plus, elle passait par les vœux du duc. Elle se sentait comme une marionnette dont il tirait les ficelles.

Jusqu'à quand jouerait-il ce jeu avant de couper net ce contrat ridicule si par malheur elle ne portait jamais cet enfant tellement désiré ?

Chapitre 12

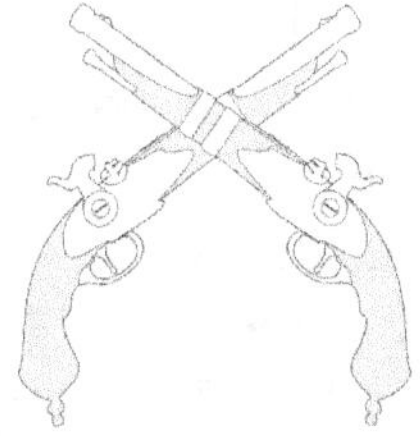

À Sabine qui a tenté de ne pas craquer

— Que se passe-t-il ?

Esmée se figea, inquiète que le duc perçoive son angoisse de plus en plus insidieuse. Les doigts rampèrent sur sa cuisse, touchèrent leur destination, commencèrent leur ballet habituel. La caresse insistante s'allégea. Esmée sentit le regard posé sur elle malgré l'obscurité de la chambre. La pénombre la protégeait du charme dont elle le savait désormais capable pour arriver à ses fins.

— Que voulez-vous dire ? répondit-elle d'un ton détaché.

Du moins espéra-t-elle qu'il le soit assez pour que le duc ne devine pas le chemin pris par ses réflexions. La pensée inquiétante ne la quittait plus malgré ses admonestations à retrouver la raison et écarter ses doutes.

— Que se passe-t-il, Esmée ?

Il se rapprocha contre ses hanches, les doigts posés sur sa jambe.

— Un peu de fatigue, je le crains. Rien d'important, se força-t-elle à répondre.

— La demande de Richard vous contrarie-t-elle ?

La chaleur de la paume sur sa cuisse perturbait Esmée, créait un lien étrange entre eux.

— La… Non ! Enfin, oui. Je n'apprécie pas que ma famille s'impose à vous de cette manière, se défendit-elle maladroitement pour qu'il ne découvre pas qu'une mort accidentelle ancrait en elle des pensées dérangeantes.

Un bébé la sauverait, à coup sûr.

— Ce n'est pas le cas. Que votre frère fasse appel à moi dans un moment de doute m'honore, soyez-en assurée. Notre mariage n'a rien d'habituel, j'en conviens, et sans doute espériez-vous plus de ma part. Je ne puis vous l'accorder, mais je peux aider votre famille. Des intérêts communs créent de bonnes associations, au contraire du reste.

— Je comprends, déclara-t-elle.

Une part d'elle se ralliait à la sagesse des paroles du duc, mais une autre se révoltait. L'attachement entre deux êtres ne se cataloguait pas dans la case « reste ». Il se leurrait s'il comptait bâtir des fondations solides sur de simples convenances. L'amour possédait un pouvoir particulier, transcendait les meilleurs ou les pires sentiments. Esmée ferma les paupières, retint ses larmes au souvenir d'Andrew.

Oublies-tu qu'il n'avait pas l'intention de t'épouser ? crut-elle entendre la voix narquoise de Mary-Jane.

— Si vous ne vous sentez pas prête… commença le duc.

L'accent de déception n'échappa pas à Esmée. Prête ? Elle ne le serait jamais, quoi qu'il fasse, demande ou supplie. Tout à coup, il s'inquiétait de son envie ou non d'accepter qu'il la possède alors qu'il ne lui laissait pas le choix depuis le premier soir.

Que se passe-t-il ?

Esmée s'alarma de l'étrange comportement de son mari.

— Je vous en prie, murmura-t-elle sourdement.

Hardiment, pressée d'en finir, elle saisit les doigts immobiles sur sa cuisse et les guida vers son intimité. Qu'il la remplisse avec toute l'ardeur voulue, qu'il dépose sa semence au fond d'elle pour qu'enfin sonne sa délivrance. Elle ferma les yeux, imagina le petit être né de sa chair. Elle écarta les jambes pour l'accueillir, soupira de le recevoir.

Encore, le supplia-t-elle silencieusement de revenir.

Encore, implora-t-elle son ventre d'accepter l'obole des coups de reins vigoureux.

Encore, adjura-t-elle le ciel de l'aider à concevoir.

Le souffle haletant s'approcha de ses lèvres. Elle détourna la tête, incapable de lui accorder cette part intime d'elle. Elle perçut la tension du corps au-dessus d'elle, la respiration retenue quelques secondes tout comme le mouvement entre ses cuisses.

Encore, le pressa-t-elle de terminer son œuvre.

Elle scanda sa litanie de prières, tandis qu'il reprenait la conquête de son ventre aride. La raideur habituelle du bassin contre le sien, l'immobilité du torse effleurant sa poitrine, le râle sourd annonça la fin de cette nouvelle bataille. Il s'attarda plus que de coutume, attendit de longues secondes étirées en minutes, se retira paresseusement d'une ondulation du corps.

— Merci, haleta-t-il tout proche de sa bouche.

Esmée détourna légèrement la tête. Le baiser déposé dans son cou la troubla. Les lèvres musardèrent sur sa peau étrangement frissonnante.

Que fait-il ? s'inquiéta-t-elle de sa soudaine lenteur à se redresser.

D'habitude, il se relevait, enfilait sa robe de chambre, lui souhaitait une bonne nuit et disparaissait. Contre toute attente, il glissa sur le côté, soupira bruyamment en s'allongeant contre elle. Effrayée, Esmée ne bougea pas d'un cil de peur qu'il réclame de recommencer. L'une des domestiques se targuait d'avoir un ami capable de la satisfaire des heures durant. Esmée n'y croyait pas une seconde. Elle supposait que la vantarde désirait simplement se faire valoir auprès des autres serviteurs.

Des heures ? Impossible.

Le duc que l'on prétendait bon amant concluait son affaire en cinq minutes. Étendu, tout proche d'elle, il ne remuait plus ni ne parlait.

Que dire, que faire ? se demanda Esmée, irritée qu'il lui impose ainsi sa présence.

Ne pouvait-il pas partir, retourner dans ses appartements et la laisser dormir comme les autres fois ?

Le souffle alourdi se transforma en son incongru. Esmée se redressa sur le coude, contempla le profil à peine visible dans la pénombre, écouta ce qui ressemblait fort à un ronflement.

Il dort !

Elle se laissa tomber sur les oreillers, interloquée. Elle se racla bruyamment la gorge en espérant qu'il se réveille. Le grognement monta dans les aigus, puis reprit sa tonalité grave sans qu'il bouge.

Il dort ! C'est un comble ! Que lui arrive-t-il ? s'interrogea Esmée.

Depuis le retour du duc, rien ne se déroulait comme

prévu et cela la déroutait.

Que tentait-il par ses manœuvres inhabituelles, mais bien réelles ?

Au dîner de la veille, il avait tenu une conversation sensée sur les possibilités d'avenir de Richard dans la politique, puis avait abordé les festivités à venir, décrivant les chasses avec une verve de grand orateur. Aujourd'hui, il avait déjeuné avec elle et si elle n'avait pas eu des obligations au village, elle supposa qu'il lui aurait tenu compagnie le reste de l'après-midi. En tout cas, il en avait émis le désir. Elle avait décliné sa proposition avec fermeté.

Essayait-il de créer une ambiance plus respectable en prévision de l'arrivée de sa famille ?

Évidemment ! s'agaça-t-elle de cette triste évidence.

Il souhaitait donner à leur couple une certaine normalité pour que personne ne se doute du contrat passé entre eux. La réputation du duc en pâtirait si tout à coup l'on venait à apprendre qu'il avait acheté une jument au lieu d'épouser une femme.

À moins qu'à l'époque elle n'ait servi d'écran de fumée à sa liaison avec Gillian Coventree peut-être encore mariée ?

L'idée la révulsa. Elle se leva, incapable de côtoyer ce manipulateur. Elle enfila sa robe de chambre, en silence quitta la pièce. Elle alluma une chandelle, remit des bûches dans la cheminée et s'installa dans la bergère. Le livre occupa ses pensées quelques minutes, avant que les questions sabordent son attention.

Ne devait-elle pas profiter à son tour de la situation ?

Si le duc restait dans son lit jusqu'au matin, que Kate le découvre à ses côtés, les commentaires iraient bon train à l'office. Leurs relations prendraient un caractère plus formel et conventionnel. Esmée réfléchit.

Tentait-il de l'amadouer pour mieux la poignarder par

la suite ?

L'angoisse des heures précédentes l'envahit à nouveau. Si elle ne remplissait pas sa part du contrat, elle pressentit qu'il se débarrasserait d'elle à la première occasion. Après deux ans de mariage avec Ashley et un partage quotidien du lit, aucun enfant n'avait couronné leur vie de couple. La volonté affichée de son époux à perpétuer sa lignée coûte que coûte affermissait sa conviction ; tout à coup l'accident de chasse lui parut suspect. Maintenant que Gillian Coventree entrait dans le tableau, Esmée craignit que les festivités à venir deviennent l'occasion rêvée de la sacrifier. Elle frissonna, resserra le col de sa robe de chambre sur sa gorge palpitante. Les manœuvres du duc trouvaient une explication logique et le plan machiavélique fomenté par les deux amants se transformait en piège. Elle posa la main sur son ventre, supplia le ciel de lui accorder enfin ce pour quoi elle brûlait des cierges tous les jours. Tout à coup, le ronflement provenant de la pièce voisine s'éteignit. Esmée écouta attentivement les bruits d'à côté. Elle se plongea dans son livre, les yeux rivés aux mots que son cerveau refusait de déchiffrer.

— Esmée ?

L'appel ne la persuada pas de répondre. Le grincement caractéristique la renseigna sur le lever du duc. Elle se concentra sur sa lecture, ne réussit qu'à entendre avec encore plus de précision le remue-ménage de son mari.

— Esmée ?

La porte s'ouvrit, la silhouette immense s'encadra dans le rectangle assombri de la chambre. Il s'approcha d'une démarche nonchalante, s'installa face à elle dans la bergère disposée devant le foyer. Il attisa les braises, ajouta une bûche et se carra dans le fauteuil. Esmée replongea dans son livre, les joues rougies par la confusion. Simplement vêtu d'une chemise tombant à mi-cuisse, l'accoutrement de son mari l'embarrassait fort. Il allongea les jambes, perturbant un peu plus l'attention troublée d'Esmée.

Mon Dieu ! Ne peut-il se couvrir ?

Elle s'attacha à sa lecture de peur que son regard s'aventure à le dévisager. Certes, ils partageaient des moments très intimes, mais dans l'obscurité ; vêtus de leurs liquettes respectives, ils maintenaient ainsi une certaine décence et distance entre eux. Hélas, un seul coup d'œil et son cerveau avait enregistré plus de détails qu'elle ne le désirait. La chemise dévoilait plus qu'elle ne cachait : l'encolure largement échancrée sur le torse parsemé d'un duvet sombre, les hanches minces dont elle connaissait l'habileté à danser entre ses cuisses, les jambes brunies aux longs muscles, les pieds harmonieux et fort bien dessinés. Elle sentait peser sur elle l'attention aiguisée du duc. Les doigts effilés tapotaient l'accoudoir au rythme de l'impatience de son mari.

Qu'attend-il pour déguerpir ? se lamenta-t-elle.

La proximité de son époux à moitié nu entretenait sa confusion et son angoisse.

Allait-il lui imposer sa présence ainsi pour les semaines à venir ? Elle pria tous les saints du paradis que cette fois soit la bonne, que dans une semaine ou deux, madame Gates annonce triomphalement que la jument remplissait enfin son office. Le duc retournerait à ses occupations londoniennes et elle respirerait à nouveau, débarrassée du fardeau de la peur.

— Que lisez-vous ? décida-t-il d'entamer la conversation.

Esmée souleva le livre. Sa gorge serrée lui ôtait la possibilité de répondre sans chevroter.

— Lettres philosophiques de Voltaire. À quelle lettre en êtes-vous ?

— Lettre numéro neuf, se força-t-elle à adopter un ton serein

Peine perdue. Elle bégaya imperceptiblement, créant

une onde d'amusement sur le visage mâle.

— Celle sur notre gouvernement. Intéressant. Qu'en pensez-vous ?

— Rien. Je suis trop fatiguée pour en comprendre un mot, certifia-t-elle.

Elle referma l'ouvrage d'un geste sec en signe de mécontentement.

— Vous aurais-je empêchée de dormir ?

— Vous ronflez, monsieur.

— Je m'en excuse, répliqua-t-il d'un ton pincé.

Esmée le regarda une courte seconde, baissa les yeux sur le livre posé sur ses genoux serrés.

S'il ne comprend pas, il est idiot !

Le prétexte des ronflements tombait à point, bien qu'un souffle de forge n'ait jamais perturbé son sommeil. Du plus loin qu'elle se souvînt, les vrombissements de son père, de véritables roulements de tambour berçaient ses nuits.

— Quel monstre oserait affronter un tel dragon ? riait sa mère de bon cœur.

Esmée constatait avec stupeur que le bruit familier lui manquait terriblement, que ses nuits se peuplaient de cauchemars ou de tristesse mélancolique un rien angoissée.

— Nous discuterons philosophie un autre jour. Je serais curieux de connaître votre opinion, déclara-t-il en se levant.

Esmée le dévisagea, déconcertée par la demande inattendue.

Que lui prenait-il tout à coup ? S'intéressait-il réellement à ses avis ou montrait-il une fausse attention pour endormir sa méfiance ?

Elle vota pour la deuxième solution et sa défiance grandit un peu plus.

— Étant donné que nous recevons des invités bientôt,

accepteriez-vous de loger dans l'aile ouest ? Cela simplifiera le service des domestiques.

Nous y voilà !

Esmée hocha vaguement la tête, décidée à ne pas souscrire à la proposition faite avec courtoisie.

— Avez-vous écrit à votre père ?

— Oui. J'attends sa réponse dans quelques jours.

— Bien. J'enverrai des voitures les chercher dès qu'il acceptera notre offre. Je suis impatient de connaître les autres membres de votre famille, lança-t-il en regagnant la chambre.

— Vous risquez fort de le regretter, marmonna Esmée entre ses dents.

— Que dites-vous ?

Il se tourna vers elle, la scruta avec attention.

— Que vous risquez fort de les apprécier. Père est un remarquable joueur d'échecs, certifia-t-elle hypocritement.

Et je profiterai de leur venue pour ne pas obéir à votre injonction, termina Esmée pour elle-même.

— Voilà qui me changera des discours politiques, rit-il en disparaissant derrière la porte.

Les yeux rivés au battant, Esmée s'interrogeait, inquiète par le comportement suspect du duc. Qu'il se réjouisse de l'arrivée de sa famille la sidérait.

Avait il ne serait-ce qu'une idée des bouleversements que ses frères et sœurs provoqueraient dans l'organisation si bien rodée de Baines ou de madame Gates ?

Une journée, et il me suppliera de les renvoyer à Brookfields, paria-t-elle, un sourire satisfait aux lèvres.

Elle n'en ferait rien et les inviterait à rester parmi eux quelques semaines supplémentaires. Puisque le duc désirait prouver la normalité de leur union, il en subirait les conséquences. L'objet de ses réflexions réapparut devant elle. La robe de chambre en velours ouverte sur sa chemise courte la perturba derechef. Elle rougit de le voir ainsi, s'interdit de le regarder de peur de paraître indécente ou de garder des images troublantes à l'esprit. Lentement, il ceintura sa taille, noua la cordelière en l'observant, sans doute pour l'embarrasser ou mesurer son indifférence. Il s'approcha d'elle, s'inclina et prit sa main inerte, la porta à sa bouche et y déposa un baiser.

— Je vous souhaite une bonne nuit, Esmée. À demain, murmura-t-il.

Il se redressa, la contempla une minute, puis se détourna. La porte se referma lentement sur son départ, la laissant désemparée. Plus il agissait étrangement, plus les interrogations la tourmentaient.

Qu'attendait-il d'elle ?

Lui poser franchement la question équivalait à dévoiler ses doutes et peut-être à se mettre en danger. Elle devait réfléchir à la situation, peser tous les arguments et en tirer des conclusions plausibles.

— Je n'y comprends rien, maugréa-t-elle en resserrant sa robe de chambre autour d'elle.

Elle s'agaça de n'apercevoir aucun chemin logique dans la démarche de son mari.

Que savait-elle exactement sur lui ?

Les informations glanées çà et là formaient un tableau incomplet. Madame Gates effleurait rarement le passé de son maître ou de sa famille. Esmée en connaissait peu à ce sujet, hormis les confidences du duc lui-même. Il prétendait n'avoir d'autres proches que ce cousin honni. D'après les registres trouvés à la chapelle, il ne lui mentait pas. La très florissante famille Stanton s'étiolait de génération en génération. Le grand-père et père de Percy étaient morts avant leurs quarante ans laissant derrière eux deux fils. À chaque génération, un seul survivait. La branche du cousin paraissait tout aussi pourrie et Garald Stanton en était le dernier représentant. Un terrible destin semblait frapper cette famille la réduisant peu à peu à l'oubli d'où la volonté farouche de son époux à l'engrosser. Esmée caressa son ventre, s'effraya sourdement que le désastre l'accable à son tour.

Allait-elle, comme la mère du duc, enterrer un de ses enfants ?

Elle frissonna à cette éventualité, pria le ciel de rompre ce cercle vicieux de malheur dans lequel elle tournait bien malgré elle.

Chapitre 13

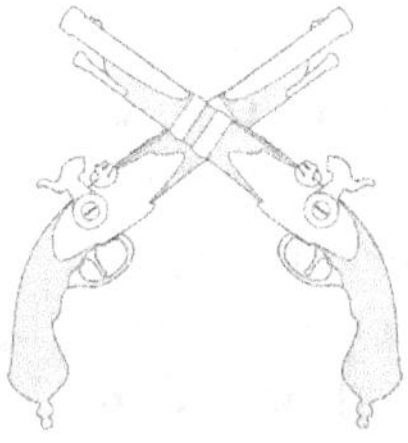

— Venez vous asseoir près de moi, ma chère petite, ordonna la comtesse de Bradbury.

Esmée sourit poliment, jeta un coup d'œil au salon envahi par des inconnus, chercha une échappatoire. Hélas, personne ne réclamait ses bons offices ou ne lui portait attention, à part Lady Suzanne. Le duc naviguait de groupe en groupe, souriait, s'enquérait des dernières nouvelles, riait, enjôlait, usait de son talent pour charmer ses invités après l'avoir exhibée comme une nouvelle acquisition. Étourdie par les vœux en tous genres, de bonheur en particulier, Esmée tentait d'échapper à la cohue par tous les moyens. Une réception au château de Dartford ne ressemblait en rien aux soirées auxquelles elle avait participé à Brookfields ; elle n'y était pas préparée et prenait de plein fouet son inaptitude à endosser le statut de duchesse.

— Ne soyez pas timide, mon enfant, insista la comtesse d'un ton péremptoire.

Esmée se résigna à obéir, et vint s'asseoir sur le canapé occupé par la vieille dame depuis la fin du dîner.

Une torture ce dîner, pensa fugacement Esmée.

Le corset beaucoup trop ajusté l'empêchait de respirer ou d'avaler plus de trois bouchées d'affilée. Le regard du duc si fréquemment posé sur elle l'avait fort incommodée et elle rougissait comme une oie blanche lorsqu'il lui souriait de ce sourire particulier annonçant sans faille aux convives réunis autour de la table : « cette jument m'appartient ». Pour que tout le monde le comprenne et l'accepte, pendant l'heure précédente, il l'avait présentée à chaque invité, l'avait ouvertement complimentée sur sa robe, sa coiffure, le collier de saphirs, autrement dit les cadeaux offerts pour l'occasion. La somptuosité de la parure la rendait nerveuse et elle portait souvent sa main à sa gorge pour vérifier la présence du bijou. Elle appréhendait de le perdre ou qu'il soit volé sous son nez. Depuis deux mois, le London Gazette relatait ce genre de mésaventures arrivées au cours de réceptions huppées. Le « ravisseur de cou » comme se plaisait à le décrire la presse, dérobait les joyaux sans même que ses victimes s'en aperçoivent, un véritable tour de force. Le duc semblait s'amuser de ses craintes, mais surveillait lui aussi sa gorge avec une insistance proprement dérangeante. Et elle, comme une sotte, elle rougissait.

Machinalement, Esmée lissa le tissu soyeux de sa robe, le regard perdu sur la foule. La toilette d'un bleu profond rehaussé de fils d'argent en arabesque s'accordait à merveille avec le collier de saphirs. Malgré cela, Esmée se sentait gauche, maladroite, si peu à sa place.

Que prépare-t-il ? se demanda-t-elle à nouveau, angoissée comme jamais depuis le matin.

Une fois de plus, l'acharnement du duc à la remplir échouait. Sous ses dehors indifférents, Esmée percevait l'irritation de son mari.

Son sort se jouait-il maintenant ? La chasse allait-elle faire une nouvelle victime ?

La peur l'étreignit d'un coup, brutalement.

— Vous voici toute pâle ! s'exclama la comtesse.

La vieille femme prit la main tremblante entre ses doigts déformés par l'arthrite, se pencha vers celle qui respirait avec peine.

— Serait-ce le signe d'un heureux événement à venir ? chuchota Lady Suzanne, le regard délavé frétillant de curiosité.

— De la fatigue, madame la comtesse. Un simple accès de faiblesse, murmura Esmée encore sous le coup de l'émotion.

— Le duc se montrerait-il assidu à remplir ses devoirs conjugaux ?

Interloquée par le commentaire grivois, Esmée rougit.

— Pardonnez une vieille femme d'user parfois d'un peu de légèreté dans ses propos, rit Lady Suzanne. Comme vous le savez, votre mère et moi étions très bonnes amies depuis l'enfance. Margaret a toujours été ma petite sœur chérie. Aussi, je vous considère un peu telle ma fille et je ne vous parlerai pas autrement qu'avec une franchise dictée par un profond attachement. Vous étiez sa préférée, saviez-vous ?

Esmée, la gorge nouée, secoua la tête de droite à gauche, émue d'évoquer la disparue.

— Votre maman disait que vous étiez celle qui possédait les plus belles qualités du monde : l'abnégation et la compassion, associées à un puissant désir de justice et une tendresse sans faille pour les petits. Mais…

La comtesse tourna la tête et observa le duc en grande discussion au bout du salon. Sa prestance et son élégance le distinguaient parmi la foule, Esmée le réalisait avec un rien de stupeur. Elle ne le connaissait pas dans ce rôle. Elle le considérait comme un homme indifférent, volage et soucieux de visiter son lit, sans aura particulière. Ce soir, elle découvrait une autre facette de sa personnalité complexe.

— Elle regrettait votre trop grande imagination, serina Lady Suzanne.

— Mon imagination ? bégaya Esmée, surprise par le reproche.

— Ce n'est pas toujours un défaut, ma chère petite, mais il ne faut pas se laisser entraîner sur les ailes des chimères. Percy sera pour vous un guide, tout comme vous serez un soutien dont il a besoin.

— Que voulez-vous dire ?

— Ne vous laissez pas abuser par sa froideur ou ses grands airs. Il se cache derrière son statut, de peur de souffrir à nouveau. Personne ne voit au-delà des apparences qu'il forge avec une volonté de fer. Ce garçon a traversé des malheurs, bien plus que beaucoup d'entre nous. Il se relève avec courage, mais viendra un jour où il restera à terre. Ce jour-là, aidez-le à se redresser. Vous en avez la force morale, croyez-moi.

Esmée frissonna des paroles à l'allure de prophétie. La comtesse posa la main sur le bras tendu, la regarda avec sollicitude.

— Je… je ne comprends pas, balbutia Esmée.

— Que savez-vous de lui ? Vous a-t-il un peu parlé de sa famille ?

— Pas véritablement. Il demeure souvent à Londres.

— Sans vous emmener avec lui, n'est-ce pas ?

Esmée haussa les épaules et adopta une indifférence feinte. Elle tourna la tête pour se dérober à l'attention acérée de la comtesse.

Lady Suzanne l'observa, un sourire satisfait aux lèvres. En quatre ans, Esmée avait beaucoup changé. La jeune fille gauche et effacée s'était transformée en jeune femme au charme délicat emprunt de douceur. Les grands yeux saphir éclairaient les traits harmonieux et mobiles. Elle ne ressemblait pas à ces beautés éblouissantes à la mode, mais fascinait par la lumière intérieure qui transparaissait sur son visage et dans son regard franc. La peau de nacre se colorait de ses émois passagers. Un délice. Dans la poitrine au galbe séduisant, on sentait battre le cœur généreux, l'âme noble dénuée de fourberie. Cependant, les yeux cernés dissimulaient difficilement l'inquiétude de sa compagne.

— Lui avez-vous demandé pourquoi il préfère vous garder ici plutôt que vous entraîner à Londres ?

Le sourire désabusé renseigna la comtesse sur le silence de Percy.

— Ne lui en tenez pas rigueur. Percy déteste Londres.

Esmée retint son rire sarcastique. Le duc adorait la capitale et plus encore les plaisirs qu'il y trouvait.

— Je n'en crois rien, rétorqua-t-elle, vexée que sa voisine la prenne pour une sotte.

Des yeux elle chercha son mari, certaine qu'il commanditait cette conversation avec sa grande amie la comtesse.

— Ne vous formalisez pas de tout ce que l'on rapporte à son sujet. Beaucoup ne sont que des bruits sans fondements.

D'autres résident sur des bases très solides ! pensa aussitôt Esmée, un nom précis à l'esprit.

Gillian Coventree.

— Quoi qu'il en soit, vous lui servez de prétexte pour échapper au poids de sa fonction. Il prend son travail parlementaire très au sérieux et, c'est un de ses principaux défauts, il se considère comme investi d'un devoir. Il porte d'énormes responsabilités et les assume avec sérieux au contraire de bien d'autres. Venir ici lui permet d'abandonner un temps ses lourdes charges pour s'intéresser uniquement au domaine et à ses gens. Ne le pensez pas indifférent au sort des pauvres bougres. Il se démène pour changer les choses qui le révoltent. Londres concentre tous les malheurs, la faim, la maladie, la misère, la cruauté dans sa plus immonde expression. Sortez des salons, aventurez-vous dans les bas quartiers et plus jamais vous ne percevrez le monde sous un jour riant. Percy a vu tout cela et pire encore pendant la guerre. Il se bat à sa façon. Votre présence à Dartford lui offre une occasion de retraite quand bon lui semble.

Esmée refusait l'explication énoncée comme une excuse. La vérité se révélait beaucoup moins noble, elle le savait mieux que personne. Seul le calendrier établi par madame Gates rythmait les allées et venues du duc.

— Je ne vous ai pas convaincue, n'est-ce pas ? reprit Lady Suzanne en souriant. J'en suis bien aise. Vous m'auriez fortement déçue de croire à sa bonté d'âme sans émettre des doutes. Ce n'est qu'un homme après tout et nous les savons faibles par nature. Devenez pour lui un juge impartial. Nos époux ont parfois besoin qu'on les ramène sur terre. Jusqu'à présent, Percy a joué de malchance, mais ce temps est révolu. Il grandira grâce à vous.

— Je ne comprends pas.

— Je le constate, en effet. Percy se montre secret, un autre de ses défauts. Il déteste parler du passé et préfère l'enterrer au lieu de l'affronter.

— C'est-à-dire ?

La comtesse haussa les sourcils, rit de bon cœur et pressa la main entre ses doigts.

— Ma petite, votre curiosité n'a-t-elle pas résolu cette

partie de l'énigme ?

— Quelle énigme ?

— Percy, voyons ! Le manque d'à-propos de ce garçon me sidère ! Permettez-moi de vous relater les grandes lignes de la vie de notre cher duc. Lord Georges, son père, possédait un caractère très autoritaire. Il a décidé du mariage de son aîné et lui a trouvé une riche héritière, fort bien dotée et de noble origine, de quoi satisfaire Georges. La ravissante jeune fille se montrait spirituelle, gaie comme un pinson, charmante en tout point, de quoi séduire un jeune homme plus occupé à ses études qu'à jouer dans les tripots de la ville ou bambocher avec des vauriens comme le faisait William. Les deux jeunes gens éprouvaient l'un pour l'autre un fort attachement. Tout le monde s'accorde à dire que ce fut une union heureuse. Peut-être parce qu'elle ne dura que cinq ans.

— Que voulez-vous dire ? demanda Esmée, captivée par les confidences de la comtesse.

Peut-être y trouverait-elle des réponses à ses questions angoissantes ?

— Une inclination si peu mature s'étouffe souvent dans l'œuf. Une fois la passion assouvie, l'attachement se délite s'il ne s'ancre pas grâce à des liens robustes. Et les fondements de ce mariage se basaient sur des mirages. Maud et Percy suivaient des routes opposées. Un jour ou l'autre, tout aurait basculé. Le respect et la confiance apportent au couple un mortier durable, consolident l'amour, transforment la passion en un sentiment certes plus doux, mais plus serein et débarrassé des miasmes que sont la jalousie ou la lassitude. Mon père m'a imposé mon mari. À l'époque, je me suis révoltée avant de saisir ma chance. Nous avons appris à nous connaître, à nous comprendre et à nous apprécier. Pendant quarante ans, Francis a été mon compagnon, mon ami, mon cher époux, un homme fiable, faible parfois, un homme que je regrette infiniment depuis son départ. Votre maman a expérimenté le même bonheur et espérait de tout son cœur que vous viviez cette communion de l'esprit et de l'âme avec votre mari. La route se révèle difficile, semée d'embûches, mais lorsque l'on chemine côte à côte, main dans la main, nous franchissons tous les obstacles.

Esmée se taisait, bouleversée par les propos exprimant si fort la pensée de sa mère. Son regard chercha la haute stature du duc, s'y accrocha une minute. Un court instant, l'attendrissement affaiblit ses doutes, mais la peur insidieuse s'avérait insupportable pour l'étouffer avec des mots.

— A-t-il quelque chose à voir dans la mort de Lady Ashley ? murmura-t-elle à la va-vite.

— Qu'imaginez-vous donc jeune folle ? Percy est pétri de défauts, mais pas de ce genre-là ! Il préfère souffrir en silence ou subir stoïquement les bouleversements de sa vie. Ne l'accusez pas d'être l'artisan de son malheur ; il n'en est que la victime. La mort d'Ashley l'a terriblement choqué, tout comme celle de Maud et de son petit garçon. Il se croit maudit. Si Garald montrait un brin d'intelligence ou de décence, Percy ne chercherait pas à assurer sa descendance.

La moue d'Esmée alluma une lueur d'espièglerie dans le regard de Lady Suzanne.

— Ne vous faites pas d'illusions, Esmée. Les hommes se marient pour perpétuer leur nom, le reste n'est que… la cerise sur le gâteau. Un beau fruit juteux, parfois si l'on sait y faire, sourit finement la comtesse.

Esmée ignora la remarque égrillarde.

— Et Lady Ashley ? revint-elle à la charge.

— Une histoire bien triste. Percy l'a rencontrée à Vienne et sa ressemblance avec Maud a été le déclencheur de cette lamentable affaire. Ashley était une jeune fille frivole, instable. Occupé à se faire une place au parlement,

Percy travaillait beaucoup au détriment de sa femme. Elle en a conçu une profonde rancune et a montré des signes d'une grande fébrilité. Le médecin a réclamé le calme et le repos. Percy a envoyé Ashley ici sous la surveillance de madame Gates. Hélas, la pauvrette se sentait persécutée et souffrait d'une mélancolie maladive, ce qui a sans aucun doute provoqué son geste.

— Son geste ?

Lady Suzanne serra la main retenue entre ses doigts et se pencha vers Esmée.

— On ne confie pas une arme chargée à une femme persuadée d'être opprimée. Je vous laisse supposer jusqu'à quelles extrémités cela peut la pousser.

— Vous voulez dire que… murmura Esmée, avec effroi.

Les mots de la comtesse entraient en résonance avec ses propres hantises et éclairaient la situation d'une lumière différente. Elle comprenait le sentiment de persécution d'Ashley, ses doutes et ses peurs, mais n'arrivait pas à l'imaginer perpétrer un geste fatal alors que tout le monde assurait que le duc aimait son épouse.

À moins qu'une Gillian Coventree s'immisce dans le tableau et bouleverse tout ? Que quelqu'un joue sur la névrose de la jeune femme pour s'en débarrasser ?

Le frisson glacé traversa Esmée, semblable à un avertissement de l'au-delà.

— Le plus tragique pour Percy a été de perdre un deuxième enfant. La pauvre petite attendait un bébé. Imaginez son chagrin.

— Quoi ?

Les yeux écarquillés, Esmée fixa sa voisine. Le château de cartes de ses suppositions s'effondrait sur lui-même.

Mon Dieu ! réalisa-t-elle la douleur éprouvée par un homme supportant un tel drame une seconde fois.

— Comprenez-vous pourquoi il affiche cet air détaché

et froid ?

Esmée hocha la tête, l'esprit chamboulé par les confidences de la comtesse. Le duc n'était peut-être pour rien dans le geste suicidaire de sa jeune femme, mais une autre pouvait avoir fomenté ce plan diabolique. Provoquer la jalousie d'une dépressive, la pousser à bout pour qu'elle agisse dans un moment d'égarement, tout était possible. Sa hantise d'être assassinée s'éloignait, mais des interrogations demeuraient.

Pourquoi l'avait-il épousée au lieu de se marier avec sa maîtresse ?

— Allez donc le rejoindre, ma chère petite, et montrez-vous à la hauteur.

La comtesse l'encouragea à se lever d'une main ferme, un sourire avenant à la bouche.

— Merci pour ces quelques éclaircissements, madame. Je vous sais gré de m'avoir informée de tout ceci.

— Faites-en bon usage, mon enfant, et surtout ne vous illusionnez pas sur ce qu'il est. Cependant, ne le sous-estimez pas. L'orgueil des Stanton n'est plus à démontrer, mais il faut savoir regarder au-delà des apparences, ne l'oubliez pas. Ne lui tenez pas rigueur de son silence. Exprimer ce qui vous ronge demande une dose d'humilité et Percy Stanton en est dépourvu. Comme l'on dit, chat échaudé craint l'eau froide. Je ne suis qu'une vieille femme, mais mon expérience m'a appris qu'une vérité vaut des milliers de mensonges. Fiez-vous à votre instinct.

L'instinct d'Esmée lui conseillait de fuir, peut-être devrait-elle s'y résoudre.

Chapitre 14

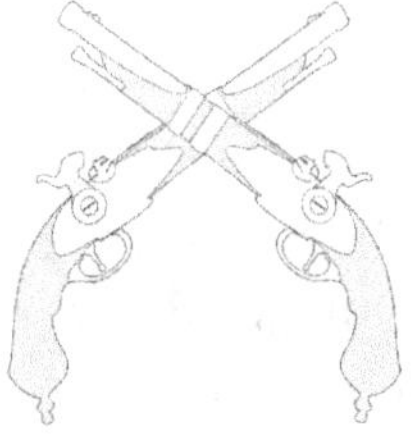

La jument s'arrêta, brouta quelques hautes herbes, repartit dans son vagabondage sans que la cavalière la rappelle à l'ordre. Esmée s'était échappée du château pour réfléchir en paix loin de l'effervescence provoquée par l'organisation de la prochaine chasse. Les invités allaient et venaient, les dîners et réceptions se succédaient. En quatre semaines le duc rattrapait six mois d'absence, l'exhibait comme un trophée, répondait aux sollicitations de leurs voisins pour la présenter officiellement. Il l'épuisait à la traîner ainsi chez les uns ou les autres. Elle en profitait pour l'observer en société et cherchait par tous les moyens à grappiller des indices sur la personnalité réelle de Percy.

Était-il cet individu distant et arrogant du début de leur mariage ? Ou encore celui que la comtesse dépeignait avec tendresse ? Ou cet homme charmant, abusant cependant de son autorité pour obtenir gain de cause ?

En la matière, le duc ne manquait pas de suite dans les idées. Depuis une semaine, il la harcelait, réclamait de sa part son installation dans l'aile ouest, argumentait pour la persuader du bien-fondé de sa décision. Il tentait par tous les moyens de l'engluer dans une sorte de relation de couple purement factice, uniquement pour convaincre leur entourage. Depuis trois nuits, il s'invitait à nouveau dans son lit. Elle feignait une grande lassitude, bâillait à s'en décrocher la mâchoire pour éviter qu'il l'embrasse et le contraindre à déguerpir au plus vite et retourner de son côté du château une fois son office terminé.

Pour le moment, elle résistait, trouvait mille excuses pour ne pas céder à la demande de déménagement. Elle utilisait l'arrivée imminente de sa famille et réorganisait ses propres appartements pour les recevoir. Au grand dam de madame Gates, elle avait réquisitionné trois pièces supplémentaires dans l'aile sud, avait transformé son boudoir en salle d'études, un moyen comme un autre de repousser le duc pendant un temps : celui d'éclaircir ses idées.

Esmée s'interrogeait. Le portrait brossé par la comtesse de Bradbury correspondait peu à l'homme qu'elle observait. Loin d'être sotte, elle mesurait à leur juste valeur les efforts de son époux. Il la manipulait et elle détestait ça. Heureusement, le domaine occupait Sa Seigneurie une bonne partie de la journée et elle profitait d'une relative liberté à ses heures perdues. Baines et madame Gates géraient la maisonnée sans qu'elle ait à intervenir. Ils connaissaient les goûts de leur maître, ses habitudes ; ses opinions à elle ne comptaient pas. Elle s'accommodait de n'être qu'une potiche et y trouvait un certain agrément. Percy choisissait ses tenues en fonction des circonstances, la guidait parmi ses relations ou amis. Elle évitait de participer aux conversations pour garder sa neutralité lors de certains débats épineux, connaissait si peu les environs ou leurs voisins qu'elle ne savait que dire de peur de choquer ou de gaffer.

Esmée soupira profondément, repoussa ses préoccupations à propos du duc bien qu'elles occupent une grande partie de son esprit, de jour comme de nuit. Elle ne craignait plus pour sa vie, mais redoutait bien plus désormais. Du doigt, elle caressa ses lèvres, s'interrogea sur ce qu'elle ressentirait s'il l'embrassait.

— Oublie ! Et garde tes positions, grommela-t-elle entre ses dents. N'oublie pas Gillian.

Le hennissement de sa jument la sortit de ses considérations maussades. Esmée leva les yeux, aperçut le cavalier à sommet de la colline. Un frisson la parcourut en reconnaissant l'étalon du duc. Elle croyait Percy au village et avait profité de l'occasion pour pousser jusqu'à ce coin isolé qu'elle appréciait pour sa quiétude. La petite chapelle abandonnée où elle aimait se recueillir se trouvait à une centaine de mètres dans un repli du terrain. Alors que le cavalier s'approchait, un doute effleura Esmée. Elle ne reconnaissait pas la silhouette ni la manière de chevaucher de Percy, mais ne se trompait pas sur l'identité de l'animal, le préféré de son mari, celui qu'il se réservait. Personne ne montait Jupiter sans l'autorisation de son propriétaire.

Homme et cheval s'arrêtèrent à quelques mètres d'Esmée. Andrew ? Pendant un instant, le cœur d'Esmée s'affola, battit si fort dans sa poitrine que le vertige la saisit. Les yeux rivés sur le cavalier, elle mit quelques secondes à entrevoir sa méprise, et plus encore à maîtriser son émoi.

— Mes hommages, Votre Grâce, se découvrit le jeune

homme, un sourire avenant à la bouche.

Il la fixait, un air interrogatif sur le visage aux traits harmonieux. Blond, fin, racé, élégant, il ressemblait à Andrew et Esmée sentit le trouble la submerger. Le regard aussi bleu qu'un ciel de printemps la caressait avec espièglerie.

Perçut-il son bouleversement inattendu ?

Le sourire s'élargit et se teinta d'une satisfaction visible. Esmée s'effraya de la puissante joie ressentie à la vue du jeune homme, de ce frémissement de l'âme plus fort que tout au monde. Elle se reprit, écarta Andrew et les souvenirs, salua l'inconnu d'un signe de tête sec.

— Permettez-moi de me présenter, ma très chère cousine. Garald Stanton, annonça-t-il en s'inclinant d'une courbette effrontée.

Le rire teinté de moquerie taquine répondit à l'ébahissement d'Esmée.

— Mon cousin vous prétendait jolie. Et bien, je certifie à cette heure qu'il est aveugle. Vous êtes la grâce personnifiée, madame la duchesse. Permettez-moi de vous offrir mes humbles hommages du matin.

— Monsieur, s'offusqua-t-elle de sa liberté de paroles et du regard qui glissait sur elle avec complaisance.

— Ne le prenez pas mal, cousine. Je suis incapable de cacher mes sentiments face à tant de beauté. Percy a dû vous prévenir de ma galanterie légendaire, n'est-ce pas ?

Esmée rougit. D'autres propos peu flatteurs lui revinrent à l'esprit : débauché et fainéant. Elle le détailla avec attention, chercha dans le maintien arrogant, la mise soignée ou l'attitude assurée les indices de ses dérives coupables. Il éclatait de santé, maîtrisait Jupiter d'une poigne ferme, celle d'un cavalier émérite et l'observait avec une franchise amusée. Il n'affichait pas ce côté lubrique ou indolent d'un dépravé. Il rit joyeusement, un pétillement de gaieté dans les yeux.

— Je constate que Percy a dépeint de moi un tableau charmant. Rassurez-vous, il ne vous a pas menti. J'avoue être bien peu occupé à travailler et je cherche le plaisir où il se trouve.

— En volant un cheval ? répliqua-t-elle sévèrement.

— C'est une petite vengeance de ma part, ma chère cousine. L'année dernière, Percy m'a soufflé ce superbe animal aux ventes d'Ascot et l'emprunter quelques heures apaise mon ressentiment. M'acceptez-vous comme compagnon de route le temps de dégourdir un peu les jambes de ce pauvre Jupiter. J'en profiterai pour vous expliquer à quel point vous êtes charmante et terriblement effrayante ?

— Effrayante ? s'outragea Esmée.

Le rire gai monta en cascade, le sourire jovial étira la bouche aux lèvres admirablement dessinées, le regard azur s'alluma d'étincelles de plaisir.

— Autorisez-moi à vous accompagner et je vous apprendrai en quoi vous êtes effrayante. Cela vous choque-t-il ?

Garald poussa l'étalon à venir aux côtés de la jument d'Esmée. La jeune femme releva le menton, le toisa d'un air combatif.

— Pourquoi devrais-je l'être ?

— Madame Gates prétend que vous êtes prude.

— Comment ose-t-elle ? s'exclama-t-elle, une bouffée de colère à l'esprit.

— Acceptez un tel compliment de sa part, ma cousine. La bonne Faith nous a élevés Percy, William et moi. Elle nous couve comme des poussins sans s'apercevoir que nous sommes devenus des coqs prétentieux. Venez donc, que je vous raconte les petits secrets de votre époux. N'êtes-vous pas curieuse ? À moins que vous préfériez que je vous démontre quel démon je suis en réalité ? la taquina-t-il avec humour.

Garald ressemblait peu au portrait dépeint par le duc, Esmée en convenait. Malgré sa défiance, elle ne pouvait se résoudre à le détester aussi cordialement que semblait le haïr son mari. Quelque chose en lui l'attendrissait, l'incitait à en savoir plus. Il perçut son hésitation et d'un geste l'engagea à le suivre. Les deux chevaux s'accordèrent d'un pas régulier, menant les deux cavaliers vers le bois de hêtres.

— Je dois vous mettre en garde, ma chère cousine. Percy clame haut et fort que je suis diabolique, avec raison. Cependant, peut-être le suis-je moins qu'on souhaiterait vous en persuader. Ne vous laissez pas berner par tout ce que l'on vous apprendra à mon sujet, et surtout, n'imaginez jamais que je hais Percy.

— Pourquoi devrais-je penser une telle chose ?

— Parce qu'on y trouve un fond de vérité. Il possède tout ce que je désire, la fortune, une écurie à damner le Diable, une réputation sans tache et par-dessus tout, vous. Je comprends qu'il vous cache ici, mais je m'étonne qu'il ne vous exhibe pas comme un trophée, le plus intéressant de sa collection.

— Monsieur ! rougit-elle du propos sarcastique.

— Ne vous l'a-t-on pas déjà affirmé ? rit-il avec bonne humeur. Il vous garde à Dartford de peur que Londres succombe à votre charme et qu'il ne doive se battre en duel avec tous les gentilshommes qui croiseraient votre route.

Esmée lui lança un regard farouche, irritée par ce badinage outrancier.

— Cessez, monsieur. Ces paroles ne sont pas dignes d'un gentleman, répliqua-t-elle avec dureté.

— Qui prétendra que j'en suis un ? Pas moi, ironisa-t-il de plus belle.

Elle le dévisagea une seconde, tourna bride et talonna sa monture pour écourter cet aparté malséant.

— Esmée ! l'entendit-elle appeler.

Le galop derrière elle l'avertit du danger. Elle bifurqua dans un chemin creux pour distancer son poursuivant et rejoindre le château au plus vite. Elle se retourna pour déterminer ses chances de réussite, mais la branche basse la cueillit au vol. Elle cria, chuta lourdement au sol, le souffle coupé par le choc. Une onde de douleur traversa son dos, essaima jusqu'à son pauvre crâne et l'obscurité envahit ses yeux.

— Esmée !

L'appel sortit peu à peu Esmée de son évanouissement.

— Ne bougez pas, je vous en prie, murmura la voix à son oreille.

Un mouchoir humide bassinait délicatement ses tempes moites.

— Que s'est-il passé ? grommela-t-elle en se redressant.

Elle grimaça, fixa le visage penché sur elle. Son cœur s'affola dans sa poitrine haletante, une intense joie la submergea pendant de longues secondes avant que sa raison ne refasse surface et que les traits d'Andrew se transforment sous ses yeux. Un nom revint à sa mémoire : Garald.

— Aidez-moi à me relever, maugréa-t-elle en s'asseyant.

— Ne bougez pas, voyons ! Peut-être avez-vous une commotion ou…

— Rien du tout ! repoussa-t-elle le jeune homme d'un geste agacé.

La barre en travers de son buste l'incita à inspirer lentement pour retrouver ses esprits et sa respiration coupée par la chute. Sa vision s'éclaircissait autant que ses pensées. Elle remua les jambes et les bras à la recherche d'un inconfort. Deux ans auparavant, sa dégringolade dans l'escalier lui avait appris à reconnaître le supplice provoqué par une fracture. Aujourd'hui, il n'en était rien.

Elle se redressa sous le regard angoissé de Garald.

— Ce n'est rien, assura-t-elle en se levant doucement.

Il lui tendit le bras, l'aida à se remettre sur pied avec prudence.

— C'est de ma faute, s'accusa-t-il sombrement.

— Indubitablement, rétorqua-t-elle sans pitié.

— Esmée, je…

— Taisez-vous et allez chercher les chevaux. Il se fait tard. La cloche du déjeuner va sonner.

— Me pardonnerez-vous ? tenta-t-il de l'amadouer d'un ton suppliant.

Elle se redressa, le dévisagea un moment, incertaine de le vouloir ou de le pouvoir. Malgré tout, quelque chose dans l'attitude du jeune homme l'émouvait. Cette fois, il montrait une réelle contrition, non feinte ou jouée. Le regard clair posé sur elle brillait étrangement, lui rappelait celui de Charles quand son frère s'amendait sincèrement et s'excusait sans prononcer un mot. Elle percevait toujours ses remords, lisait sur son visage le chagrin de l'avoir blessée.

— Je vous en prie, accordez-moi votre amitié, Esmée. Je ne la mérite pas, j'en suis conscient, mais elle me serait précieuse et peut-être…

Il lui saisit la main, la serra dans la sienne et la porta à ses lèvres avec dévotion.

— Cessez ce jeu ! gronda-t-elle en retirant ses doigts d'un geste sec.

Il recula d'un pas, inspira fortement, puis s'inclina avec déférence.

— Excusez mes propos. L'émotion, sans doute, déclara-t-il une onde de sarcasme dans le ton. Un démon reste un démon, murmura-t-il pour lui-même.

Il se détourna, partit d'une démarche raide vers les chevaux arrêtés à quelques mètres. Déboussolée par ses sentiments confus, Esmée l'observa, incertaine du chemin à suivre sans se brûler les ailes. Celui du cœur l'incitait à aider ce jeune homme dont elle percevait le désespoir soigneusement caché derrière une façade de gaieté et de licence. L'autre, celui de la raison, la suppliait de l'écarter et de ne pas aiguillonner la colère du duc par un comportement familier. Garald revenait vers elle avec les deux montures, la mine sombre, le regard baissé.

Craignait-il qu'elle découvre ce qu'il dissimulait sous ses airs bravaches ?

— Permettez-moi de vous aider à vous remettre en selle, proposa-t-il d'un ton courtois.

— Pourquoi adoptez-vous ce comportement avec moi ? lança Esmée, décidée à démêler les fils de l'antagonisme entre le duc et son cousin.

Elle devinait que l'inimitié des deux hommes résidait dans une ancienne histoire, quelque chose de très personnel entre eux.

— Je suis ainsi fait. J'aime voler ce qui appartient à Percy, ironisa-t-il.

Esmée entendit la faille dans la voix rauque, ce petit quelque chose engendré par le désespoir.

— Est-ce la seule raison ?

— En voyez-vous une autre ?

Il se détourna pour se soustraire à l'attention aiguë d'Esmée. Le frémissement du visage devenu de marbre la persuada qu'elle cheminait sur la bonne voie.

— Je vous soutiendrai si vos motivations sont dictées par l'honneur, et pour aucune autre raison, Garald.

Le haussement d'épaules désinvolte répondit à sa proposition. Elle soupira, s'approcha de sa monture en claudiquant.

— Laissez-moi vous aider, murmura-t-il en la saisissant par la taille.

Avec force et agilité, il la hissa en selle, lissa la robe d'un geste incertain, les yeux baissés.

— Peut-être un jour vous confierais-je la triste réalité de mon existence, Esmée. Je sais que vous me comprendrez, sans me juger. Mais, prenez garde à vous, Percy n'acceptera jamais que vous m'accordiez du temps ou une once d'attention.

Il s'écarta avec brusquerie, s'avança vers Jupiter et sauta en selle d'un bond souple. Il s'éloigna sans un regard en arrière, disparut au tournant du chemin. Désemparée par l'étrange rencontre et la confusion qu'elle engendrait, Esmée poursuivit sa route vers les écuries. Elle flâna un moment pour apaiser son esprit assailli par les doutes.

« La bonne Faith nous a élevés Percy, William et moi », se rappela-t-elle les paroles de Garald.

L'accent de tendresse avait vibré dans les mots prononcés. Esmée imaginait mal les trois garçons élevés ensemble, côte à côte, et que désormais une profonde animosité règne entre les deux cousins.

Que s'était-il passé pour provoquer ce drame où elle prenait involontairement une place prépondérante ?

Une seule personne pouvait la renseigner, et le plus vite possible.

Chapitre 15

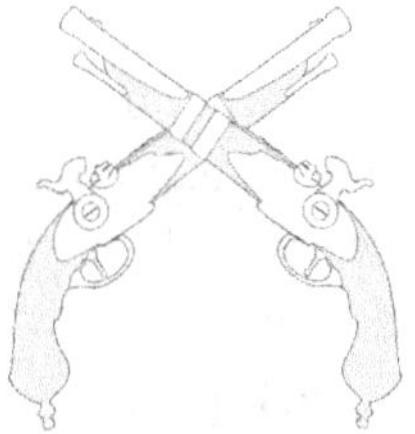

La calèche avançait vite malgré les ornières profondes provoquées par les dernières pluies. Les couleurs de l'automne habillaient de sa somptuosité de rouge et d'ocre le paysage éclairé par un soleil radieux. Esmée grimaça, chercha une position confortable pour ses fesses meurtries par sa chute de la semaine précédente.

L'arrivée intempestive de Garald, son insolence à l'égard du duc transformait Dartford en poudrière et elle désirait par-dessus tout apaiser l'esprit combatif des deux hommes.

À son arrivée à l'écurie, elle avait surpris la conversation houleuse entre les cousins. Face à leurs attitudes belliqueuses, elle avait craint le pire, mais ils s'étaient tus en sa présence. Garald s'était incliné galamment devant elle en feignant de ne pas la reconnaître. Elle était entrée dans son jeu, un certain remords à l'esprit, avant qu'une idée ne la traverse.

— Resterez-vous quelques jours parmi nous ? avait-elle proposé avec courtoisie.

Le haut de corps du duc, la jubilation visible de Garald lui avaient fait regretter son initiative dans la seconde.

— Vous me le demandez avec tant de gentillesse que je ne saurais refuser, cousine. Je serai ravi de rencontrer votre famille puisque désormais nous sommes parents. Quand arrivent-ils ?

— Dans quelques jours, avait-elle répondu aussi sereinement que possible.

L'air furieux de Percy, son regard tranchant l'avait clouée sur place. Courageusement, elle lui avait souri, inquiète des conséquences de son geste dicté par la politesse et la curiosité.

— Comment avez-vous pu ? l'avait-il tancée le soir venu après l'avoir rejointe dans ses appartements.

— Pu quoi ? avait-elle joué la carte de l'innocence.

— L'inviter, voyons ! Ce…

Le duc avait retenu l'insulte, avait inspiré profondément trois fois, puis l'avait fixée d'un regard glacial.

— À l'avenir, consultez-moi avant de lancer de telles invitations, madame. Maintenant, voulez-vous ? avait-il montré la porte de la chambre.

— Pardon, mais ce soir, je suis indisposée, avait-elle menti.

Elle avait imaginé Andrew l'embrassant et la rougeur avait envahi sa gorge et ses joues simulant ainsi son embarras de ne pas répondre à la requête de son époux. Elle redoutait leur intimité après sa chute et le chamboulement provoqué par sa rencontre avec Garald. Son cœur avait battu beaucoup trop fort dans sa poitrine lorsqu'elle avait cru reconnaître Andrew et elle n'aurait pas supporté de sentir le duc aller et venir en elle après un tel choc.

— Bien, avait-il jeté d'un ton hargneux.

Il avait retenu une remarque cinglante, l'avait saluée d'un claquement de talons secs et avait disparu en claquant la porte.

Première dispute, réalisa-t-elle en regardant défiler le paysage vallonné.

Le lendemain de sa rencontre avec Garald, le jeune homme l'avait abordée tandis qu'elle parcourait le jardin à la recherche de quelques fleurs.

— Ma chère Esmée, votre divine beauté me ravit et efface de ma mémoire l'air revêche de mon cousin. Avez-vous remarqué comme il me déteste ? avait-il ri, une lueur de défi dans les yeux.

— Ne le méritez-vous pas ? avait-elle lancé, inquiète d'être surprise par le duc en compagnie de Garald.

— J'avoue ! Mais que voulez-vous, un démon ne peut se résoudre à refréner ses instincts. Percy possède tant et moi si peu. Je vous l'ai dit, je le jalouse. Cent fois plus maintenant que je vous vois et que je contemple votre admirable beauté, avait-il murmuré en saisissant sa main pour la porter à sa bouche.

— Cessez ce badinage, monsieur !

— Le souhaitez-vous réellement ? Aimez-vous tellement votre époux au point de ressentir de l'aversion à mon égard ?

— Je ne vous déteste pas, je trouve votre attitude ridicule. Montrez-vous sous votre vrai jour au lieu de jouer ce rôle imbécile, avait-elle répliqué sévèrement.

Garald avait reculé d'un pas, le visage traversé par un étonnement rapidement effacé.

— Seriez-vous prête à m'accorder votre amitié, Esmée ? avait-il murmuré d'une voix rauque.

— Pour en abuser et provoquer le duc ?

— Sans doute. Mais…

Il avait inspiré fortement, s'était détourné, les traits durcis par une volonté de passer outre ses mauvais instincts.

— Aidez-moi à faire la paix avec Percy. Je ne suis pas un homme digne de confiance, Esmée, mais je souhaite sincèrement enterrer nos différends.

— Pourquoi moi ?

— Madame Gates vous porte en grande estime. C'est une chose rare de sa part pour que je prenne la mesure de la chance qui m'est offerte. Je vous en prie, ne me répondez pas pour le moment. Réfléchissez à ma proposition et… remettez-moi à ma place autant qu'il sera nécessaire.

Il s'était incliné avant de s'éloigner d'un pas vif.

Esmée palpitait d'une émotion étrange en se remémorant cet aparté. Une certitude colonisait son esprit : Je peux les aider.

Après trois jours de tentative d'apaiser les deux hommes, et son échec cuisant, elle avait pris sa décision. Elle devait découvrir ce qui motivait l'antagonisme des deux cousins.

Ce matin, à son réveil, elle avait fait avertir le duc de son départ pour Bradbury pour visiter la comtesse prétendument souffrante. Elle brandissait cette excuse pour échapper à l'ambiance délétère de Dartford, à l'humeur de dogue de Percy. Garald abusait de courtoisie à son égard, titillait son parent par des allusions dont elle ne saisissait pas le sens, mais qui engendraient chez Percy une rage glaciale plus dangereuse qu'une explosion de fureur. Sa bonne éducation et la présence d'invités pour la chasse le retenaient de dire tout haut ce qu'il pensait tout bas. Il ne restait plus qu'une solution à Esmée pour résoudre le conflit : comprendre les raisons de cette puissante animosité et tout faire pour rétablir un minimum de civilité entre les deux hommes. Involontairement ou non, Garald suscitait chez elle une étrange émotion, un sentiment incongru de complaisance, comme si elle pouvait lire en lui. Sa ressemblance avec Andrew l'effrayait, mais elle percevait qu'au-delà de cette apparence, autre chose les liait. Elle devait tout apprendre de lui pour mieux se protéger ou le soutenir face au duc.

Où cela les mènerait-il ? s'angoissa-t-elle de la portée de son désir de l'aider.

La calèche ralentit sa course, pénétra par un majestueux portail dans la cour de Bradbury. Penchée à la fenêtre, Esmée admira le cadre enchanteur où le manoir ancien s'élevait fièrement. Rien de comparable avec Dartford et sa magnificence, cependant elle tomba sous le charme désuet et coquet du logis. Le cocher arrêta la voiture devant le perron et le valet se précipita, ouvrit la portière, puis déposa le marchepied au sol. Esmée le remercia de son aide et se dirigea vers l'entrée. Le majordome se tenait sur le seuil et la salua avec déférence.

— Votre Grâce, s'inclina-t-il.

— Madame la comtesse peut-elle me recevoir ?

— Entrez, madame. Permettez-moi de vous conduire au salon.

— Merci.

Il la guida à travers la maison pour rejoindre le boudoir où se tenait la vieille dame.

— Ma chère petite ! l'accueillit Lady Suzanne. Quel bonheur de vous revoir.

— Bonjour, madame. Excusez-moi de vous visiter sans prévenir.

Esmée s'approcha du sofa où la comtesse se reposait.

— Que me vaut l'honneur de votre venue, Esmée ? Cela doit se révéler important pour que vous preniez la peine de vous inviter ainsi à Bradbury en pleine période de festivités à Dartford. Asseyez-vous près de moi.

— Merci, Lady Suzanne.

Esmée s'installa aux côtés de la vieille dame. Tout à coup, elle doutait du bien-fondé de sa démarche.

— Je vous en prie, mon enfant, expliquez-moi ce qui vous tourmente.

— Garald est arrivé à Dartford.

— Oh, le cousin maudit ? Voilà qui doit réjouir ce cher Percy.

— Je crains au contraire que cela le contrarie prodigieusement.

— Il serait dommage qu'il en soit différemment, ma petite. Percy a la rancune tenace et Garald mérite plus que tout autre le mépris de son cousin.

— Pour quelle raison ?

La comtesse sourit tristement, posa la main sur le genou de sa compagne.

— La famille Stanton a supporté d'épouvantables épreuves au cours des siècles, mais à lui seul Percy a enduré de terribles drames. À l'âge de douze ans, il a perdu sa mère qu'il adorait et a reporté son affection sur son frère cadet William. L'année suivante, les parents de Garald disparaissaient et Georges, le père de Percy, a recueilli son neveu. Du même âge et de caractères semblables, Garald et William se sont tout de suite entendus. Sans le vouloir, ils écartaient Percy par leur complicité. Malgré tout, ils pouvaient compter sur lui pour les sortir des mauvais pas, où hélas, les deux cousins se fourvoyaient souvent par bêtise. Georges destinait son cadet à l'armée et ne lui laissait guère le choix, comme il avait imposé à Percy de se marier. William voyait sa vie différemment et s'est jeté dans la débauche, suivi ou entraîné par Garald, personne ne saurait le dire. Les deux garçons jouaient avec le feu sans se soucier des conséquences. Percy tentait de les protéger de la colère de son père, mais un jeune homme de dix-neuf ans n'a que peu de poids face à deux imbéciles persuadés d'être indestructibles. Hélas, le jeu tourna au drame. Lors d'un simulacre de duel, Garald tua William.

— Mon Dieu ! s'exclama Esmée, les yeux écarquillés par une stupeur horrifiée.

— Comprenez-vous pourquoi Percy ne peut supporter Garald ou même se résoudre à laisser entre les mains de son cousin le domaine de Dartford et la fortune amassée par le travail acharné de sa famille ?

— Pourquoi ne le chasse-t-il pas de Dartford ?

— C'est impossible, Esmée. La mort de William a eu des conséquences dramatiques. Georges qui souffrait d'une maladie cardiaque tout comme son père a succombé après le décès de son fils. Dans son testament, un codicille instituait les enfants d'Arthur, le frère de Georges, comme héritiers de deuxième plan sans révocation possible et accordait le logement à Dartford jusqu'à leur trentième année. Garald vient de fêter ses vingt-sept ans. Vous comprenez donc que Percy ne peut le jeter dehors sans provoquer une réaction contraire à ses vœux. Garald réclamera aussitôt de jouir de ses pleins droits ou d'obtenir une réparation conséquente. De plus, par son mariage, Percy accédait à la majorité et un devoir de tuteur à l'égard de son jeune cousin. Vous imaginez ma chère enfant que la situation a empiré entre eux. Percy tentait de ramener Garald dans le droit chemin, tandis que son cousin se vautrait un peu plus dans la licence. Pour le moment, Percy est pieds et poings liés et ne peut que supporter les frasques de son cousin sans lui accorder plus que ne le réclament ses obligations.

La comtesse soupira, les yeux perdus dans le vague, le visage empreint de pitié.

— De plus, la maladie cardiaque de Georges semble héréditaire. Comprenez-vous pourquoi il est primordial pour Percy de perpétuer sa lignée, ma chère petite ?

Esmée hocha la tête, bouleversée par les révélations de Lady Suzanne. Elle n'imaginait pas un tel drame et prenait conscience de la complexité de la situation. Le destin n'épargnait pas le duc. Elle mesurait aussi sa force de caractère pour surmonter les tragédies qui jalonnaient sa vie. La mort rôdait autour de lui et lui arrachait les êtres qu'il aimait. Qu'il garde la tête sur les épaules malgré sa propre condamnation la laissait admirative, sa volonté à conjurer le sort, à poursuivre une lignée qu'elle jugeait maudite relevait de l'héroïsme ou de la stupidité. Cependant, au fond d'elle, un sentiment chevaleresque grandissait. Sa certitude s'affermissait : Garald souffrait autant que Percy et cachait sous ses dehors de jeune homme déluré une âme tourmentée. Tous les deux enduraient le même chagrin sans reconnaître à l'autre le droit de le ressentir.

— Peut-être pourrions-nous leur permettre de se réconcilier ? formula-t-elle avec lenteur. Garald semble le désirer.

— Que vous a-t-il dit pour vous en persuader ? se pencha la comtesse pour lire sur les traits mobiles les sentiments désemparés de sa visiteuse.

— Il prétend vouloir faire la paix avec Percy. Il m'a demandé mon aide.

— Votre aide ? murmura Lady Suzanne.

La moue dubitative remplaça l'air de bonté.

— Mon enfant, faites attention à ne pas vous laisser attendrir par ses propos ! Garald ne mérite pas votre compassion, croyez-moi sur parole. Je doute qu'il nourrisse des intentions louables envers Percy.

— Peut-être a-t-il changé ?

— Ou bien souhaite-t-il simplement que vous l'imaginiez ? Prenez garde à vous. Ne devenez pas un enjeu entre eux. Ce serait vous détruire et eux avec.

Esmée perçut l'hésitation de la comtesse et son recul. Elle la dévisagea, essaya de lire sur le visage ridé les raisons de ses recommandations prudentes. La dérobade du regard délavé, l'air pincé alertèrent Esmée. Lady Suzanne lui cachait une information primordiale.

— Un enjeu entre eux ? Pensez-vous que je sois naïve à ce point ?

— Toute femme a ses faiblesses, ma chère petite, surtout lorsqu'on use de son charme et l'on promet monts et merveilles.

— Accordez-vous donc si peu de confiance à mon jugement ou à ma probité ?

— Si cela était le cas, Esmée, aurais-je recommandé à Percy de vous épouser ? Cependant, ne vous méprenez pas sur les intentions de Garald, il ne souhaite qu'une chose : dérober à Percy ce qui lui appartient. Il est ainsi fait. Il vole par jeu et non parce qu'il désire réellement l'objet de sa convoitise. Comprenez-vous ?

— Parfaitement. Mais un voleur ne peut ravir ce qui ne peut l'être.

— En êtes-vous certaine ? Résisterez-vous à ses attentions de galant homme ?

— Évidemment !

La comtesse se redressa, scruta le visage frémissant de contrariété.

— D'autres avant vous n'ont pas eu cette force de caractère et cela a provoqué un drame.

— Que voulez-vous dire ?

Lady Suzanne soupira, tritura les franges de son châle d'un geste machinal, les yeux perdus dans le vague.

— Je vous en conjure, madame, expliquez-moi, supplia Esmée.

— Je...

— S'il vous plaît !

Esmée saisit les vieilles mains déformées par l'arthrite,

les serra doucement entre les siennes, le regard implorant.

— Très bien, mais ne révélez à personne ce que je vais vous dévoiler. Si Percy venait à l'apprendre, cette fois, il ne le supportera pas, et je crains qu'il ne fasse un geste inconsidéré. Je vous en fais part uniquement pour vous mettre en garde et que vous agissiez en toute connaissance de cause. Jurez-moi que vous garderez pour vous mes paroles.

— Je vous le jure.

La comtesse se redressa, resserra le châle sur ses épaules devenues frêles avec les années.

— Pendant que Percy demeurait à Londres pour ses affaires, Ashley restait à Dartford pour se reposer. Garald la rejoignait souvent dans le pavillon de chasse, en toute discrétion et sans que personne ne s'en doute. Je les ai surpris en voulant soulager un besoin naturel alors que mon cocher avait embourbé la calèche.

L'exclamation de stupeur d'Esmée interrompit les confidences de Lady Suzanne.

— Je vois que vous comprenez parfaitement la situation, ma chère enfant. Je soupçonne Garald d'avoir attisé la révolte de cette pauvre enfant et d'être le responsable de son geste.

— L'accusez-vous d'assassinat ? hoqueta Esmée.

— Non point ! Ce garçon est un couard ! Il ne tuerait jamais de ses propres mains. Mais une femme éprise est prête à tout pour retenir l'homme qu'elle aime et cette petite manquait cruellement de jugeote, au contraire de vous. Je vous recommande la prudence, Esmée. Vous devenez un enjeu majeur de cette histoire. Attendez-vous un enfant ?

Esmée rougit de la demande directe, mais essentielle.

— Non.

— Voilà qui est bien fâcheux. Le duc honore-t-il votre couche comme il se doit ?

La rougeur d'Esmée vira au cramoisi, répondant ainsi à la question franche.

— Excusez mon indélicatesse, mais un enfant résoudrait cette affaire définitivement pour le bien de tout le monde. Garald ne chercherait plus à nuire à Percy et peut-être envisagerait-il de devenir un homme respectable en prenant enfin les bonnes décisions. De plus...

La comtesse hésita quelques secondes, scruta avec attention sa jeune voisine.

— N'oubliez pas que l'amour constitue une suite de désillusion pour Percy. Cependant, c'est un homme digne de foi et honorable. Apprenez à gagner sa confiance et son estime et il sera pour vous un bon époux. Vous pourriez y trouver tous les deux beaucoup d'agréments. Parlez-lui de vos doutes, il vous écoutera et vous conseillera, j'en suis certaine.

Chapitre 16

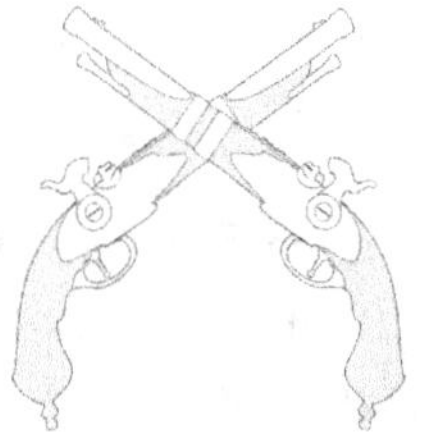

— Que faites-vous ici ?

Esmée recula d'un pas, mécontente de trouver Garald adossé à la porte de la chapelle où elle se réfugiait pour prier sereinement loin du tumulte du château. L'animosité des deux cousins ne désarmait pas ; la moindre occasion servait à Garald pour envenimer la situation et provoquer le duc.

Qu'espère-t-il en agissant ainsi ? se demanda Esmée en fixant le visiteur inattendu d'un regard sévère.

Garald jouait de son charme, la couvrait d'attentions délicates, l'entraînait dans des conversations primesautières qu'elle appréciait sur le moment, pour le regretter l'instant suivant lorsque les yeux de son époux la foudroyaient sur place. Le poids de la rancune de Percy lui pesait. Elle s'échappait de cette ambiance délétère à la première occasion, s'éloignait pour chasser son attendrissement à l'égard de Garald.

« *Parler à Percy* », se remémorerait-elle vingt fois par jour le conseil de la comtesse lorsque les doutes l'assaillaient.

Impossible.

Comment cacher ses sentiments confus à un homme soupçonneux, sur la défensive et particulièrement hargneux dès que l'on abordait le sujet « Garald » ?

Elle le reconnaissait avec franchise : Garald l'attirait. Ses charmantes attentions, sa gouaille bon enfant ou taquine, ses regards admiratifs et ce sentiment d'être désirée la troublaient. En une semaine, il sapait ses résolutions.

Le jeune homme avança d'un pas, le visage souriant, les yeux pétillants d'une lueur de triomphe.

Tu es plus transparence qu'un verre de cristal ! se lamenta Esmée, les joues rougies par l'émoi qu'il déclenchait en elle malgré ses admonestations à la prudence.

Un sursaut de fierté la fit se redresser. Fuir ne résoudrait pas son dilemme ni sa situation embarrassante. Affronter ce qui la secouait intérieurement mettrait un point final à ses tergiversations. Elle se savait assez forte pour respecter ses vœux envers le duc. Sa dignité revêtait plus de valeur à ses yeux qu'un attachement brouillon né d'une émotivité bousculée par les événements des derniers mois et par des souvenirs encore accrochés à son cœur.

— Pourquoi me fuyez-vous, ma belle cousine ?

Garald s'approcha à la toucher.

— Où voyez-vous que je fais une telle chose ? déclara-t-elle hardiment.

Elle se planta fermement devant lui, décidée à agir pour

leur bien à tous les deux. Elle répugnait à devenir un enjeu ou un prétexte de querelle entre son époux et son cousin. La fierté blessée du duc risquait fort de déclencher un nouveau drame et elle refusait d'en être la cause.

— Je le vois dans votre manière de frémir, dans le saphir si pur de votre regard, sur votre peau de nacre plus expressive que vos mots. Vous le sentez, n'est-ce pas ? Ce sentiment qui vibre en vous, ce trouble singulier et votre soif absolue d'y succomber ?

Esmée frissonna des paroles autant que des doigts effleurant l'ovale de son visage.

— Et si cela était ?

Elle ne niait pas l'attirance qu'elle ressentait pour lui. Elle palpitait d'un désir insolite, inconnu à ce jour. Une infime part d'elle craignait de chavirer malgré sa volonté de garder le cap de l'honneur.

— Cela signifierait que nos destins sont liés, proféra-t-il comme une prophétie.

Garald exprimait avec simplicité l'inquiétude qui la rongeait toutes les nuits.

Étaient-ils destinés l'un à l'autre ? Son mariage avec Percy avait-il pour but de la conduire à Garald ?

Son penchant pour Andrew s'étiolait, les sentiments qu'elle pensait profondément ancrés en elle s'effaçaient au profit d'une singulière attirance envers Garald.

— Que désirez-vous Garald ? prononça-t-elle avec difficulté.

— Vous.

Il la saisit par la taille d'un geste possessif, mais câlin, la rapprocha de lui avec lenteur sans la lâcher du regard. Elle ne résista pas, troublée de vouloir connaître l'ivresse de sa bouche sur la sienne.

— Sentez-vous cette attirance entre nous ? Ce lien étrange qui nous unit ? murmura-t-il contre ses lèvres avant de l'embrasser.

La douceur des lèvres taquines, la volupté de la caresse, la chaleur de ce corps contre elle déroutèrent Esmée.

C'est ça un baiser ? s'étonna-t-elle de ne rien ressentir de particulier.

Son émoi s'apparentait à peine à celui qu'elle éprouvait devant une crème à la cannelle. Mystérieusement, l'odeur de cannelle et d'épices caractéristique du parfum du duc envahit sa mémoire, écarta en une fraction de seconde son trouble diffus. Les doutes se dissolvaient comme par enchantement et une joie sereine s'insinuait peu à peu sous son crâne.

Rien.

Elle ne percevait aucune tempête des sens, ne touchait pas le paradis du doigt, ne s'évanouissait pas d'un déchaînement de plaisir.

Rien.

Pas plus qu'entre les bras de son mari lorsqu'il s'invitait entre ses cuisses et l'assaillait de sa virilité.

Rien.

Elle soupira, le soulagement devint si intense qu'un rire glissa sur ses lèvres. Désormais, elle ne se poserait plus de question sur sa fidélité envers le duc. Il était son époux, le resterait jusqu'à la mort. Elle pria pour que son corps accepte de leur offrir le cadeau de la vie, que grâce à cela son sacrifice efface les douleurs et les drames passés.

Garald releva la tête, les sourcils froncés, une moue chagrine à la bouche.

— L'aimes-tu ? murmura-t-il, les yeux plongés dans les siens.

— Quelle importance ?

Elle le repoussa d'un geste décidé, le regarda avec les yeux de l'amitié. Cela, elle le lui offrirait à condition qu'il accepte de se plier à ses exigences. Réconcilier les deux hommes lui paraissait la seule voie possible pour se débarrasser des fantômes du passé.

— Il ne t'aimera jamais, attaqua-t-il d'un ton hargneux.

— Tout comme vous ne ressentez rien pour moi. Je ne suis qu'un jouet pour vous, une manière de l'atteindre. Que cherchez-vous ? À le blesser dans son orgueil pour qu'il vous provoque en duel et le tuer comme vous avez tué William ?

Garald recula d'un pas, frappé par l'accusation directe.

— Méchante !

— Réaliste. Ne me prenez pas pour une oie blanche, vous y perdriez des plumes.

Elle se détourna, s'inclina devant la croix posée sur l'autel, lança une nouvelle prière vers le Créateur. Qu'il lui permette de donner la vie pour sauver deux hommes égarés. D'un pas décidé, elle emprunta l'allée, sortit dans l'air froid arrivé au cours de la semaine. Elle redressa le col de sa veste, leva les yeux au ciel, admira la limpidité du bleu débarrassée de nuages. Tout comme son cœur et son esprit. Le rire monta à sa gorge, la délivrant des affres des nuits passées.

— Esmée !

Garald la rattrapa tandis qu'elle rejoignait les chevaux attachés à un arbre.

— Laissez-moi, Garald. Je vous aurais accordé mon aide si vous aviez un réel désir de vous amender. Ce n'est pas le cas. Je vous demande de partir, de quitter Dartford et de ne plus y revenir.

— Sait-il la chance qu'il a de vous avoir ?

Il la retint par le bras pour la forcer à l'écouter.

— Lâchez-moi, siffla-t-elle d'un ton coupant.

Elle leva la cravache, prête à le frapper. Il s'écarta aussitôt. Ils se défièrent du regard, le souffle court, les visages crispés par leur détermination. Le premier, il capitula, inclina la tête en signe de déférence.

— Puis-je ? proposa-t-il de l'aider à monter.

— Merci. Je me débrouille seule, répliqua-t-elle.

Elle grimpa sur le muret, se hissa souplement en selle.

— Esmée ! Je vous en prie !

Il attrapa la bride de la jument pour l'immobiliser.

— Tout a été dit, Garald. Disparaissez au plus vite.

— Devenez mon amie !

— Comme l'était Ashley ? lança-t-elle avec dédain.

Il se redressa, les traits bousculés par sa déconvenue d'être démasqué.

La comtesse a dit vrai, pensa Esmée, déçue de s'être à ce point trompée et d'avoir cru à la sincérité de cet homme. Elle talonna la jument, s'échappa vers la prairie pour couper court à une discussion stérile. Le galop derrière elle la prévint qu'il la poursuivait. Arrivé au sommet de la colline, il se porta à sa hauteur, se pencha dangereusement au risque de chuter, saisit la bride et força sa monture à s'arrêter.

— Lâchez-la ! commanda Esmée, le regard étincelant de colère.

— Écoutez-moi. Je vous en prie.

— À quoi bon ? Vous me mentez depuis le début ! Il n'y a que cela qui vous intéresse et vous êtes prêt aux pires ignominies pour l'obtenir ! s'exclama-t-elle en montrant d'un large geste l'étendue du domaine.

Garald blêmit de l'accusation lancée avec rage.

— Vous…

— Partez Garald. Il ne sortira rien de bon de tout ceci. Votre aversion envers Percy vous détruira.

— Je ne le hais pas ! Il est un frère pour moi ! s'écria-t-il. Mais lui ne voit que l'assassin en moi ! Et… il a raison, souffla-t-il, la tête baissée par l'accablement.

Esmée le regardait, touchée par la sincérité de son aveu.

— Je l'ai tué, Esmée. Par jeu, par imbécillité, par accident, direz-vous. En réalité, je me suis cru plus fort que lui. Et… j'ai tué mon frère, confessa-t-il la voix assourdie par le chagrin.

Esmée ne le quittait pas du regard, attentive à ses expressions, ses mots, son attitude. Elle pressentait qu'il ne mentait pas cette fois et que son cœur s'ouvrait enfin avec sincérité.

— William était un véritable feu follet, pétillant d'une joie de vivre dévorante. Il voulait tout expérimenter, tout tenter, tout éprouver à la folie. Et...

Garald releva les yeux, se perdit vers l'horizon et ses souvenirs.

— Terriblement beau et charmant. Je l'ai aimé, Esmée. Comme un frère et bien plus encore. Je l'ai chéri tel un amant.

Le hoquet de surprise d'Esmée ramena vers elle le regard assombri par le chagrin.

— Cela vous choque ? lança-t-il d'un ton bravache. Nous nous portions un attachement fou, grisant au-delà de l'imaginable. La passion nous dévorait de l'intérieur, nous consumait sans que personne ne se doute de la profondeur de notre inclination. Le savions-nous nous-mêmes ?

Le silence dura un long moment. Esmée se taisait, bouleversée par les confidences murmurées avec gravité.

— Nous étions sots, deux fous éperdus d'amour et de liberté. Il m'aimait d'un sentiment exclusif, tandis que moi...

Il soupira, haussa les épaules.

— J'étais un jeune homme avide de plaisir. Je voulais tout expérimenter, l'ivresse de l'alcool, le désir exacerbé par la passion, la volupté d'un corps de femme, tout. Il m'a trouvé avec une fille, il était fou de rage et a juré qu'il me le ferait payer.

— Et vous l'avez tué, souffla-t-elle, anéantie par son histoire.

— Non !

— Ne mentez pas !

— Je vous le jure sur sa tête, Esmée. Il...

Garald inspira fortement, reprit le contrôle de son émotion, puis se tourna vers elle.

— William m'a défié devant témoins. J'ai refusé de me battre avec lui, mais il a menacé de tout raconter à son père au risque de détruire notre famille. Oncle Georges l'aurait banni, Percy… À vrai dire, je ne sais pas ce que Percy aurait fait ou dit. C'est là ma plus grande faute, avoir cru que je pouvais résoudre cette affaire sans son aide.

— Que voulez-vous dire ?

— J'ai organisé ce maudit duel. William tirait si mal qu'il ratait toujours sa cible, même à deux mètres. J'ai accepté son défi, persuadé de contrôler la situation. Ivre, il visait encore moins bien, alors, je l'ai fait boire. Je pensais que s'il me blessait, sa colère s'apaiserait. Mais, il avait une autre idée en tête, se venger pour que je souffre jusqu'à mon dernier souffle. Il a levé son arme, m'a regardé droit dans les yeux et s'est tiré une balle en plein cœur.

Esmée étouffa son cri dans ses mains, atterrée par l'aveu énoncé d'une voix assourdie par le chagrin et la culpabilité.

— J'ai payé les témoins pour qu'ils accréditent la thèse d'une rixe entre deux jeunes gens ivres et inconscients du danger.

— Qui me dit que…

— Je ne vous mens pas ! Les témoins ont signé une déclaration sur l'honneur de ne rien révéler. Ce document est chez mon notaire avec leurs noms, les conditions de notre duel et son issue. Tout y est scrupuleusement notifié. Personne ne doit jamais apprendre quoi que ce soit de cette affaire. Jurez-le-moi, Esmée.

— Cela vous disculperait.

— De quoi ? De mes remords ? Ils me poursuivent comme des fantômes, ne me laissent aucun répit. J'ai tué William. Peu importe de savoir qui a appuyé sur la détente. Ne m'accordez aucune indulgence. Je ne la mérite pas. Jurez-moi de ne rien révéler à Percy.

— Pourquoi ?

— Il aimait profondément William. Rien ne doit ternir son souvenir. Je préfère que Percy me haïsse.

— Disparaissez de sa vie et l'histoire sera close.

— Disparaître demande des fonds.

— De l'argent ? C'est tout ce que vous réclamez ?

— Un tout que Percy me refuse.

— Parce que vous le dilapidez au lieu de construire quelque chose de solide.

— Cette fois, c'est différent. Mon père et oncle Georges possédaient une mine de cuivre en Afrique du Sud que mon père exploitait. J'aimerais que Percy m'en cède les droits.

— Réclamez-les-lui.

— Il refusera, comme il repousse toutes mes requêtes depuis des années. Je ne souhaite pas attendre trois ans de plus pour refaire ma vie.

— Dites-le-lui !

— Il ne me croira jamais.

— Le désirez-vous réellement ? demanda-t-elle d'un ton sceptique.

— Il est un moment dans l'existence où il faut choisir. Je suis à l'embranchement des chemins et je ne veux pas terminer dans un caniveau, un couteau planté dans le dos. J'envie Percy pour tout ce qu'il a, vous, Dartford, sa fortune, tout. Loin d'ici, je peux me reconstruire et ne pas détruire plus que je l'ai fait.

— Ashley ?

— Qui vous l'a dit ?

— Cela n'a pas d'importance. Que s'est-il passé ?

— Vous allez me détester, soupira-t-il, les yeux perdus vers la vallée où les tourelles crénelées du château apparaissaient.

— Peut-être.

Il haussa les épaules, sa mine maussade exprimait son ennui.

— Ashley était une petite fille capricieuse. Elle s'est entichée de moi, et, je l'avoue, je ne l'ai pas repoussée. La voler à Percy avait quelque chose de jouissif.

Esmée cligna des yeux, embarrassée par le propos sans détour et sa propre inclination coupable à l'égard du jeune homme. Un baiser la ramenait à la raison, fort heureusement.

— Étiez-vous amants ?

— Dans tous les sens du terme. Je l'ai fait parce que Percy a contrecarré mes projets de mariage en avertissant mon futur beau-père sur l'état de mes finances sous prétexte qu'Élise était une protégée de Gillian.

— Gillian Coventree ?

Garald se redressa et dévisagea Esmée avec intérêt.

— Connaîtriez-vous la maîtresse de Percy ? ironisa-t-il d'un ton narquois.

— Non, répliqua-t-elle vertement, furieuse de rougir comme un coquelicot.

— Excusez-moi Esmée. Ma remarque est déplacée et surtout, elle n'est plus à l'ordre du jour. Ils ont rompu avant votre mariage.

L'air dubitatif d'Esmée indiquait qu'elle ne souscrivait pas à son mensonge.

— Je vous le jure. Percy est bourré de principe, beaucoup trop rigide à mon goût, mais pour rien au monde, il ne dérogerait à ses sacro-saintes règles. À tel point qu'il n'a rien remarqué de ce qui se passait entre Ashley et moi. Lorsqu'elle m'a annoncé être enceinte, j'en ai ressenti un plaisir intense. Ce cher Percy qui me refusait tout élèverait mon enfant comme le sien.

— Votre enfant ? Comment pouvez-vous en être certain ?

Garald la fixa d'un air étrange, presque compatissant.

— N'avez-vous pas compris que Percy est stérile ?

— Quoi ? bégaya-t-elle avec stupeur.

— Il refuse de l'admettre, mais…

— Maud a eu un bébé ! rejeta-t-elle le mensonge destiné à la blesser.

— Et le père était bien Percy, mais il a contracté une fièvre malicieuse quelques mois après le décès de Maud. Malgré ses efforts, son remariage ne lui apportait pas un autre enfant. Ashley se désespérait, jusqu'à ce que nous… Elle était folle de joie en m'annonçant la nouvelle. Elle avait décidé de le quitter pour vivre avec moi, mais…

— Ce n'était pas votre intention, murmura-t-elle, atterrée par le machiavélisme et la veulerie de Garald.

Il haussa les épaules d'un geste désinvolte.

— À vrai dire, savoir qu'il chérirait mon enfant comme la prunelle de ses yeux me réjouissait. J'ai tenté de persuader Ashley d'attendre un peu. Elle était folle de rage et a menacé de se tuer. Je ne l'ai pas cru et je suis parti. J'ai entendu le coup de feu deux minutes plus tard. Elle…

Le silence dura de longues minutes.

— Je ne voulais pas ça. Ashley et William me hantent toutes les nuits. Je vois leurs regards, leur sang. Je les entends. Ils m'accusent. Parfois, je rêve de me mettre une balle dans la tête, mais ce courage me manque. Je dois porter ma croix, expier mes fautes. Je…

Il talonna son cheval et partit au galop vers les confins du domaine, les fantômes du passé à ses trousses.

— Je vous pardonne, Garald, murmura Esmée. Mon Dieu, permettez-moi de les aider.

Chapitre 17

— Qu'il est beau, chuchota Mary-Jane à son oreille.

Esmée releva le nez de sa broderie, chercha ce que Mary-Jane fixait avec intérêt. Sa soeur observait Garald plongé dans la lecture d'un recueil de poésie.

— Qui ?

— Sa Seigneurie ! gloussa Mary-Jane, un sourire jusqu'aux oreilles.

Esmée détourna les yeux, croisa le regard assombri du duc. Elle rougit imperceptiblement, reprit son ouvrage, le cœur battant.

Avait-il surpris son attention s'égarer sur Garald ?

Elle s'alarma de provoquer une autre crise. L'admonestation de la semaine précédente lui cuisait encore les joues de honte. Une nouvelle fois, Garald l'avait rejointe à la chapelle et avait réclamé son amitié. Elle la lui avait offerte sous conditions et l'avait mis en garde si par malheur il lui mentait à nouveau. Il avait juré de respecter Percy, de ne plus le provoquer. La contrition de Garald semblait sincère et depuis une semaine, il adoptait un tout autre comportement à l'égard de son cousin. Il se montrait taquin, retenait à grand-peine ses remarques désobligeantes, mais faisait un réel effort de s'amender, créant encore plus de suspicion chez le duc.

Après ce rendez-vous impromptu, à son arrivée à l'écurie, son mari l'attendait, les traits marqués par la colère.

— Où étiez-vous ? l'avait-il interpellée d'une voix coupante comme un rasoir.

— À la chapelle à l'ouest de l'étang, avait-elle avoué sans détour.

Elle refusait de lui mentir, persuadée que le contremaître croisé près du bois de hêtres avait certainement évoqué leur rencontre. Garald l'avait heureusement quittée à ce moment, mais elle craignait que d'autres les aient surpris.

— Pourriez-vous envisager de la remettre en état ? Elle est charmante, avait-elle babillé pour éloigner l'orage.

Percy l'avait saisie par la taille, l'avait soulevée de sa selle pour la poser à terre. Il l'avait serrée contre lui plus que nécessaire, l'avait fouillée du regard au point que son cœur avait battu comme un fou.

— Je vous interdis de vous promener seule, avait-il grondé.

— Des taureaux auraient-ils été lâchés ? avait-elle badiné avec humour.

Elle avait espéré que le rappel de leur première rencontre allégerait la tension entre eux, mais il n'en était rien.

— Craignez plutôt les mécréants. Sortez accompagnée à l'avenir, avait-il ordonné en la repoussant, la mine plus sombre que l'instant précédent.

Avait-il perçu qu'elle lui mentait ?

Elle l'appréhendait et prenait garde à ne pas le contrarier. Être sermonnée comme une enfant devant les domestiques l'avait ulcérée et elle lui en gardait rancune.

Comment avait-il osé ? s'était-elle précipitée dans sa chambre, courroucée de se sentir coupable.

Garald ne l'avait-il pas embrassée ?

Heureusement, l'arrivée de sa famille lui permettait d'éviter le duc autant que possible. Une autre crainte revenait sans cesse à son esprit, une peur irraisonnée de devenir la proie de la fureur de son mari.

Si l'éventualité de la stérilité de son époux se révélait exacte, que se passerait-il pour elle ?

Elle ressassait ses doutes de plus en plus grands, reculait le moment de plaider la cause de Garald. Le duc y verrait un acte de trahison de sa part et risquait de le lui faire payer très cher, à elle et sa famille. Elle se rendait complice de Garald et la situation éprouvait ses nerfs.

Le soupir de Mary-Jane la ramena au présent. Esmée glissa un coup d'œil à sa sœur, sourit de son extase face à Percy occupé à discuter avec le comte. Elle les observa, une bouffée de satisfaction à l'esprit. Les deux hommes semblaient ressentir une réelle amitié. Contre toute attente, son mari accueillait son envahissante famille avec simplicité, adoptait une attitude détendue, presque heureuse.

Beau ? se demanda Esmée.

Le maintien impérieux du duc, ses traits marqués par l'arrogance ou ce regard capable de vous clouer sur place ne correspondaient en rien à ses critères de beauté. Cependant, elle ne lui dédaignait pas une certaine séduction, une prestance apte à attirer l'attention des femmes.

— Son cousin est joli garçon, lui aussi, émit Mary-Jane, un sourire mutin aux lèvres.

— Il n'a aucune fortune, prévint Esmée.

— Dommage. Il a l'âge pour faire un mari convenable.

Esmée releva les yeux, observa sa sœur, constata qu'en quelques mois Mary-Jane avait mûri. Les vestiges de l'enfance disparaissaient laissant place à des rêves de femme. Esmée la comprenait et se rappelait ses propres espoirs à ce moment particulier de la vie où les illusions ressemblaient à la réalité. Elle regarda tour à tour Percy et Garald, soupesa la difficulté de sa position et se promit de protéger Mary-Jane de ce genre de complications.

— Veux-tu rester à Dartford quelques semaines supplémentaires ? proposa-t-elle avec des idées précises à l'esprit.

— Avec vous ? s'enthousiasma Mary-Jane.

La présence de sa sœur réconforterait Esmée et adoucirait sa solitude. Le duc repartirait vers ses obligations parlementaires à la fin de l'automne, l'abandonnerait des jours durant pour revenir pour des séjours éclair, comme par le passé. Elle ne gardait plus aucun espoir de porter un enfant, et son existence basculerait dans le chaos.

Devait-elle évoquer avec lui le sujet délicat de sa stérilité ? Ne pressentait-il rien ?

S'il n'a rien su de la liaison d'Ashley et Garald, il ne se doute de rien, réalisa-t-elle avec effroi.

Elle appréhendait de soulever la question avec madame Gates. La gouvernante régissait leur vie intime tel un chef de guerre, se croyait investie d'une mission et la nouvelle créerait un bouleversement qu'Esmée mesurait à sa juste valeur. Quel que soit le côté où elle se tournait, sa situation devenait intenable. Annoncer au duc qu'il était stérile le guiderait sur la voie de l'infidélité d'Ashley ; le taire la mettait dans une position infernale.

Plus tard ! écarta-t-elle ses réflexions moroses.

— Avec moi. Percy retourne à Londres pour ses affaires à la fin de l'automne, informa-t-elle sa sœur.

— Il te laisse ici ? Seule ?

Mary-Jane jeta des coups d'œil perplexe à son beau-frère, la bouche tordue par une moue de déception.

— Je préfère demeurer à Dartford, Londres ne m'attire pas du tout.

— Et lui ? Qu'en dit-il ? Tu as un rang à tenir, tout de même ! Tu es duchesse.

— Un simple titre.

— Non, une fonction dont tu dois t'acquitter. Tu ne peux pas décemment rester ici et lui à Londres ! s'offusqua Mary-Jane. Et puis… le mariage, comment est-ce ? murmura-t-elle, les yeux pétillants de curiosité.

— Nous en parlerons lorsque tu seras en âge de te fiancer.

— Si je dois attendre qu'un duc se décide de me demander de l'épouser à vingt-quatre ans passés, je serais vieille et ridée !

— Est-ce ainsi que tu me vois ? s'amusa Esmée du commentaire peu élogieux.

Mary-Jane la détailla de pied en cap, fronça du nez comiquement, la bouche tordue par l'incertitude.

— Tu es… différente d'avant.

— En quoi ?

— Je ne saurais dire. Plus… vieille.

— Merci, ma chérie !

Esmée rit de bon cœur, enchantée d'entendre à nouveau les avis débarrassés de flatterie de Mary-Jane. Ces petites perles de vérité lui manquaient, elle en prenait conscience.

— De quoi vous amusez-vous donc ? les interrompit Garald venu les rejoindre.

— Ma tendre sœur me trouve… vieille, répondit-elle

d'un ton joyeux.

Esmée le prenait en bonne part, ravie que son sérieux de femme soit reconnu par sa famille. L'insouciance laissait place à une maturité et une assurance dont elle s'enorgueillissait. Les péripéties de son union affermissaient son caractère, guidaient ses choix et dirigeaient son avenir.

— Vieille ? Auriez-vous besoin de lunettes, jeune demoiselle ? Votre sœur resplendit autant qu'une rose délicate dont le bouton s'ouvre à la rosée du matin.

— Je ne la compare pas à une vieille femme ! rétorqua Mary-Jane avec hauteur. Simplement, maintenant, elle ressemble à… une femme mariée.

— En effet. Elle en a tout l'air, rit joyeusement Garald.

Esmée rougit sous le regard amusé du jeune homme. Le sourire pétillait de malice et elle imagina sans peine qu'un baiser se rappelait à lui.

— Tu ferais bien de ne pas oublier qu'elle n'en a pas que l'air, gronda la voix de basse dans leur dos.

Le duc se tenait à quelques pas, raide comme un piquet, les sourcils froncés par la contrariété. La tension monta en flèche entre les deux hommes, sans qu'Esmée puisse intervenir. Un mot de sa part et elle risquait de mettre le feu aux poudres.

— Rassure-toi, cousin, je connais ta détermination à défendre ce qui t'appartient. Mary-Jane et moi remarquions simplement que le mariage allait à ravir à ton épouse. Elle resplendit. Ne le penses-tu pas ?

Esmée retint sa respiration, s'inquiéta que le duc interprète les paroles de Garald et les transforme en accusation à son égard. Mieux que personne, son miroir lui rappelait à quel point les doutes qui l'assaillaient nuit et jour enlaidissaient son visage. Les cernes sous ses yeux, la pâleur de ses traits, le pli amer au coin de sa bouche n'alimentaient pas la fable de la jeune mariée heureuse.

Esmée esquissa un sourire, croisa les mains sur ses genoux et baissa les paupières, incapable de soutenir la flamme de défiance dans le regard du duc.

Elle se sentait coupable d'avoir autorisé Garald à l'embrasser alors qu'elle déniait ce droit à son époux. La manière dont Percy fixa ses lèvres s'apparenta à une brûlure de honte dans son esprit.

Gillian ! brandit-elle le prénom pour apaiser son sentiment d'indignité.

Des deux, elle restait la plus innocente. Elle n'avait éprouvé aucun plaisir à ce baiser, pas même un frémissement du cœur ou de l'âme.

Et lui ? Que ressent-il entre les bras de sa maîtresse ?

Elle se redressa, le fixa à son tour avec morgue. Gillian fouettait sa fierté de femme, lui rappelait à quel point leurs étreintes répondaient à la clause d'un contrat. La sonnette du thé interrompit leur combat silencieux. Taquinée par Garald, Mary-Jane répliquait avec verve au jeune homme. Le comte riait des piques malicieuses échangées par les deux jeunes gens et n'avait pas remarqué l'affrontement muet entre les deux époux. Emily et Maggy arrivèrent sur ses entre-faits, se précipitèrent vers leur aînée pour lui raconter les merveilles découvertes lors de leur visite du château. Ann suivait la servante en charge de sa garde, les yeux agrandis par la convoitise à la vue du plateau de gâteaux que les domestiques apportaient pour le thé.

— Esmée ! cria James en entrant dans le salon comme un boulet de canon pour se jeter dans les bras de sa sœur.

Esmée rit de sa mise de petit cavalier, le gronda de le voir barbouillé.

— Mon Dieu, jeune homme ? Auriez-vous donc perdu vos bonnes manières ? Filez vous laver et vous changer, ce n'est pas une tenue pour prendre le thé.

— Au contraire ! s'interposa Garald. Cela montre à quel point cet enfant vous apprécie et en oublie son excellente éducation. N'est-ce pas mon garçon ?

— Tout à fait ! répliqua James de sa voix de crécelle.

Tout le monde rit de sa mine de fierté et chacun s'installa pour goûter. Mary-Jane se chargea du service avec une grâce et une bonne volonté digne d'une maîtresse de maison. Emily, Maggy et Ann bombardaient Esmée de questions sur l'histoire du château et la prétendue légende du fantôme rouge. Percy s'approcha de leur groupe, s'assit à leurs côtés, puis répondit avec bienveillance à la curiosité de ses belles-sœurs. L'ambiance s'allégeait entre les époux en présence des enfants. Esmée jeta un coup d'œil discret à son voisin, s'étonna de son sourire débarrassé de sa morgue habituelle. Il racontait avec des détails sanglants les aventures de son ancêtre, le prétendait pirate et voleur de grand chemin, l'affublait de qualités chevaleresques pour le plaisir des petites. James, assis sur les genoux d'Esmée, buvait les paroles de l'excellent conteur. Ce moment particulier d'intimité familiale apporta à Esmée un peu de réconfort. Depuis deux jours, les invités avaient quitté Dartford et ils se retrouvaient désormais en comité restreint. Quatre amis du duc résidaient encore sur place, mais passaient plus de temps à arpenter le domaine avec le maître des lieux et le comte qu'à hanter le salon. Le soir venu, ils disparaissaient au gré des propositions d'amusement du voisinage.

Dans une semaine, un dernier bal clôturerait les festivités et attirerait des personnalités de marque. La maisonnée bruissait des préparatifs dirigés de main de maître par madame Gates et monsieur Baines. Mary-Jane, Emily et Maggy participaient activement aux arrangements des décorations, s'extasiaient d'un rien. Ann préférait la cuisine et y demeurerait des heures durant si Esmée ne l'en sortait pas trois fois par jour. Les piles de gâteaux réalisés par madame Emilie attiraient la gourmande. Du haut de ses sept ans, James ne décollait plus de l'écurie et refusait de descendre du poney offert par le duc. Avec diplomatie, Percy avait expliqué au garçon que l'animal méritait des heures de repos pour galoper avec plus d'allant le lendemain et que son devoir de cavalier lui imposait de se montrer raisonnable. Depuis, James obéissait avec docilité aux ordres donnés, surtout s'ils émanaient de Percy.

Esmée baignait dans cette ambiance si proche de son enfance. Si l'inimitié entre les deux cousins ne ternissait pas sa joie, elle aurait apprécié cette sérénité retrouvée. Pour éloigner ses angoisses, elle se raccrochait à sa vie d'avant. Tous les soirs, elle bordait James, lui racontait une histoire de poney. Dès qu'il s'endormait, elle s'attardait, le contemplait des heures durant. À l'aube, Emily, Maggy et Ann débarquaient dans sa chambre, programmaient leur exploration du jour. Mary-Jane arrivait pour le petit-déjeuner, et les sœurs goûtaient à ce moment particulier. Ses cadettes la questionnaient sur tant de choses qu'Esmée en ressentait un doux vertige et une puissante déception. Jamais elle ne connaîtrait de magnifiques instants d'intimité complice avec ses propres enfants. Alors, elle se gavait à outrance de leur présence, organisait jeux, chasse au trésor ou pique-nique dans le jardin. La maisonnée s'en trouvait bouleversée, secouée dans toutes les fondations de sa gestion quasi militaire. Les rires joyeux résonnaient entre les vieux murs tristes, apportant un vent de jeunesse au château. Baines et madame Gates eux-mêmes s'en attendrissaient.

N'avait-elle pas surpris le pompeux majordome raconter avec une verve de grand poète les aventures d'un chevalier ayant porté l'armure de la galerie des portraits ?

Dissimulée par une porte, elle avait écouté la voix grave, avait senti les larmes montées à ses yeux, un terrible dépit au cœur. Tout ceci ne serait jamais. Elle s'était éloignée discrètement pour cacher sa peine et étouffer son désir criant de hurler sa révolte.

— Bonsoir, sœurette !

Le bonjour jovial glissé à son oreille sortit Esmée de ses pensées. Elle se leva d'un bond, serra dans ses bras Richard arrivé en catimini.

— Richard ! Mais que fais-tu donc ici ? s'exclama-t-elle, les yeux embués par l'émotion.

Les cris de joie des filles et de James créèrent un beau chahut dans le salon.

— Percy nous a invités pour quelques jours. Charles traîne encore aux écuries.

— Je suis heureux de vous recevoir à Dartford, Richard, accueillit Percy, un sourire aux lèvres.

La poignée de main échangée s'accompagna d'un salut respectueux.

— Nous vous remercions de nous accorder le plaisir de passer un peu de temps avec eux tous ! Cela fait si longtemps ! rit Richard assailli par ses frères et sœurs.

Les mains serrées sur la poitrine, Esmée les contemplait, le cœur gonflé par l'allégresse de les avoir près d'elle. Elle ne laisserait plus des mois s'écouler pour les revoir ou les inviter à Dartford afin de puiser à leur côté le courage de vivre.

Elle se détourna du tableau enchanteur de sa famille réunie, regarda Percy avec reconnaissance.

— Pourquoi ne m'avez-vous rien dit ? demanda-t-elle, d'une voix émue.

— J'espérais que ma surprise vous plairait, s'inclina-t-il légèrement vers elle, les yeux plantés sur le visage noyé de tendresse.

— Merci. C'est un présent que j'apprécie à sa juste valeur.

— Vous leur manquiez.

Il s'approcha d'un pas, plus détendu.

— Tout comme ils me manquaient terriblement. Ils se

montrent remuants et bruyants, je l'avoue, mais, comment se passer d'un tel bonheur ?

Emily et Maggy se disputaient avec Richard, comme toujours, mais elle en ressentait une joie ineffable.

— En effet, remarqua Percy, un sourire amusé à la bouche.

— Ils se chamaillent, mais ils s'aiment profondément. Il n'y a rien de plus merveilleux de se réconcilier ou d'enterrer les querelles pour se retrouver, énonça-t-elle avec prudence.

— Tout ne peut pas être oublié, Esmée. Certaines offenses ou blessures ne cicatrisent jamais, elles restent vivaces et vous rappellent que nous sommes maîtres de notre destinée et non l'inverse. Pardonner n'est pas un don accordé à tous, répliqua-t-il avec dureté.

— Rien ne peut nous empêcher de pardonner si nous en ressentons le réel désir. Résister à la haine, tourner la page demande une grande force de caractère et une foi en l'humain.

— Je crois qu'au contraire, le passé nous forge à devenir plus fort.

— Il nous apprend surtout que nous sommes capables de surmonter des obstacles que nous pensions infranchissables. Le passé façonne notre avenir par les choix que nous faisons, répondit-elle d'un ton vif.

Percy ouvrit la bouche pour répliquer, mais l'arrivée de Charles interrompit leur aparté.

— Charles ! Quel bonheur !

Esmée se précipita vers son frère, le serra entre ses bras avec tendresse. Les rires et les embrassades montraient à quel point ils appréciaient de se retrouver. Le duc s'écarta de quelques pas, observa le tableau bruyant qu'ils formaient tous. Garald les rejoignit, salua les deux jeunes hommes, discuta chevaux avec eux, créant un cercle dont Percy s'exclut par son éloignement. Ce simple geste chagrina Esmée. Son mari ne souhaitait qu'une chose : fonder sa propre famille et non entrer dans la sienne.

Qui pouvait lui en vouloir ?

Chapitre 18

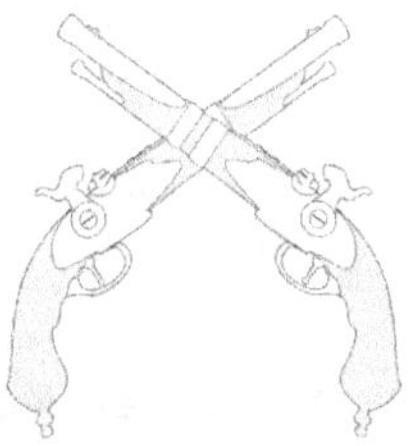

— Retrouvez-moi dans la bibliothèque après le repas, avait discrètement demandé Garald tandis qu'ils convergeaient vers la table du dîner.

— Pourquoi ?

— Je vous en prie, c'est important !

Il avait ri, comme si elle venait de faire un bon mot et s'était écarté pour rejoindre Mary-Jane. Et maintenant, Esmée se trouvait là, à l'attendre, inquiète d'être surprise par le duc ou n'importe qui d'autre. La porte s'ouvrit doucement sur son cousin. Il referma le battant, s'approcha en deux pas. La chandelle éclairait son visage, donnait à son regard clair une profondeur insondable.

— Que se passe-t-il ? chuchota-t-elle, pressée d'en

finir.

Percy jouait aux cartes avec ses frères et son père, et Garald avait judicieusement proposé aux amis présents de boire un verre en profitant d'un bon un cigare au fumoir. Elle-même s'était éclipsée en prétendant vérifier que James dormait.

— J'aimerais que vous me rendiez un service, murmura Garald.

— Lequel ? demanda-t-elle avec méfiance.

— Rien de répréhensible, ma cousine, rit-il sourdement. Mon démon me poussait à attendre, mais je dois faire ce qui est juste, maintenant.

— Je ne comprends pas.

— Ashley et moi avons échangé des lettres lors de notre aventure, des missives très explicites sur nos désirs intimes. Je sais qu'elle les a cachées et j'ai toujours espéré qu'un jour Percy les découvre.

— Garald !

— Ne m'en veuillez pas, ma douce cousine. Je vous l'ai dit, un démon reste un démon. Je suis un être faible, vil et rancunier, mais je souhaite réellement changer et je réclame votre indulgence.

— Que dois-je faire ?

— Elle les a dissimulées dans le secrétaire de son boudoir, dans une cache secrète sous le premier tiroir. Trouvez-les et brûlez-les. Le temps de l'oubli a sonné. Que Percy me soutienne ou pas, je partirai. Je vous ai entendus tout à l'heure et je vous remercie de tenter de m'aider. Je crains cependant que mes mauvaises actions me poursuivent jusqu'à la mort. Et…

Il s'arrêta, saisit les deux mains d'Esmée dans les siennes et les serra affectueusement.

— Je me suis joué de vous, Esmée. Porter mes secrets sans pouvoir les révéler à Percy est un fardeau que je vous impose. Je l'ai fait pour me venger, pour que vous l'aimiez un peu plus et que vous souffriez de son indifférence. Un attachement non partagé empoisonne votre vie à chaque seconde, il envenime tout, gangrène la moindre parcelle de bonté. Je voulais ça pour vous.

Esmée arracha ses mains de son étreinte douce, recula, hébétée par l'aveu de la duplicité de Garald.

— Je regrette. Vous seule m'avez accordé un peu d'amitié au point de plaider ma cause au détriment de votre bonheur. Détruisez ces lettres, je vous en conjure. Percy ne doit pas découvrir la trahison d'Ashley, cela anéantirait le peu de foi qu'il garde en ce monde. Je prie pour qu'il vous offre sa confiance et son respect à défaut de son amour.

Il déposa un baiser léger sur les lèvres tremblantes, s'écarta aussitôt pour disparaître. Hébétée, les yeux fixés sur la porte, Esmée mesurait le machiavélisme de Garald. Ses mots résonnaient comme un glas dans sa tête. Le battant s'ouvrit à nouveau, la lumière du corridor dessina l'impressionnante silhouette noire. Esmée se mordit la joue pour ne pas crier, reprit ses esprits autant que le lui permettait l'approche rapide du duc.

— Je vous pensais auprès de James, jeta-t-il avec froideur.

Il a croisé Garald ! devina-t-elle sur-le-champ.

— Je cherchais un livre pour lui. Il aime les histoires de pirates, bredouilla-t-elle.

— Pourquoi mentez-vous ? Me croyez-vous aveugle ? Ou stupide ? Ne comprenez-vous pas qu'il se sert de vous pour m'atteindre ?

— Le peut-il ? lança-t-elle courageusement.

— Vous m'appartenez ! Ne l'oubliez pas.

— Je ne l'oublie pas, monsieur ! Excusez-moi.

Elle le repoussa fermement, sortit de la bibliothèque aussi dignement que possible, la révolte à l'esprit.

« Vous m'appartenez ! » résonnait dans sa tête.

Elle grimpa l'escalier à toute vitesse, indignée par les mots insultants. Jamais elle n'appartiendrait à qui que ce soit. Qu'il la tue comme une bête de somme si cela le chantait, mais jamais elle ne lui appartiendrait. La porte de sa chambre claqua et elle s'y adossa, tremblante de rage et d'un puissant sentiment de fureur.

— Jamais ! gronda-t-elle, frigorifiée de l'intérieur.

Elle s'approcha de la cheminée pour réchauffer ses mains glacées.

Sans prévenir, Percy entra d'un pas guerrier, la mine sombre, les yeux étincelants de colère. Elle se pétrifia, effrayée par la violence qu'elle sentait en lui.

Allait-il la frapper pour la remettre sur le droit chemin ?

À cette idée, elle recula, terrifiée d'avoir stupidement déclenché un nouveau drame.

— Vous êtes ma femme, Esmée. Ne l'oubliez jamais, gronda le duc.

Tendu, il s'arrêta à un mètre d'elle. Le visage en ombre et lumière impressionna Esmée, mais sa peur s'éloigna.

Il l'accusait alors que lui s'affichait publiquement avec sa maîtresse ? Pour une amitié accordée, il lui reprochait de se montrer indigne ?

Elle se redressa, la révolte à l'esprit, écarta le baiser échangé, laissa monter son indignation.

— Je ne l'ai jamais oublié ! De quel forfait m'accusez-vous ? lui jeta-t-elle à la figure, prête à se battre.

Qu'il la frappe et elle le quitterait sur-le-champ, réclamerait justice auprès des autorités. Il avait plus à perdre qu'elle à ce jeu.

— Je ne vous accable pas. Je vous mets en garde. Garald est un serpent. Ne vous laissez pas charmer par ses belles paroles, ses mots doux ou ses regards langoureux, gronda-t-il d'une voix sourde.

— Croyez-vous que je sois incapable de résister ?

— Le saurez-vous ? Résisterez-vous à ce qu'il

provoque en vous ?

— Oui, clama-t-elle avec assurance.

Il s'approcha à la toucher, les yeux habités par les flammes de la cheminée.

Diabolique !

Elle recula, se cogna à la bergère derrière elle. Il la retint de tomber, encercla sa taille d'un bras autoritaire.

— En êtes-vous certaine ? murmura-t-il d'une voix adoucie, charmeuse.

— Oui, chevrota-t-elle, hypnotisée par le regard caressant.

D'un geste implacable, il la colla à lui.

— Résisterez-vous à sa chaleur lorsqu'il s'approchera si près que vous sentirez la palpitation de son cœur dans votre poitrine, comme s'il vous appartenait ?

— Oui, bredouilla-t-elle.

Elle entendait le double battement dans sa poitrine, l'écho sourd et précipité, la sensation étrange d'être deux.

— Résisterez-vous lorsque son souffle effleura votre peau frémissante d'attente ? chuchota-t-il contre sa joue.

— Oui, bégaya-t-elle.

La respiration chaude glissa de sa pommette à sa tempe, revint si proche de ses lèvres qu'elle sentit son haleine parfumée au porto.

— Résisterez-vous lorsqu'il dessinera votre visage d'une caresse si légère qu'elle vous paraîtra irréelle et pourtant si présente ?

— Oui, gémit-elle.

De l'index, il suivit les lignes de son visage, effleura à peine sa peau, y traça une coulée de feu déconcertante. Esmée se perdait dans le regard planté dans le sien, subissait la torture du frôlement ensorcelant sans pouvoir s'y soustraire.

— Résisterez-vous lorsqu'il mesurera cette part palpitante de vous, signe de votre impatience à tout lui accorder ?

— Oui, couina-t-elle, la gorge serrée.

Le doigt suivit sa jugulaire, s'y attarda longuement le temps que les battements sourds colonisent la tête d'Esmée. Elle vibrait au rythme de son sang dans ses veines, s'échauffait de l'intérieur d'une sensation grisante, inconnue.

— Résisterez-vous lorsqu'il honorera votre peau de sa ferveur ?

— Oui, expira-t-elle, tétanisée par les lèvres proches de sa gorge.

La chaleur de son souffle éveillait sa peau glacée, lui insufflait une vie nouvelle, une envie violente de capituler. Il écarta les mèches de son chignon d'un frôlement éthéré, s'invita dans son cou de longs baisers appuyés, n'épargna aucune parcelle de son épiderme frémissant.

— Résisterez-vous lorsqu'il dessinera les lignes de feu de votre désir ?

— Oui, haleta-t-elle, perdue dans des sensations de plus en plus enivrantes.

En touchers légers, la langue traça des sillons le long de son cou, descendit sur sa gorge chahutée par une respiration rapide, s'y attarda jusqu'à la limite du corsage et la peau fine de ses seins. Elle se mordit la joue, ferma les yeux, chavira de son ardeur à lui expliquer sa défaite.

— Résisterez-vous lorsque ses mains exploreront votre corps pour y allumer des incendies de plaisir ?

— Oui, souffla-t-elle, anéantie par sa faiblesse à désirer chaque caresse.

Elle serra les lèvres pour ne pas gémir. Les mains frôlèrent le tissu de sa robe, empoignèrent ses hanches fermement et la plaquèrent contre lui, la repoussèrent dans un jeu de va-et-vient bien connus. Esmée flamba de l'intérieur, en apnée, désorientée. Il s'invita sur son abdomen d'une caresse appuyée, remonta dans son dos, y dessina le lacet du corsage pour atteindre ses épaules. Les doigts glissèrent sous la chemise, cernèrent ses seins, les malaxèrent sans retenue. Les pouces sur ses pointes provoquaient des picotements jusqu'au tréfonds de son ventre.

Il s'écarta d'un pas, l'abandonna sur le bord du chemin du plaisir.

— Résisterez-vous lorsqu'il honorera votre gorge de toutes les tortures possibles ?

— Oui, le défia-t-elle du regard, impatiente de revivre ces quelques secondes inouïes.

Le sourire fauve étira les lèvres entrouvertes. À pleines mains, il saisit le col de la robe, d'un geste sec le descendit sur les bras immobiles. Esmée cria, suffoqua de l'attaque entreprenante sur son mamelon douloureux, des supplices que les doigts et la bouche infligeaient à sa poitrine frémissante. Elle bascula la tête en arrière ; le vertige l'assaillait, aspirait ses forces, amollissait ses jambes face à l'avidité de Percy à lui prouver ses faiblesses. Il s'écarta à nouveau, la laissa pantelante et haletante, envahie par cette chose étrangère et terrifiante : un désir fou, incontrôlable.

— Résisterez-vous lorsque votre robe se transformera en océan de plaisir, que chaque parcelle de votre peau dévoilée appellera ses lèvres goulues ?

— Oui, bégaya-t-elle, grisée par ce qu'il prédisait.

Il la saisit par la nuque, la retourna contre lui d'un geste brusque, empauma ses seins dénudés, taquina son cou de baisers voraces. Chaque bouton devint une succession de découverte, de frissons, de tremblements, de moiteur. La robe tomba aux pieds d'Esmée perdue dans un gouffre d'incompréhension d'elle-même. Sa chemise collait à sa peau échauffée par les caresses expertes.

— Résisterez-vous lorsque vous sentirez son impatience à vous combler au-delà des mots ?

— Oui.

Elle hoqueta de l'empoignade ferme de ses hanches, de la danse langoureuse du corps contre le sien, du renflement sensible contre ses fesses. Il l'entraînait vers le lit, sans la quitter d'un pouce. La bouche vorace dégustait la peau de ses épaules, les mains s'égarèrent sur son ventre, effleurèrent son entrejambe, descendirent sur ses cuisses fuselées, remontèrent la chemise jusqu'à sa taille.

Les chandelles éclairaient la chambre comme en plein jour, dessinaient leurs silhouettes en ombre chinoise sur les rideaux tirés devant les fenêtres. Arrivé au pied du lit, il la retourna, la fixa d'un regard âpre. Elle lut sa détermination farouche à lui expliquer qu'elle lui appartenait.

— Résisterez-vous lorsque vous vous offrirez nue devant lui, que vous attiserez son désir brûlant ?

— Oui, releva-t-elle le menton en signe de provocation.

Le rictus féroce répondit à sa bravade. Il glissa les mains sous la liquette, chemina le long de son ventre, de ses côtes, de ses seins, de sa gorge sans la quitter des yeux. Elle broncha lorsqu'il effleura ses mamelons durcis envahis par des fourmillements douloureux. Un instant, la chemise masqua le visage du duc. Il jeta le vêtement à ses pieds, s'écarta d'un mètre et la contempla une longue minute, une grimace arrogante à la bouche. Esmée ne bougea pas malgré son désir de se couvrir, de cacher sa nudité. Le rictus se transforma en sourire. D'un pas, il fut contre elle, saisit ses fesses à pleines mains et la poussa sur lui d'un mouvement rude et sensuel. Elle serra les lèvres sur son gémissement en sentant la dureté du sexe contre son ventre.

— Résisterez-vous lorsqu'il mêlera son souffle au vôtre pour vous assurer de sa passion ? chuchota-t-il contre sa bouche.

— Oui, affirma-t-elle d'un ton bravache, les yeux hardiment plantés dans les siens.

Cette part d'elle lui appartenait, Percy ne franchirait jamais cette barrière.

Il s'approcha millimètre par millimètre, le regard plongé dans le sien. Il agrippa son menton pour qu'elle ne se dérobe pas sous ses lèvres. Le baiser léger s'attarda, ne provoqua aucune des déroutes précédentes. Esmée sentit un soulagement l'envahir, la libérer inexplicablement du désordre que son corps vivait depuis quelques minutes. Il la plaqua un peu plus rudement contre lui, s'invita plus hardiment sur sa bouche. Il glissa la main dans son dos, remonta jusqu'à sa nuque, la saisit fermement. Un frisson étrange s'insinua le long de l'échine d'Esmée, déploya sur sa peau une chair de poule inattendue ; les poils de ses bras se dressèrent.

Mon Dieu.

La brûlure dans ses reins s'étendit à une vitesse insensée, déclencha sa déroute immédiate. Une sensation indescriptible submergeait sa bouche inerte. Leurs souffles se mêlèrent, sans qu'elle sache comment. La langue intrépide dansa contre la sienne. Les lèvres possessives prenaient et donnaient, l'entraînaient à répondre à cette ardeur folle. Elle s'abandonna à son avidité, anéantie par la confusion provoquée par cette bouche diabolique. Elle perdait pied sans plus pouvoir se raccrocher à quoi que ce soit. Elle gémit sa reddition, le cerveau en marmelade. Maladroitement, elle lui rendit son baiser.

Il la repoussa aussitôt, la jeta sur le lit. Il s'écarta, se déshabilla à la va-vite sans la lâcher du regard. Fascinée, elle contempla son torse aux muscles dessinés par la lumière des chandelles, les hanches minces dont elle connaissait la souplesse et la fougue, les jambes longues poilues. Elle rougit de se sentir toute chose en voyant le membre dressé.

Mon Dieu !

Il grimpa sur le lit, la repoussa contre les oreillers par

son avancée lascive, la couvrit de son ombre.

— Résisterez-vous lorsqu'il explorera chaque parcelle de votre corps pour le marquer au fer ardent de ses baisers ?

— Oui, bégaya-t-elle d'une voix à peine audible.

Il attaqua à nouveau sa bouche d'une charge goulue, s'y attarda, puis descendit sur sa gorge palpitante. Elle gémit de la torsion de son téton par les lèvres voraces, du feu qu'il entretenait de la bouche et des mains. Il allait et venait sur elle, déposait sur sa peau brûlante une pluie de baisers bruyants. Le visage réapparut dans son champ de vision, les prunelles noisette assombries la fascinèrent. Elle s'y noya sans espoir d'échapper à leur attrait diabolique.

— Résisterez-vous lorsqu'il vous guidera à découvrir tout de lui, à sentir son puissant désir de vous ?

— Oui, murmura-t-elle amollie par tant de révélations.

Elle écarquilla les yeux lorsqu'il entraîna sa main entre eux, la força à le saisir. Elle hoqueta, étonnée par la douceur, la dureté de son membre au toucher de velours et la vibration étrange sous ses doigts. Elle rougit du va-et-vient qu'il lui imposa avec autorité pendant de longues secondes. Il repoussa ses doigts tremblants, la récompensa d'un baiser féroce.

— Résisterez-vous à la chaleur de sa peau si proche et si lointaine au point de vous rendre folle ?

— Oui.

Il empoigna ses poignets, les plaqua au-dessus de sa tête et s'écarta à nouveau. Lentement, diaboliquement, il l'effleura de tout le corps, leurs peaux moites s'échauffaient de ce ballet sensuel, torturant qu'il prolongea jusqu'à ce qu'elle soit un brasier de désir, un gouffre sans fonds d'émotions délirantes.

— Résisterez-vous à la découverte de votre plaisir ?

— Oui, murmura-t-elle d'une voix éteinte.

Sa gorge asséchée par la chaleur brutale de son corps lui refusait plus. Il plongea sur son cou, l'embrassa avec douceur, descendit sur son sein, en goba la pointe avec gourmandise. Il poursuivit sa route sur son ventre, visita son nombril d'une langue taquine, arriva à destination.

Mon Dieu !

Elle hoqueta sous l'assaut de la bouche intrépide, affolée par ce qu'elle ne comprenait plus. Son corps lui échappait, irrémédiablement entraîné dans l'enfer des sens. Elle tenta de se soustraire à ce supplice d'une ondulation des hanches, aussitôt immobilisée par la force des deux mains sur ses cuisses. La langue aventureuse s'insinua en elle, provoqua des choses inouïes, chaotiques. Un violent brasier consumait son ventre, échauffait la moindre parcelle de son être désemparé. Il la tortura jusqu'à ce que l'incendie éclate dans sa tête et son corps. Elle brûlait du dedans, incapable de comprendre cette frénésie incroyable, inimaginable. Des deux mains elle agrippa le drap froissé, se cambra de toutes ses forces pour expulser cette chose de son ventre. La bouche étouffa son cri, tandis qu'elle tremblait sans discontinuer, impuissante à arrêter cette folie.

Mon Dieu !

Son corps se transformait en démon, réclamait de connaître à nouveau cette sensation indescriptible au-delà des mots et de la pensée.

— Résisterez-vous à votre désir de vouloir tout découvrir du plaisir ? murmura-t-il contre ses lèvres inertes.

— Oui, haleta-t-elle, le cœur en panique.

Elle vit l'éclair diabolique scintiller dans ses yeux. Elle cria de la poussée soudaine et vigoureuse entre ses cuisses, suffoqua de la vague inondant ses entrailles, ses reins, jusqu'à ses seins. Redressé au-dessus d'elle, il la fixait, les cheveux en bataille, immobile, planté dans son ventre secoué par des soubresauts anarchiques.

Mon Dieu !

Elle ferma les paupières, incapable de soutenir le feu de son regard, gémit des ondulations légères du corps au-dessus d'elle, de la chaleur de sa peau. Il bougea à peine, attendit de longues minutes qu'elle ouvre à nouveau les yeux et retrouve ses esprits. Elle était perdue dans un océan de bouleversements de l'âme, inapte à sortir de cet état second terrifiant et tellement beau qu'elle voulait s'y égarer, encore et encore.

Ne plus revenir.

— Résisterez-vous à la passion de son étreinte, à son ardeur à vous combler ?

— Oui, expira-t-elle dans un dernier souffle.

Son cri se transforma en râle d'un plaisir infernal. Il allait et venait sans fin, se jouait de sa faiblesse avec virtuosité, lui apprenait toutes les gradations d'une possession fougueuse. Elle ne respirait plus, sa gorge serrée expulsait avec peine ses gémissements. Elle se cambra, l'agrippa des bras et des jambes, laissa la folie envahir son corps martyrisé. Son ventre se déchira d'une douleur sans nom, d'un bonheur intense, d'une décharge d'un plaisir si puissant qu'elle perdit le sens des réalités, supplia l'enfer de l'engloutir, parce que seul le Diable pouvait provoquer une telle déroute.

Quelque chose grandit en elle, un sentiment inconnu, fort, dévorant.

Elle sentit la tension soudaine du corps au-dessus d'elle, l'arrêt brutal de l'ardeur de Percy à la remplir.

Une seconde d'une pure extase.

Il s'arracha à sa chaleur et se redressa d'un coup. Elle entrouvrit les yeux pour le contempler.

Son mari.

Il la fixait, le visage fermé, la peau luisante de sueur, le souffle saccadé, divinement beau.

— Résistez, madame. Mieux que vous ne l'avez fait ce soir. Sinon, je me verrais dans l'obligation de lui expliquer que vous m'appartenez, gronda-t-il sourdement.

Il se leva sans attendre, saisit sa chemise et son pantalon et s'éloigna. Esmée cligna des yeux, hébétée par la menace, les idées brouillonnes se bousculaient sous son crâne.

— Percy ! appela-t-elle.

Son cœur battait si fort dans sa poitrine qu'elle n'entendit pas la porte se refermer. Elle se leva, s'affala au sol, incapable de se tenir debout, le vertige l'envahissait. Elle s'agrippa au pied du lit, bouleversée par ce qu'elle découvrait avec honte.

— Percy !

Le front appuyé au bois du lit, elle laissa les larmes coulées sur ses joues brûlantes d'une humiliation sans nom. Elle sanglota, le cœur bousculé par le désarroi.

« Vous m'appartenez », résonna lugubrement dans sa tête.

Il ne mesurait pas la justesse de ses mots. Esmée comprenait à quel point, il s'était immiscé en elle jusqu'à atteindre son âme pour mieux la fracasser. Elle renifla, remonta sur le lit, s'enfouit sous la couverture.

— Résiste, répéta-t-elle à l'infini.

Plus jamais elle ne lui accorderait le pouvoir de la briser comme il venait de le faire. Elle le voua aux enfers, se réjouit méchamment que jamais il ne puisse avoir d'enfant. Il ne le méritait pas.

« Vous m'appartenez »

— Jamais !

Chapitre 19

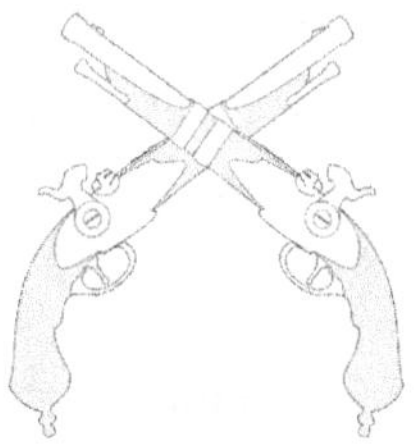

Esmée se détourna, serra le pied de son verre de peur qu'il lui échappe et se fracasse contre le mur.

— M'offririez-vous cette matelote ?

Garald s'inclina devant elle, la mine interrogative et les yeux plissés par le doute.

— Je ne danse pas, le renvoya-t-elle d'un ton sec.

— Esmée !

— Laissez-moi, Garald. Je vous en prie, partez. Si vous avez un peu de considération pour moi, ne m'approchez plus, murmura-t-elle d'une voix âpre.

Le regard saphir flamba d'une rage contenue.

— Je me résigne. Si vous souhaitez parler, je reste à votre disposition, chuchota-t-il d'un ton embarrassé.

Il s'inclina galamment, s'éloigna pour rejoindre la cohorte des invités. Esmée se détourna, but une gorgée de porto pour calmer ses nerfs à vif. Le brouhaha des discussions se mélangeait à la musique déversée dans le salon d'apparat par un quatuor de chambre dissimulé dans la galerie haute. Depuis une heure, Esmée évitait les conversations, refusait les danses proposées par les hommes jeunes ou moins jeunes. Elle surveillait « l'autre ».

Il a osé !

Elle but une nouvelle lampée pour apaiser sa gorge en feu et son envie délirante de hurler.

— Esmée !

Mary-Jane se précipita vers elle, les joues rougies par l'excitation, les yeux étincelants d'émerveillement devant tant d'élégance et de luxe. Les toilettes rivalisaient d'audace et de raffinement, les habits noirs des messieurs rehaussaient la beauté des femmes aux cous ornés de magnifiques parures. Les chandeliers éclairaient le faste de la dernière réception offerte à Dartford pour fêter la fin des grandes chasses. Mary-Jane détailla sa sœur, retint sa grimace de déception. La teinte grise de la robe d'une élégance discrète étouffait la nacre de la peau, la coupe un rien sévère gommait le charme de la silhouette élancée aux rondeurs épanouies. Le simple rang de perles ornait le cou gracile que le chignon d'un classicisme navrant caressait de ses boucles libres.

— Pourquoi as-tu mis cette tenue ? demanda-t-elle, chagrinée par l'obstination de sa sœur.

— Elle est de circonstances, répliqua Esmée avec morgue.

La magnifique robe offerte par le duc pour l'occasion avait été repoussée ; le collier de saphirs d'une beauté fabuleuse reposait dans son écrin avec les bouches d'oreille gouttes et le bracelet en trois rangées. Le regard furibond de Percy en découvrant la toilette de sa femme n'avait en rien touché Esmée. Elle l'avait toisé avec hauteur, s'était détournée sans répondre à la question posée discrètement à propos de son choix vestimentaire. Depuis la légère escarmouche, le visage affichait une froideur orgueilleuse, mais dans les prunelles brillantes, Mary-Jane détectait la lueur de rage qui habitait Esmée.

Qu'avait donc fait Percy pour provoquer cette révolte perceptible ?

Depuis trois jours, son aînée ne décolérait pas, sans que personne ne détermine la raison de cet accès d'humeur. Elle se retranchait dans le silence, participait à peine aux jeux organisés par Richard, s'éloignait et disparaissait des heures durant, ou s'enfermait dans son boudoir pour lire une bonne partie de la journée. Elle accomplissait ses obligations de maîtresse de maison auprès des invités arrivés deux jours auparavant, mais Mary-Jane percevait la fureur froide d'Esmée dans chacun de ses gestes retenus.

— Que se passe-t-il, Esmée ? murmura-t-elle discrètement.

Elle jeta un coup d'œil vers le duc, source évidente de la hargne de sa sœur. Elle soupira, admira l'élégance raffinée de la silhouette à la carrure imposante. Son assurance arrogante le désignait en tant que maître des lieux, tandis que sa prestance le démarquait parmi la foule des habits de gala. Ce soir, il brillait comme le plus bel exemplaire de la gent masculine. Les femmes ne s'y trompaient pas et le charme du duc agissait. Elles papillonnaient autour de lui, cherchaient ses attentions galantes, se pavanaient à son bras dès qu'il leur accordait sa préférence. L'une recevait plus particulièrement les hommages de son beau-frère. Mary-Jane observa la jeune comtesse pendue au bras du duc, admira la splendide toilette d'un rose tendre brodée de perles de nacre, la silhouette sculpturale aux courbes gracieuses, le port de tête altier, l'attitude d'une délicatesse naturelle que rien n'ébranlait. Sans conteste, le duc succombait aux charmes de son invitée. Mary-Jane reporta son attention vers sa sœur, constata avec dépit qu'Esmée ne pouvait rivaliser avec une telle beauté. Jusqu'au bout des ongles, Gillian Coventree représentait la quintessence de la séduction et de la distinction. À ses côtés, la duchesse de Dartford faisait pâle figure. Le visage aux traits tirés, la bouche pincée par un silence obstiné, la raideur butée de son attitude n'arrangeait pas le tableau.

— Esmée ! tenta-t-elle d'arracher un mot à la muette.

— Va danser, ordonna Esmée.

Elle la repoussa d'un geste sec et un regard tranchant.

— Esmée !

Au lieu de répondre à sa supplique, Esmée se détourna et s'éloigna d'une démarche rigide.

Mary-Jane soupira, inquiète qu'un malentendu entre les deux époux tourne au désastre. La position de sa sœur aînée lui ouvrait enfin les portes d'un avenir souriant, Esmée n'allait pas tout gâcher, tout de même !

Loin des considérations de sa cadette, Esmée se dirigea vers le buffet, ignora les yeux rivés sur elle. Elle imaginait sans mal les commentaires des invités, leurs surprises ou déceptions en découvrant la duchesse, si fade, si grossière, si ennuyeuse. Mais que lui trouvait-il ? voyait-elle la question scintiller dans les regards curieux. Elle étouffa son rire sarcastique, but une nouvelle gorgée pour éloigner les papillons noirs du désespoir. Elle se redressa, inspira lentement, refusa de s'apitoyer sur son sort. Le soubresaut de révolte remplaça la crise de découragement. Depuis la nuit maudite, elle passait par des phases de hargne et d'amertume, pleurait, rageait, se lamentait, s'insurgeait, tournait en rond comme un lion en cage pour finalement s'écrouler telle une poupée de son, désemparée par sa faiblesse, par ce sentiment fiché dans son cœur par des coups de reins vigoureux.

Elle le détestait.

— Madame la duchesse ?

L'interpellation dans son dos la pétrifia.

Comment ose-t-elle ?

Esmée inspira lentement pour évacuer la montée brûlante de sa fureur, plaqua sur son visage un masque d'indifférence courtoise. Elle sentait les regards pesés sur ses épaules, la curiosité malveillante des personnes présentes ou leur avidité à assister à la rencontre des deux femmes du duc : son épouse et sa maîtresse.

Qui ignorait ce fait lorsque l'éblouissante comtesse se pavanait au bras de son mari, affichait sans vergogne leur intimité, agissait comme une propriétaire comblée ?

La jument de race vaut plus qu'une bête de trait !

— Madame la comtesse ?

Esmée se retourna avec lenteur pour se préparer à affronter sa rivale.

— Quelle magnifique fête vous nous offrez ! Je tenais à vous remercier de votre accueil chaleureux, lança Gillian d'un ton courtois.

Esmée sourit autant que le lui permettait son envie d'en découdre et d'écraser le sourire narquois d'un coup de poing bien senti.

En quelques mots, Gillian lui rappelait quelle place elle occupait dans le lit du duc : la première.

La maîtresse attitrée ne logeait-elle pas dans l'aile ouest, à deux pas des appartements de son amant ?

Esmée ne doutait pas de l'accueil chaleureux réservé à la jeune femme hardie. Arrivée la veille, tard dans la soirée, Gillian Coventree avait imposé sa volonté et l'avait reléguée à son rôle de vulgaire bête de somme.

Esmée se torturait depuis des heures, imaginait de quelles manières son mari comblait de ses bienfaits sa maîtresse après avoir expliqué à son épouse qu'elle lui appartenait. La situation en devenait cocasse et d'une telle impudeur que les envies de meurtres l'assaillaient. Elle rêvait de griffer ce visage d'une beauté douce, de rouer de coups ce corps sensuel, d'arracher cette chevelure blonde fine comme la soie, de poignarder ce cœur attaché au duc. Elle imaginait les tortures les plus avilissantes à infliger à cette putain. Un sursaut de volonté la maintenait debout, fière et détachée face à sa rivale. Elle refusait que le duc et sa catin se doutent des affres qu'elle traversait depuis cette nuit maudite, qu'ils pensent une seule seconde que leur liaison la blessait au plus profond de son âme.

Devait-elle se résoudre à prendre un amant pour équilibrer la situation ? se demanda-t-elle fugacement.

Elle écarta cette éventualité. Sa dignité demeurait plus importante que la traîtrise de son époux. Il ne méritait pas qu'elle s'avilisse comme lui, se vautre dans la débauche ou cède à ses désirs de vengeance. Il ne valait que la mort qu'elle lui souhaita lente et douloureuse.

Succomberait-il à cette maladie de cœur héréditaire dont souffraient son père et son grand-père avant lui que Lady Suzanne avait évoquée à sa précédente visite ?

Elle pria qu'il en soit ainsi et que Garald hérite du titre. Quelle revanche cela serait pour elle de lui murmurer à l'oreille au moment de son dernier souffle que son cousin était mille fois plus digne que lui. Esmée surprit le regard dubitatif de la comtesse face à son silence prolongé. Elle se redressa de toute sa taille, s'enorgueillit de toiser sa rivale d'une demi-tête, de la considérer de haut et la ravaler à son rang de catin.

— Le plaisir est pour nous, susurra-t-elle d'une voix charmante. Percy se faisait une si grande joie de vous accueillir à ses côtés, termina-t-elle sournoisement.

L'éclair d'étonnement vibra dans les prunelles émeraude, la bouche esquissa une moue embarrassée effacée dans la seconde par un sourire complaisant.

Le message est passé ! se réjouit Esmée.

Elle sourit hypocritement, leva son verre en signe de connivence, certaine que Gillian comprenait que la femme docile connaissait les libertés que son époux prenait entre ses cuisses.

— Nous verrons-nous à Londres ? questionna Gillian d'une voix aimable.

— Je doute que Sa Seigneurie le souhaite, rit sourdement Esmée.

— Pour quelle raison, grand dieu ? Vous garderait-il prisonnière de ces tristes murs ?

— Non point. La grisaille de Dartford m'attire beaucoup plus que le clinquant des lumières. Ne dit-on pas qu'à Londres tout n'y est qu'apparences trompeuses ? Je n'ai aucun goût pour la duplicité et les mensonges. Et vous ?

Le sursaut de surprise de Gillian n'échappa pas à Esmée. Elle attendit la réponse avec intérêt, fixa sa voisine jusqu'à ce que la légère rougeur lui octroie la victoire.

— Excusez-moi, madame. Mon père me réclame, coupa-t-elle court à la conversation sans issue.

Elle s'éloigna, rassérénée. Un mélange de jubilation et d'excitation la traversa.

Dès ce soir, ses propos risquaient de provoquer des remous entre les deux amants. Esmée croisa les doigts sur le pied de son verre, souhaita ardemment que ses mots soient répétés au duc et qu'il comprenne que sa docile jument semblait moins sotte qu'il ne l'imaginait. Qu'il la bafoue ainsi en public la sidérait. Elle en concevait une furieuse colère et une intense déception. Depuis le début, les dés étaient pipés et quoi qu'elle fasse, elle perdrait la partie.

Sa décision s'imposa en une seconde : elle partirait. Dès que ses proches rentreraient à Brookfields, elle avertirait son époux de ses volontés. Qu'ils divorcent au plus vite et reprennent chacun leur route vers des cieux plus cléments. Elle retournerait à sa vie d'avant, auprès de sa famille et y trouverait cent fois plus d'agréments malgré les difficultés à affronter dans les prochains mois. Rester ici à se dessécher sur place sans espoir d'avenir ne comblait pas ses vœux. Elle se faufila parmi la foule, se dirigea vers la terrasse avec l'intention de regagner ses appartements et de s'y cloîtrer jusqu'au samedi, jour de départ de l'ensemble des invités. Simuler une grande fatigue ou une maladie imaginaire la préserverait des visites du duc ou de ses discours moralisateurs sur ses devoirs de duchesse. Elle en profiterait pour organiser son éloignement.

— Esmée !

L'interpellation la précipita vers la porte, mais Percy s'interposa, lui saisit le bras d'une poigne ferme. Il la poussa dans un renfoncement pour se soustraire à l'attention des personnes attentives à leur aparté.

— Où allez-vous ? grommela-t-il entre ses dents.

Il afficha un sourire charmant pour tromper la galerie, la fusilla d'un regard mécontent.

— Prendre l'air.

— Auriez-vous bu plus que de raison ?

Le rire clair monta dans les aiguës tandis qu'elle secouait la tête, grisée par un sentiment de profonde amertume. Il l'accusait d'ivresse alors que lui s'exhibait ostensiblement au bras de sa maîtresse ? La situation en devenait grotesque. Percy s'approcha d'un pas et se colla à elle. Elle frémit de son odeur, de la chaleur de ses doigts sur son poignet, de sa proximité néfaste pour la paix de son âme. Une seconde et les souvenirs de la maudite nuit envahirent son corps, son esprit, son cœur.

Elle le repoussa, le foudroya d'un regard rageur.

— Lâchez-moi, Votre Grâce, gronda-t-elle rudement.

— Pas si c'est pour vous donner en spectacle.

Il raffermit sa prise sur son poignet malgré les tentatives

infructueuses d'Esmée à lui échapper.

— Il suffit, madame ! Vous avez un rôle à tenir, ne l'oubliez pas ! s'énerva-t-il. Venez, allons danser.

— Non !

Le regard impérieux la cloua sur place. Elle vit les mots se former sur la bouche aux lèvres pincées, prit de plein fouet le rappel de ce qu'elle essayait d'étouffer depuis des jours.

— Obéissez !

Il l'entraîna derrière lui, souriant et avenant envers les invités, rejoignit le salon où l'on profitait pleinement de l'orchestre de chambre. D'un geste possessif, il ceintura sa taille, la guida à le suivre sur un air de valse, cette nouvelle danse à la mode que les musiciens interprétaient avec brio. Esmée se tint à distance autant que le lui permettait l'étreinte autoritaire du duc ou son désir de lui prouver qu'il restait son maître. Elle se plia à sa demande, épuisée de se battre pour garder un semblant de dignité. Son sentiment d'impuissance grandissait, l'envahissait d'une lassitude désespérée.

— Réclamez-lui de disparaître, rompit-il leur silence tendu au bout d'une minute.

— Qui ?

— Vous le savez parfaitement, Esmée. Exigez qu'il parte.

— N'êtes-vous pas le maître ici ? Demandez-le-lui vous-même. Je ne suis que votre servante, rétorqua-t-elle effrontément.

La crispation sous ses mains s'accentua, le bras sur sa taille s'alourdit d'une raideur coléreuse.

— Ne jouez pas avec moi, madame. Renvoyez-le.

— Chassez-le vous-même, répliqua-t-elle avec hargne.

Elle s'arracha à son étreinte, se faufila entre les danseurs, certaine qu'il ne la suivrait pas de peur d'être la risée des invités. Elle fila autant que le lui permettait sa fierté blessée, traversa les deux salles d'apparat et regagna le hall. Elle n'attendit pas qu'il la rattrape et courut dans l'escalier, monta dans sa chambre. Elle referma la porte d'un geste rageur, tourna la clé dans la serrure et cala le fauteuil sous la poignée. Elle fit de même dans le salon de peur que le duc réitère sa leçon dramatique.

« Résisterez-vous » battait à ses oreilles, envahissait son esprit d'images impudiques, rappelait à son corps ses faiblesses et à son cœur son ineffable stupidité.

Comment pouvait-elle ressentir autant de ressentiment pour un homme indigne ?

Comment avait-il franchi les barrières dressées par la trahison d'Andrew ?

Comment était-il entré dans son cœur à son insu, sournoisement, comme un voleur ?

Esmée se jeta sur son lit, éperdue de désespoir, de rage, de haine.

Ivre d'un amour sans issue.

Chapitre 20

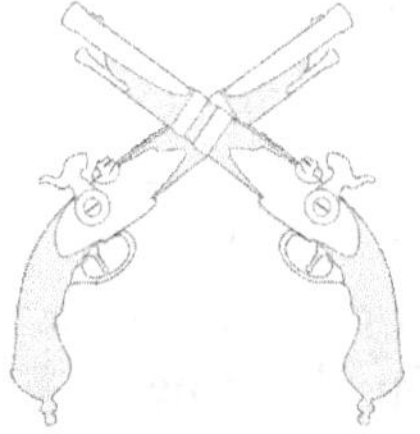

À Serge qui aime la bagarre

Assise sur le banc branlant, Esmée contemplait la croix de bois vermoulue, un puissant sentiment de lassitude à l'esprit. Le vide devenait son compagnon. Elle soupira profondément, répéta sa résolution prise une semaine auparavant : partir.

Après le bal de clôture des grandes chasses, elle avait gardé la chambre, terrassée par un accès de fièvre. Mary-Jane et madame Gates l'avaient veillée pendant deux nuits tandis que le médecin recommandait du repos et du calme. Le pauvre homme échafaudait des théories sur sa soudaine indisposition, les symptômes contradictoires le déroutaient. Elle-même supposait que la tension provoquée par l'antagonisme entre Garald et le duc ou la présence de Gillian Coventree avait créé ce flot de sentiments brouillons, dévastateurs. Elle avait profité de sa faiblesse pour condamner sa porte et interdire au duc ou à Garald de lui porter leurs hommages. Seuls ses frères et sœurs l'avaient divertie de sa peine au cours de la semaine où, allongée dans son lit, elle avait mesuré la futilité de sa vie depuis son arrivée à Dartford.

Que faisait-elle là à attendre les visites dans sa couche d'un mari infidèle qui jamais ne l'engrosserait ? Comment résisterait-elle désormais à la flambée de son corps lorsqu'il la prendrait ?

Cette peur envahissait ses nuits, peuplait ses cauchemars de monstres hideux et répugnants. Par moments, elle imaginait que le Ciel en personne lui envoyait ce châtiment pour avoir succombé au plaisir de la chair entre les bras d'un homme qu'elle haïssait.

Le haïssait-elle ?

Esmée repoussa ce que son esprit désemparé tentait de lui insuffler. Le duc ne méritait ni compassion ni attendrissement de sa part, rien de plus que son indifférence.

Partir, scanda-t-elle pour se convaincre d'agir en ce sens.

Elle en ressentait un déchirement incompréhensible, mais espérait que son éloignement guérirait les blessures infligées par le duc. La somme rondelette économisée depuis son arrivée à Dartford lui permettrait d'acheter un billet pour la France. Elle y trouverait sûrement un poste de gouvernante ou de répétitrice dans une famille respectable. Elle se résignait à tout quitter, comme une voleuse, de peur que son père la renvoie à son mari qui, elle le supposa, la séquestrerait.

« Vous m'appartenez », sonnait comme une menace.

À quoi bon jeter à la tête de son époux son indignité, sa débauche entre les bras de cette catin ?

Esmée ne rivaliserait jamais avec une femme à laquelle Percy semblait attaché. La veille, elle avait vu la manière dont il l'avait reconduite à sa calèche, s'était incliné, comment il avait saisi sa main pour y apposer une marque de respect à la limite de la décence. Il avait souri à une remarque de la jeune veuve, avait ri avec elle, s'était penché et avait déposé un baiser sur la joue veloutée. De sa fenêtre, elle avait assisté à ce spectacle navrant, mais explicite sur les relations des deux amants. Esmée se leva, s'agenouilla devant l'autel et pria le ciel de lui pardonner ses péchés.

— Esmée ?

Elle sursauta, se releva, les yeux rivés sur la silhouette en contre-jour.

— Que faites-vous ici ? Je vous croyais parti, comme les autres, marmonna-t-elle entre ses dents.

— Je souhaitais vous faire mes adieux avant de disparaître.

Garald s'avança jusqu'à elle, prit les mains inertes entre les siennes, les serra doucement.

— Je tenais à vous remercier de ce que vous avez fait pour moi.

— Je n'ai rien fait.

— Au contraire. Vous m'avez ouvert les yeux, vous m'avez permis de comprendre qu'un chemin est possible si l'on désire ardemment le tracer. Pour la première fois depuis la mort de William, je perçois la route à suivre, une route qu'il aurait aimé me voir emprunter. J'ai fait beaucoup de mal autour de moi. Je m'en désole et je veux réparer mes fautes. Toutes ne le pourront pas, je le sais, mais je vais tenter de remettre de l'ordre dans ma vie. Merci d'avoir cru en moi alors que moi-même j'y avais renoncé.

Il se pencha et déposa un baiser léger sur la joue glacée.

— Partez, Garald. Je…

— N'avez-vous donc aucune décence ? l'interrompit l'interpellation vibrante de courroux.

Ils se retournèrent vers la porte, découvrirent avec effroi la haute silhouette du duc, campé fermement sur ses deux jambes, les yeux flamboyants de colère.

— Écoute, Percy, je… commença Garald en s'avançant vers le duc.

Pétrifiée sur place, Esmée fixait le visage marqué par une dureté de pierre.

— Tais-toi avant que je te massacre, gronda Percy, la voix éraillée par la fureur. Et vous, rentrez au château, jeta-t-il d'un ton acide à sa femme.

Elle s'approcha, s'interposa entre les deux hommes sur le point de commettre l'irréparable. Ils se dressaient face à face, comme deux coqs prêts à se battre.

— Je vous en prie, Percy. Garald m'avertissait à l'instant de son départ, tenta-t-elle de calmer son mari.

— Tiens donc ! En vous embrassant ?

Esmée se redressa, piquée au vif par la remarque aigre. La vision de Gillian collée au duc s'invita sous son crâne.

— Qu'y a-t-il de mal à embrasser une amie sur la joue ? répliqua-t-elle avec amertume. Ne le faites-vous jamais envers vos chères amies ?

Le regard impérieux se tourna vers elle, la cloua sur place. Elle résista et le défia de nier, prête à lui rappeler son comportement indigne sous leur propre toit. Le nom de Gillian Coventree lui brûlait les lèvres. Il se redressa, écarta Garald d'une bourrade brutale, attrapa Esmée par le poignet. Elle se dégagea en signe de protestation, le toisa d'un air combatif.

— Percy, je t'en prie. Elle te dit la vérité. Je venais simplement l'avertir de mon départ ! tenta de le calmer

Garald.

— Je te connais trop bien, jamais tu ne te contentes de si peu.

— Tu m'insultes, autant que tu offenses ta femme !

Le rire sarcastique répondit à l'exclamation outrée de Garald.

— Je vous en conjure, souffla Esmée, désemparée de devenir l'enjeu de leur querelle.

— Rentrez ! ordonna Percy sans quitter Garald des yeux. Ceci ne vous concerne plus. Je vous avais avertie !

— Non !

Elle s'interposa à nouveau. Les mots prononcés quelques jours auparavant virevoltaient dans sa pauvre tête.

« Résistez madame, sinon je me verrais dans l'obligation de lui expliquer que vous m'appartenez ».

Le duc la saisit par le poignet, la tira derrière lui sans ménagement.

— Percy !

— Ainsi donc, vous vous souvenez de mon prénom ? ricana-t-il d'une voix éraillée.

Il l'entraîna vers les chevaux tenus par un palefrenier, l'attrapa par la taille d'une poigne vigoureuse, la jeta sur l'encolure de Jupiter. Il sauta en selle derrière elle, la ceintura fermement et la plaqua contre lui avec force.

— Percy ! tenta-t-elle de le calmer.

— Taisez-vous ! Rien de ce que vous direz n'infléchira ma décision. Vous…

Il retint sa remarque désobligeante, talonna durement l'étalon. Esmée se raccrocha à la crinière, effrayée par le train d'enfer qu'il imposait à l'animal. Elle sentait sa tension, sa rage folle. Deux minutes plus tard, ils déboulèrent dans la cour de Dartford sous le regard ébahi des jardiniers. Percy sauta à terre, saisit Esmée par la taille, la déposa au sol avec brutalité.

— Je vous en prie ! Écoutez-moi ! le supplia-t-elle d'entendre raison.

Il ne répondit pas, l'empoigna par le bras et la traîna derrière lui. Ils traversèrent le hall, montèrent l'escalier sous les yeux des domestiques médusés. La porte de la chambre d'Esmée claqua contre le mur. Il la jeta dans la pièce avec force et referma le battant d'un coup de pied furieux.

— Percy, je…

— Taisez-vous ! Je vous ai prévenue, mais vous n'en faites qu'à votre tête. Quand donc comprendrez-vous que vous êtes ma femme ? gronda-t-il d'une voix rauque.

Il s'approcha d'un pas martial, tellement menaçant, qu'Esmée recula jusqu'au mur, terrifiée par sa réaction violente. Il écarta le fauteuil d'un geste rageur, attrapa sa femme par la taille et lui imposa un baiser punitif. D'un coup, il la relâcha, se retourna, verrouilla le battant et empocha la clé.

— Ne bougez pas d'ici ! ordonna-t-il en se dirigeant vers la porte du salon.

— Percy !

Esmée se précipita à sa suite, mais le tour de clé l'avertit qu'il n'avait pas l'intention de la laisser s'échapper.

— Percy ! hurla-t-elle à s'en déchirer la gorge. Percy !

Elle frappa le battant de toutes ses forces, jeta dessus la bergère sans réussir à l'égratigner.

— Je vous maudis, vous m'entendez, je vous maudis ! s'époumona-t-elle pour que le sort le foudroie sur place.

Qu'il meure ! Qu'il meure ! Qu'il meure ! revenait en boucle sous son crâne.

Le remue-ménage dans la cour la précipita vers la fenêtre. Les hommes se séparaient en deux groupes. Avec la même arrogance, Percy et Garald se faisaient face, dressés tels des ennemis. La longue boîte noire tenue par son père alarma Esmée. Elle frappa la vitre, vociféra comme une damnée pour leur interdire de perpétrer une folie.

— Non !

Après quelques secondes de palabres, ils s'éloignèrent vers le coin du château où des chevaux attendaient.

— Non ! hurla-t-elle, terrifiée par ce qu'elle déclenchait pour avoir accordé un peu d'amitié à un homme perdu.

Elle tourna sur elle-même, chercha une solution pour les arrêter. La bergère tombée contre la porte lui donna une idée. Elle la saisit, la jeta de toutes ses forces contre la fenêtre. Les vitres explosèrent, mais pas le battant de bois. Elle tira sur le pauvre siège, recommença jusqu'à ce que le montant cède. Esmée se précipita vers l'ouverture, mesura la hauteur et le risque de se rompre le cou. Elle repoussa les bouts de verre avec le pied cassé du fauteuil, se pencha sur le rebord. La vigne vierge et le rosier grimpaient à l'assaut de la muraille, apportaient aux pierres grises des teintes d'ocre et de rouge.

Comme le sang, pensa Esmée.

Elle ne réfléchit pas une seconde de plus, enjamba l'appui de la fenêtre, ne sentit pas les pointes de verre griffer profondément la peau de ses cuisses et ses bras. Elle inspira, expira et se lança à l'assaut de la façade, pria que les gros rameaux ligneux supportent son poids. Les épines du rosier labouraient ses mains, mais elle n'en avait cure. Elle perdit une première bottine, puis la deuxième avant d'atteindre le sol. Soudain, la branche où elle s'accrochait ploya, se rompit à sa base. Esmée poussa un cri, bascula en arrière, essaya de se rattraper. Le choc de la courte chute lui coupa le souffle. Allongée sur le dos, elle regarda le ciel bleu, contempla le vol de deux pigeons, céda un instant au vertige de l'évanouissement.

— Madame ! entendit-elle au loin.

Poussée par l'urgence de la situation, elle se redressa

aussitôt, chancela du malaise soudain, le chassa avec toute sa volonté. Elle entraperçut le jeune valet se précipiter vers elle. Elle n'attendit pas et décampa à toutes jambes de peur qu'il l'enferme à nouveau.

— Madame ! cria-t-il sans qu'elle renonce à sa fuite.

Elle remonta la jupe de sa tenue d'équitation sur ses hanches, puis elle courut à toutes jambes vers le bois de saules et l'étang. Ainsi, elle les rattraperait avant qu'il ne soit trop tard. Elle galopait à en perdre le souffle, filait pour les sauver de leur folie, se précipitait pour ne pas sombrer dans le chaos. Les branches basses la giflaient, les ronces l'agrippaient comme des milliers de doigts, la retenaient, mais elle se battait, avançait aussi vite que possible. Les berges marécageuses de l'étang ralentirent sa progression, mais rien ne pouvait l'arrêter. Elle traversa le bosquet de hêtres à l'aplomb du champ où elle pensait les trouver. Elle se souvenait de l'histoire racontée par Percy à propos des duels qui s'y déroulaient du temps du grand-père, un adepte du jeté de gants et des règlements de compte, au sabre de préférence.

Elle déboula en haut de la prairie où le grand chêne surplombait le vallon et déposait son ombre sur les hommes en contrebas. Dos à dos, en chemise, les pistolets tenus hauts à l'épaule, les deux combattants attendaient le décompte. Esmée entendit la voix de son père énoncer les chiffres.

Un.

Elle hurla pour leur interdire de se battre, mais sa gorge asséchée par sa course refusa d'émettre un son.

Deux.

Elle traversa le rempart de buissons épineux entourant le champ où se dressait l'arbre majestueux.

Trois.

Elle fonça droit vers les combattants, puisant dans ses dernières forces pour arriver à temps.

Quatre.

Elle tomba, le pied tordu dans une ornière

Cinq.

Les corbeaux installés dans l'immense chêne riaient de ses efforts.

Six.

Elle se releva, nia la douleur de sa cheville.

Sept.

Elle claudiqua aussi vite que possible.

Huit.

Elle s'appuya à l'écorce du vieil arbre, les yeux agrandis par l'effroi d'arriver trop tard.

Neuf.

Elle puisa au plus profond de son âme, supplia le ciel de lui accorder le pouvoir de les sauver.

Dix.

Ils se retournèrent. Les armes se levèrent à bout de bras.

Une fraction de seconde et elle entrevit la détermination de Percy, la lassitude de Garald.

Elle poussa un cri, se précipita sur la pente douce, rugit sa haine des hommes et de leur bêtise, déboula à trois mètres de Percy.

Le claquement résonna à ses oreilles.

Une seconde.

Le temps se suspendit.

Une seconde.

L'effroi la cloua sur place.

Une seconde.

Elle vit le regard de reproches de Percy, la tache rouge sur la chemise blanche, son air stupéfait.

L'horreur la submergea. Elle se précipita, les yeux agrandis par l'épouvante. Elle hurla, se débattit de l'emprise de Richard et de Charles qui tentaient de la retenir, leur échappa. Elle se précipita vers l'homme qui vacillait et s'affaissait lourdement dans les bras de son père.

— Assassins ! hurla-t-elle en se jetant sur Percy.

Elle s'agenouilla contre lui, caressa son visage blême, regarda horrifiée la tache grandir emportant avec elle la vie.

— Assassins ! sanglota-t-elle en berçant celui qui respirait à peine.

— Esmée !

Charles la saisit par la taille, la força de l'éloigner du blessé. Elle hurla, se débattit comme une folle, le mordit, le griffa. La gifle la tétanisa. La main sur la joue, elle fixa son frère, vit dans ses yeux son immense tristesse. Il la serra contre lui, la berça tandis que les hommes se penchaient sur Percy.

— Je… je ne voulais pas, entendit-elle la voix blanche de Garald dans son dos.

Esmée se retourna comme une furie, se jeta sur lui et le frappa de toute la force de sa rage.

— Menteur ! C'est tout ce que vous désiriez !

Elle le roua de coups, aveuglée par ses larmes.

— Esmée ! Arrête !

Charles la ceintura à nouveau, l'écarta de Garald. Elle vit son père penché sur Percy pour écouter son cœur.

— Je l'ai tué, murmura Garald en s'agenouillant dans l'herbe, les bras inertes, le regard soudé à la tache rouge sur la chemise blanche.

— Vite. Richard, va quémander le chirurgien. Vous, allez chercher un brancard et une voiture pour le ramener au château. Charles, conduis ta sœur et demande à madame Gates de préparer la chambre de Sa Seigneurie. Garald, je vous en conjure, reprenez-vous !

— Je l'ai tué, répéta Garald d'une voix blanche.

— Ce n'était pas votre intention, nous le savons tous. Il a simplement voulu éviter qu'elle ne soit blessée.

Esmée fixa son père, vit sur le visage aux traits marqués

le reproche sévère. Elle ouvrit la bouche sur son cri avorté. Le Diable exauçait son vœu et la punissait de toutes ses fautes en lui arrachant le cœur. Elle sombra dans le gouffre de la douleur, anéantie par la vérité.

Elle l'avait tué.

Chapitre 21

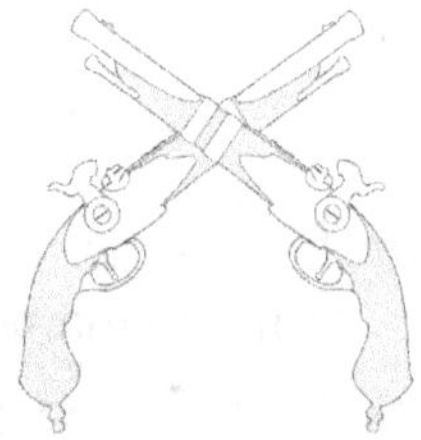

Je l'ai tué.

La pensée réveilla Esmée de la torpeur où elle se perdait depuis des heures. Elle se redressa, le cri à la bouche, les yeux écarquillés sur la noirceur de l'enfer où elle se trouvait.

— Doucement, Esmée. Calme-toi, murmura la voix de Mary-Jane.

L'obscurité se déchira et le voile sur ses paupières s'écarta. Les chandelles éclairaient la chambre sans réussir à chasser l'ombre lugubre dans la tête d'Esmée.

— Veux-tu boire un peu de thé ? proposa sa sœur assise sur le bord du lit.

— Percy ?

La moue de Mary-Jane et son regard baissé terrifièrent Esmée.

— Je l'ai tué !

— Non ! Pour l'instant, il vit, avoua Mary-Jane avec embarras.

Esmée agrippa les mains posées sur la courtepointe.

— Que veux-tu dire ? bafouilla-t-elle, effrayée par les dizaines de suppositions plus angoissantes les unes que les autres.

Une seule surnageait : il est mort, ton vœu est exaucé.

Mary-Jane soupira, saisit la tasse de thé en attente sur la table de nuit et la tendit avec aplomb.

— Bois, cela calmera tes nerfs.

Esmée fixa le liquide ambré avec méfiance, releva les yeux et scruta le visage de Mary-Jane.

— Qu'y as-tu versé ?

— Moi ? Rien ! s'offusqua la jeune fille, un sourire malicieux à la bouche. Mais, madame Gates dit que c'est bon pour toi ; une infusion pour mieux dormir.

— Je ne veux pas dormir !

— C'est toi qui vois, assura Mary-Jane en posant la tasse.

— Percy, comment va-t-il ? insista Esmée, secouée par un cruel pressentiment.

— Il...

L'ouverture de la porte interrompit Mary-Jane. Le comte se tenait dans l'embrasure, la mine marquée par la fatigue.

— Père ! s'écria Esmée en se redressant.

Mary-Jane en profita pour se lever et s'éclipser, heureuse de ne pas avoir à annoncer la mauvaise nouvelle à la malade.

— Père, je vous en supplie ! Donnez-moi des nouvelles de Percy. Est-ce grave ?

Le comte s'avança et s'installa dans le fauteuil près de

lit.

— Oui, Esmée. Très grave. Le chirurgien a fait ce qu'il a pu. Maintenant, il faut attendre et prier qu'il se remette.

— Je l'ai tué ! se lamenta Esmée d'une voix éteinte.

Elle se laissa tomber sur les oreillers, serra les paupières sur ses larmes de désespoir. Le ciel ne lui accorderait jamais de sauver le duc, elle le sentait au tréfonds de son âme. Elle avait réclamé le trépas de cet homme et Dieu l'exauçait pour la punir.

— Il n'est pas encore mort, ma fille. Prie pour qu'il se rétablisse et que cette histoire n'aille pas plus loin.

Elle ouvrit les yeux et fixa son père.

— Que… que voulez-vous dire ?

— Les duels sont interdits et passibles de la prison. Sauf si l'un des deux combattants décède. Alors, c'est un meurtre avec préméditation et c'est la corde pour le survivant.

— Vous dites que…

— Que ton arrivée intempestive aura des conséquences désastreuses si par malheur Percy meurt.

— Je ne comprends pas, bégaya-t-elle, atterrée d'être la source de ce drame.

Le comte se leva, arpenta la chambre quelques minutes en silence sous les yeux embués de larmes d'Esmée. La mine soucieuse la prévenait d'un mauvais présage. Il revint près du lit et s'assit lourdement.

— Autant que je te le dise dès à présent pour que tu saisisses la gravité de la situation. Garald et Percy se sont mis d'accord sur les termes du duel : au premier sang. En général, ils ne cherchent pas à tuer l'autre, mais simplement à laver leur honneur par un geste symbolique, une blessure bénigne.

— Cela signifie que… murmura Esmée.

En une fraction de seconde, elle se retrouva dans la prairie courant vers le duc pour le protéger, lui et lui seul.

Elle revit Percy bondir sur le côté à un bon mètre de sa place d'origine, la stupeur sur son visage, la tache rouge à l'endroit du cœur. Elle leva les yeux, regarda son père avachi dans le fauteuil.

— Mon Dieu.

Il hocha la tête, la mine désolée.

— Soit ce sont tous les deux de piètres gâchettes, soit ils ont décidé l'un comme l'autre de ne pas prendre le risque de ce premier sang. Un tir mal ajusté même pour un excellent tireur peut se révéler dramatique. Percy a visé en l'air et Garald a largement dévié sur le côté.

— Mais j'étais dans l'axe de son bras.

— Oui. Percy l'a vu en une fraction de seconde et a tenté d'éviter le pire, mais…

Le soupir désabusé du comte atteignit Esmée au cœur, comme la balle qu'elle aurait dû recevoir. Le duc s'était jeté devant elle pour la protéger, elle. Les larmes roulèrent sur ses joues, ses sanglots se transformèrent en plainte déchirante.

Elle l'avait tué.

Elle sentit à peine le bord de la tasse sur ses lèvres. Le goût amer se mêla à la bile de sa nausée. Elle sombra à nouveau dans l'enfer de ses remords.

Coupable. Coupable. Coupable.

****

La pensée dramatique tournait en boucle dans sa tête.

— Madame, la gronda Kate en la découvrant debout contre le lit. Il faut vous reposer.

— Je veux le voir. Je…

Je dois lui demander pardon.

— Pas dans votre état ! Vous tenez à peine sur vos pieds. Le médecin doit passer pour vérifier vos pansements.

— Je veux le voir, s'obstina Esmée.

Elle fit quelques pas, se rattrapa au montant de bois ; le vertige ne quittait pas sa tête lourde.

Je l'ai tué.

La vérité virevoltait sans discontinuer sous son crâne et elle n'en pouvait plus de ce sentiment de remords épuisant.

Elle était coupable, rien ni personne ne la contredirait sur ce point. À cause de son inconscience, un homme s'éteignait et un autre terminerait pendu. Elle-même serait certainement accusée de complicité et emprisonnée jusqu'à la fin de sa vie. Peu lui importait son propre sort, elle méritait le gibet pour avoir supplié le ciel d'exaucer son vœu.

Qu'il meure. Qu'il meure. Qu'il meure, avait-elle hurlé.

— Madame !

Esmée enfila sa robe de chambre, s'approcha de la porte d'une démarche titubante sans tenir compte des remontrances de sa camériste. Dans le couloir, Esmée croisa les domestiques. Ils s'inclinèrent devant elle, les mines compassées ou tristes ne la touchèrent pas. Qu'ils la détestent et la vouent aux enfers lui importait peu. Kate la suivait en silence. Le chemin jusqu'à l'aile ouest ressembla à un calvaire pour Esmée, son angoisse grandissait à chaque pas, la peur d'apprendre qu'il venait de mourir lui tordait les tripes. Elle ne le quitterait pas, le veillerait nuit et jour pour qu'il sente sa présence, perçoive ses terribles remords.

Gillian !

Elle s'arrêta au milieu de la galerie des portraits, resta de longues minutes les prunelles rivées sur le portrait du duc, un puissant sentiment de gâchis à l'esprit. Elle avertirait sa maîtresse lorsqu'il serait temps et que le médecin prononcerait le verdict fatidique. Pour le moment, elle gardait Percy pour elle seule.

Elle reprit sa route, pénétra dans le salon adjacent à la

chambre du duc. Elle se figea sur le seuil, les yeux écarquillés. Garald se leva aussitôt, la dévisagea autant qu'elle le fixait, leur culpabilité si forte qu'elle transparaissait sur leurs traits ravagés par le chagrin. D'un geste de la main, il ordonna à Kate de sortir. La camériste s'inclina d'une révérence rapide, attendit que sa maîtresse lui recommande de rester, mais Esmée ne vit pas la demande muette. La jeune fille soupira et disparut en fermant la porte.

— Je ne voulais pas ça, Esmée. Je vous le jure, bredouilla Garald d'une voix éteinte.

— Alors, il ne fallait pas l'accepter ! cria-t-elle. Il ne le fallait pas !

— Esmée, je vous en prie !

Garald s'approcha. Elle se jeta sur lui, le roua de coups pour le punir de tout le mal qu'il avait fait. Il la serra contre lui avec force, étouffa ses hurlements déchirants, attendit qu'elle s'amollisse entre ses bras.

— Sincèrement, je ne souhaitais pas que cela se termine ainsi. Il…

— Pourquoi avoir accepté ? Vous n'aviez qu'à fuir, disparaître et ne jamais revenir. Jamais !

— Je l'ai fait pour vous.

— Pour moi ? Le tuer ? POUR MOI ? Non, non, non ! Vous vouliez le titre, sa fortune, tout ça. C'est tout ce qui vous intéresse. C'est tout ! l'accusa-t-elle avec violence en le frappant à nouveau.

— Esmée ! Écoutez-moi ! gronda-t-il.

Il la saisit par les poignets, l'empêcha de se débattre, la secoua pour la ramener à la raison, puis la força à le regarder.

— C'est tout ce que vous désiriez. C'est tout ce que vous convoitiez, hoqueta-t-elle les yeux noyés de larmes.

— Vous vous trompez. Je ne veux rien si c'est au prix du sang de celui qui a été un frère pour moi. Nous nous sommes égarés, mais Percy demeure ma famille. Je n'accepterai rien s'il doit…

Il inspira fortement, incapable de prononcer le mot.

— Mourir par ma faute.

— Il fallait partir ! Fuir comme le couard que vous êtes. Vous n'avez jamais eu d'honneur, jamais.

— C'est la seule chose qui me reste, au contraire.

— Non. Non. Non. Vous n'en avez jamais eu. Jamais. Vous…

Elle écarquilla les yeux, le fixa avec hébétude, la bouche ouverte. Le voile devant ses yeux se déchirait. Elle comprenait tout.

— Vous vouliez que ce soit lui qui vous abatte, bredouilla-t-elle d'une voix sourde.

Garald blêmit. Il la lâcha, recula, frappé par les mots d'une vérité criante, le visage traversé par une onde de peur.

— C'est ça ! Vous désiriez qu'il vous assassine, comme vous avez tué William et Ashley, pour qu'il ressente les mêmes remords, que votre fantôme le poursuive nuit et jour et qu'il sache enfin ce que vous vivez depuis des années. Vous escomptiez qu'il fasse ce que votre couardise vous empêchait de faire.

— Oui ! Je le voulais ! J'espérais qu'il mette fin à mon calvaire, qu'il me débarrasse de cette culpabilité qui me ronge. Oui ! éructa-t-il avec emportement.

Esmée recula sous la violence des aveux, bouleversée par la haine qui poussait un homme à imposer son propre fardeau à un autre.

— Ainsi, vous le détruisiez à son tour, murmura-t-elle d'un souffle atone.

— Je le voulais, Esmée, plus que tout ce que vous pouvez imaginer. Pour ne plus les voir, les sentir me suivre pas à pas, ne plus entendre leurs voix, leurs accusations. Oh, oui, je le désirais. Mais…

Il se redressa, fit un pas jusqu'à elle, s'arrêta devant son recul.

— Mais Percy n'est pas un assassin. Il m'aurait blessé pour laver son honneur, mais il m'a refusé ce pardon. Il a tiré en l'air ! Pour me prouver sa grandeur d'âme ou sa… bienveillance, il a tiré en l'air, ricana Garald.

— Pourquoi ne pas l'avoir abattu ?

— Le tuer ? Pourquoi ? Je voulais qu'il vive avec ma mort sur la conscience, qu'il mesure le poids de cette chose immonde qui vous ronge de l'intérieur. Mais, à cause de vous, tout a changé.

— Moi ?

— Oui, vous Esmée, s'approcha-t-il à la toucher.

Elle hoqueta, recula contre la table où il l'accula sans ménagement.

— Je ne vous mentais pas en disant que personne à part vous ne m'a accordé un peu d'amitié désintéressée depuis la disparition de William. Personne. Je n'ai pas pu me résoudre à le blesser pour lui faire croire que j'espérais me débarrasser de lui, et que j'avais raté ma cible. Ainsi, le doute l'aurait rongé toute sa vie en vous regardant. Il m'aurait vu à vos côtés, jour après jour, nuit après nuit. Quelle plus belle vengeance que celle-là ! Aimer une femme sans savoir si elle ne pense pas à votre pire ennemi, si son cœur ne bat pas pour l'homme que vous avez tué. Quel poison ! Le plus puissant qui soit, la jalousie envers un mort. Impossible de l'oublier, ou de l'écarter de sa vie. Il reste là, en permanence, distille les doutes malgré toutes les dénégations.

— Vous… vous êtes ignoble !

— Je vous l'ai dit dès le premier jour ! Je suis un démon, et un monstre ne lâche pas sa vengeance pour les plus beaux yeux de la terre. Il cherche à blesser à mort, à détruire tout ce qui est pur, tout ce qu'il n'aura jamais parce qu'il pourrit de l'intérieur depuis qu'un enfant a pointé un pistolet sur son cœur et a tiré, arrachant par la même occasion la seule parcelle de bonté en lui. Mais, vous avez rallumé cette étincelle d'humanité que William entretenait en moi. Vous avez réellement cru à ma repentance, vous avez tenté de me sauver de moi-même au détriment de votre propre bonheur. Pour cela, je vous serai éternellement reconnaissant. Si Percy meurt, je me livrerai aux autorités et j'avouerai l'avoir tué par esprit de vengeance. Je ne révélerai jamais le rôle que je vous ai fait jouer, parce que c'est ce que j'ai fait, Esmée. Je vous ai entraînée à le pousser à bout, à l'inciter à douter de vous. J'ai payé un palefrenier pour qu'il avertisse Percy que je vous rejoignais à la chapelle, murmura-t-il en la regardant dans les yeux.

Esmée n'y lut aucun remords. Elle s'effraya de sa duplicité, de la noirceur de cette âme corrompue.

— Vous…

— J'ai tout planifié. Tout. Ou presque. Mais, vous m'avez défendu. Une dernière fois, vous vous êtes portée garante de ma bonne foi, alors que vous mettiez en danger votre propre avenir. Vous l'aimez et pourtant, vous l'avez défié au risque de tout perdre. Pour moi. Pour le plus immonde des hommes. Je…

Il releva la tête, ferma les yeux et inspira lentement.

— Je n'ai pas pu exécuter ma vengeance à cause de vous. J'ai dévié mon tir volontairement en prenant garde de ne surtout pas le blesser. Percy est intelligent, il a compris mes intentions. Il a tenté de vous protéger à sa manière, sans succès d'après ce que j'ai constaté. Il vous a prévenue contre moi, en toute honnêteté et avec l'espoir de vous mettre en garde, parce qu'il sait ce dont je suis capable pour atteindre un but. Pourquoi croyez-vous que je vous ai demandé de récupérer les lettres d'Ashley ?

— Pour qu'il me surprenne ?

— Exactement ! Qu'il découvre que vous étiez

informée d'une vérité que personne d'autre que moi ne connaissait. Que pensez-vous qu'il aurait imaginé ?

Esmée baissa la tête, anéantie par les confidences jetées à sa figure sans ménagement.

— Vous savez tout maintenant, quel homme indigne je suis.

— Pourquoi ne pas l'avoir blessé ? Vous en étiez capable.

— Ma douce Esmée. Tout est de votre faute, je vous le dis. Ne comprenez-vous pas ?

Elle secoua la tête, le dévisagea sans réussir à lire sur ce visage angélique la noirceur de son âme. Il se détourna, embarrassé par l'attention aiguë qu'elle mettait à le scruter.

— Pourquoi ? répéta-t-elle, une vague de pitié à l'esprit. S'il demeure en vous une once de bonté, dites-le-moi. Et je vous pardonnerai. Je vous le jure. Tout homme a le droit à une deuxième chance. La vôtre est là, Garald. À portée de main, parce que vous n'avez pas pu vous résoudre à le tuer. Vous le pouviez, vous le vouliez, j'en suis certaine, mais William a retenu votre bras. Alors, pourquoi ne pas le blesser et lui empoisonner la vie comme vous le désiriez tant ? Pourquoi renoncer à votre plan machiavélique Garald ? Pourquoi ?

— Mon Dieu, Esmée ! Pourquoi entretenez-vous en moi cette illusion ? Je suis un monstre !

— Non. Vous êtes un homme meurtri dans ce qu'il a de plus important : l'âme. William était une partie de vous. Vous ne l'avez découvert que lorsqu'il s'est arraché à vous.

— Esmée ! gémit Garald, les paumes sur les oreilles pour ne pas l'écouter.

Elle s'approcha, débarrassée de sa rancune, écarta les mains avec douceur, le regarda dans les yeux pour qu'il voie son pardon.

— Pourquoi ? murmura-t-elle.

— Vous le savez ! tenta-t-il de se défiler.

— Pourquoi Garald ? Dites-le-moi.

— En l'épargnant, je vous sauvais ! Ne pas le toucher ni même verser son sang prouvait votre probité. Il sait que j'aurais tout fait pour obtenir tout ce qu'il a. En déviant mon tir, j'avouais ma défaite. Il a compris. À la seconde où il vous a entendue, il a deviné autre chose.

— Quoi ? Qu'a-t-il saisi ?

Le sourire doux sur les lèvres de Garald perturba Esmée.

— Que vous l'aimez.

Esmée recula, frappée au cœur par l'évidence de ce sentiment brouillon et terrifiant.

— Je crois qu'il tenait beaucoup à vous, mais qu'il ne savait pas comment l'exprimer. Il avait peur. Terriblement peur de vous perdre, murmura Garald. Il a eu de la chance de vous avoir trouvée.

Elle renifla, essuya ses larmes sur ses joues et lui tendit la main.

— Merci, Garald, pour votre franchise. Si vous souhaitez une amie, je suis là.

— Comment pouvez-vous… ?

— Je le peux parce que je le veux. Offrez-vous le pouvoir de le désirer.

Chapitre 22

Le front posé sur le drap blanc, Esmée priait. Ses doigts serraient la main inerte de Percy, tentaient de lui insuffler la volonté de vivre.

Cinq jours.

— Votre Seigneurie, murmura madame Gates à son oreille.

L'intendante la saisit par les épaules pour la forcer à se lever.

— Laissez-moi !

Esmée s'accrocha à la main brûlante, y appuya les lèvres pour sentir la fièvre qui résistait.

— Vous devez vous reposer, la gronda madame Gates.

— Je vais bien, laissez-moi !

Esmée repoussa madame Gates, releva les yeux, contempla le visage blême aux traits creusés.

Il est beau, s'émerveilla-t-elle de l'émotion qui l'étreignait.

— Vous devez vous restaurer. Sa Seigneurie n'appréciera pas que vous vous affaiblissiez à cause de lui. Et je dois le préparer avant l'arrivée du docteur Edmund, déclara madame Gates d'un ton autoritaire.

Esmée secoua la tête, refusa à nouveau de s'éloigner de Percy. La gouvernante s'émouvait de la détresse des traits tirés et du dévouement sans faille de la jeune femme. Depuis son réveil, Esmée ne quittait pas le duc, bassinait le front et le visage ravagé par la fièvre, priait pour que le blessé sorte de sa torpeur agitée.

— Je vous fais servir une collation dans le boudoir, madame. Le docteur désirera vérifier que vous respectez ses ordres. Souhaitez-vous que je l'avertisse de vos désobéissances ? Il risque fort de vous interdire la porte de Sa Grâce dans les jours prochains et j'appliquerai ses recommandations à la lettre, menaça madame Gates d'une voix bourrue.

Esmée releva la tête, la fixa étrangement.

— Vous…

— Je me plierai à ses ordres, madame. Soyez-en certaine. Sa Seigneurie le voudrait ainsi. Kate ! appela la gouvernante. Installez madame la duchesse dans le petit salon et dressez-y un lit de repos. Demandez à madame Emilie de préparer une bonne collation et apportez-la au plus vite.

— Non ! se défendit Esmée.

La poigne ferme de l'intendante l'arracha au blessé.

— Madame Gates ! Je vous en supplie !

— Prenez des forces et du repos. À cette seule condition, je vous autoriserai à le veiller. Kate !

La caménriste se précipita, saisit Esmée par la taille et la guida vers la porte de communication entre la chambre et le boudoir.

— Je vous en prie, madame, soyez raisonnable. Imaginez son mécontentement si vous tombez malade à votre tour ? Sa Seigneurie en sera fort contrariée.

— Je ne peux pas l'abandonner. S'il…

Kate lui sourit gentiment, la força à s'asseoir sur le divan garni d'épais coussins.

— Madame Gates veille sur Sa Grâce et vous avertira dès qu'il ira mieux. Ne bougez pas, je vais chercher de quoi vous restaurer.

La servante n'écouta pas les protestations et s'éloigna rapidement. Esmée fixait la porte fermée sans la voir, l'esprit embrouillé par la fatigue et ses perpétuels remords. Le silence lourd augmenta sa lassitude. La veille, elle avait renvoyé sa famille et Garald, incapable de supporter leur présence, leur conversation. Richard et Charles avaient rejoint leur régiment en début de semaine, terriblement inquiets sur le sort de leur beau-frère. Son père et les plus jeunes étaient retournés à Brookfields. Quant à lui, Garald demeurait chez la comtesse de Bradbury pour se tenir à la disposition de la justice si par malheur l'affaire tournait au drame.

— Votre Grâce, l'appela Kate. Venez manger pendant que le docteur Edmund s'occupe de Sa Seigneurie.

Esmée se leva d'un bond.

— Il est arrivé ?

— Et il vous interdit de franchir cette porte sans son autorisation. Il viendra vous voir dès qu'il aura terminé.

— Je…

— Madame ! l'interrompit Kate d'une voix sévère.

Esmée capitula. Ses forces s'épuisaient, elle le constatait et elle obéit à l'ordre de la femme de chambre. Elle s'approcha de la table dressée à la va-vite, but quelques gorgées du bouillon reconstituant, avala une dizaine de bouchées d'une délicieuse terrine, puis repoussa l'assiette, la nausée au bord des lèvres.

— C'est bien, l'encouragea Kate debout à ses côtés. Si vous voulez le veiller, il faut reprendre des forces. Malade, vous ne serez utile à rien, lui asséna-t-elle franchement. Reposez-vous un peu, le docteur Edmund ne devrait pas tarder.

Esmée se laissa guider vers le lit d'appoint et s'allongea. Elle garda les paupières ouvertes, incapable de les fermer à moins de revivre à l'infini la scène maudite. Elle revoyait inlassablement la stupeur s'inscrire sur les traits du duc, l'étincelle de peur dans les yeux noisette, la tache rouge sur la chemise blanche.

À son tour, madame Gates entra dans le boudoir, vérifia d'un coup d'œil si ses ordres étaient respectés. Elle pinça la bouche, mécontente de celle qui la regardait, les yeux si grands qu'ils lui mangeaient le visage.

— Qu'a dit le docteur ? souffla Esmée, les mains serrées sur le cœur.

Il battait vite, s'épuisait d'attente et de peur.

— Il vient d'arriver, madame. Laissez-lui le temps d'ausculter Sa Seigneurie qui, s'il le pouvait, vous inciterait à vous nourrir plus qu'un moineau et dormir un peu. Croyez-vous qu'un minois aussi triste que le vôtre l'engagera à la guérison ? Il s'inquiétera, soyez-en certaine. Un convalescent préfère le rire et la bonne santé.

Esmée imagina sans peine le visage que le duc souhaiterait découvrir à son réveil. Elle haussa les épaules, croisa ses mains tremblantes sur ses genoux, entendit vaguement madame Gates quitter le salon.

« Il a terriblement peur de vous perdre », affirmait Garald.

Elle ne se fiait pas à ces paroles, redoutant un piège plus cruel que les autres. Elle repoussa cet espoir niché au creux de son cœur, s'invita à la modération.

Ne t'emballe pas comme une pouliche indocile ! Garald t'a prouvé son machiavélisme. Peut-être est-ce encore un de ses tours.

La porte de communication s'ouvrit à nouveau. Esmée se leva d'un bond, scruta l'allure sévère du praticien. La haute silhouette élégante l'impressionnait, ainsi que le visage aux traits taillés à la serpe. La cicatrice sur la tempe annonçait que le docteur Edmund n'avait pas été épargné par la vie. Officier de la marine royale pendant la guerre d'indépendance et de sept ans, l'homme démontrait sa maîtrise des arts de la science et ne se contentait pas d'appliquer comme certains de ses confrères des remèdes d'un autre temps. Esmée se précipita à sa rencontre, angoissée par la mine sombre du médecin.

— Madame, la gronda-t-il. Ne vous ai-je pas recommandé le repos pendant quelques jours ?

— Comment va-t-il ?

— Aussi bien que possible dans son cas.

— Croyez-vous qu'il peut…

Esmée se tut, incapable de prononcer le mot fatidique. Il hocha la tête, la mine soucieuse.

— Je ne vous cache pas que si nous n'arrivons pas à juguler ses accès de fièvre, je crains pour sa vie.

Elle poussa un cri, les deux mains sur la bouche, les yeux noyés de larmes.

— Nous n'en sommes pas encore là, ma chère petite. Madame Gates le surveille et il semble plus paisible qu'hier. La blessure est propre, sans trace d'infection, ce qui est un signe encourageant.

— Et sa maladie ?

— Sa maladie ? s'étonna Edmund en guidant la jeune femme vers le sofa.

— Son cœur.

Edmund haussa les sourcils, inquiet de la fébrilité angoissée de la duchesse et de ses propos décousus.

— Son cœur se porte à merveille bien que le plomb l'ait évité de peu. Comme je vous l'ai dit, aucun organe vital n'a été touché, mais l'hémorragie l'a affaibli et les muscles ont été déchirés. Sa fièvre, tout comme la vôtre la semaine dernière, peut être provoquée par un microbe ou autre chose. Nous devons patienter.

— Oui, mais sa maladie ? insista Esmée. Peut-elle s'aggraver ?

— Quelle affection, madame ? Je soigne votre époux depuis bientôt dix ans, et je peux vous jurer qu'il est fort comme un chêne.

Esmée fronça les sourcils. Elle redouta que le médecin lui cache des informations importantes à cause du secret professionnel.

— Le duc ne souffre-t-il pas de la dégénérescence cardiaque qui a emporté son grand-père et son père ?

Edmund sourit avec gentillesse, prit les deux mains dans les siennes et les tapota pour la réconforter.

— Je peux vous jurer qu'il n'en est rien. De plus, les nouveaux traitements permettent de soigner cette affection à condition que le malade respecte des consignes élémentaires de prudence. Sa Grâce les applique depuis des années, uniquement pour garder la forme et non pour pallier une possible atteinte cardiaque. Sur ce point, je peux vous assurer qu'il se porte à merveille.

Esmée poussa un gros soupir de soulagement, le poids sur son cœur s'allégea et elle remercia le ciel de lui ôter ce tourment supplémentaire.

— Maintenant, à nous. Allongez-vous. Puis-je ? demanda Edmund.

— Je vous en prie.

Esmée s'étendit, laissa le praticien remonter la jupe de sa robe sur ses hanches. Il la déchaussa, retira les bas, puis ausculta les profondes coupures sur les cuisses et les genoux.

— Bien, cela semble en bonne voie de guérison. Je vais vous prescrire un baume au miel et à la lavande pour que les plaies se referment correctement. Vous garderez quelques cicatrices, j'en ai bien peur.

Soigneusement, il nettoya les blessures, puis posa des bandages propres.

— À l'avenir, évitez de vous sauver par la fenêtre, ou vérifiez qu'il ne reste aucun morceau de verre sur le châssis, la gronda-t-il gentiment de son inconséquence. Je vais aussi vous prescrire un fortifiant. Et surtout, je vous interdis de veiller monsieur le duc plus que nécessaire.

— Ça, je ne peux pas ! s'exclama-t-elle en se redressant. Je ne peux pas.

Edmund ouvrit la bouche pour lui faire entendre raison, mais la supplique muette des grands yeux embués de larmes balaya ses conseils de prudence. Quoi qu'il dise ou fasse, cette jeune personne capable de sauter par la fenêtre d'une chambre au deuxième étage pour empêcher un duel risquait fort de lui désobéir dès qu'il tournerait le dos.

— Bon, je vous autorise à le veiller, mais prenez une heure de repos toutes les six heures et restaurez-vous régulièrement. Vous n'en serez que plus utile si nous devions faire face à…

— Non ! jeta-t-elle pour l'interrompre. Il va guérir.

— Nous le souhaitons tous, madame. Heureusement, monsieur le duc est d'une constitution robuste. Dès que la fièvre tombera plus de six heures d'affilée, il sera hors de danger.

— Six heures, murmura Esmée, une lueur d'espoir dans le regard.

— Je pense qu'il appréciera de trouver à son chevet une jeune épouse fraîche et en bonne santé, madame. Le rétablissement d'un malade est plus rapide lorsqu'il a des motifs de le vouloir, déclara Edmund d'un ton bon enfant.

Esmée hocha la tête, baissa les yeux sur ses mains

marquées par les griffures. Elle n'était certes pas la raison qui inciterait le duc à guérir plus vite.

Gillian.

La jalousie lui mordit le cœur et son moral chuta au plus bas.

— Mangez un peu et prenez une demi-heure de repos. Ensuite, retournez auprès de lui, conseilla Edmund avec autorité.

*****

Les doigts bougèrent contre la joue de l'endormie. Ils remontèrent vers la tempe, effleurèrent la coiffure légèrement ébouriffée où les petites mèches frisottaient de leur soie brune.

Esmée se réveilla en sursaut, le cœur à cent à l'heure, affolée de ne plus percevoir la chaleur contre sa joue. La main sur ses cheveux pesait à peine, semblable à une caresse d'une douceur infinie.

Lentement, de peur de découvrir l'inéluctable, elle tourna la tête vers le visage de Percy, ne respira plus.

Les yeux entrouverts la fixaient sans ciller. Un court instant, elle le crut mort. Son cœur explosa dans sa poitrine, sa bouche s'ouvrit pour expulser son cri de désespoir. Un simple battement des cils et une joie intense la submergea, effaçant la douleur précédente.

— Percy ? appela-t-elle doucement.

Elle n'osait plus bouger de peur que cela ne soit qu'un rêve, qu'elle se réveille et que le cauchemar des jours passés perdure. La main glissa sur sa joue, les doigts froids dessinèrent sa bouche. Elle les saisit, les couvrit de baisers, les larmes roulaient sur ses joues sans qu'elle puisse les retenir.

—Que…

— Chut ! Ne parlez pas !

Elle posa la main sur les lèvres sèches, attendrie d'en percevoir le souffle. Les yeux se refermèrent, le visage creusé par la fièvre sembla s'apaiser. Une courte seconde, elle s'imagina se redresser, s'avancer et l'embrasser. La pudeur la retint, mais aussi l'incertitude des jours à venir.

Gillian.

Réclamerait-il sa maîtresse pour qui il éprouvait un attachement manifeste ?

Elle se releva, grimaça de la douleur de ses jambes ankylosées par sa longue station agenouillée au bord du lit, au plus proche du malade. Le léger mouvement arracha un grognement sourd à Percy.

— Je vous en prie ! Ne bougez pas !

Délicatement, elle bassina les tempes moites, dégagea les mèches de cheveux sur le front et y posa le dos de la main. Elle ferma les yeux, se délecta de la fraîcheur de la peau, se mordit la joue pour ne pas crier et danser comme une folle. Les doigts agrippèrent son poignet par surprise. Elle ouvrit les paupières, vit le regard embrumé fixé sur elle.

— Que…

— Chut ! le gronda-t-elle gentiment.

— Soif ! murmura-t-il en refermant les yeux.

Esmée se précipita vers la table, versa un peu d'eau mélangée au jus de pomme, revint vers le lit.

— Doucement, lui conseilla-t-elle en soulevant la nuque raidie par cinq jours de forte agitation.

Avidement, il but une longue gorgée, les doigts agrippés à son poignet. La chaleur sur sa peau provoquait chez Esmée un bouleversement des sens. Elle se gourmanda, garda autant que possible son impassibilité.

Ne rien montrer tant qu'il n'aura pas complètement repris ses esprits. Ensuite…

Avec délicatesse, elle reposa la tête sur l'oreiller, vérifia à nouveau que la fièvre diminuait, se rassura et regarda l'heure à la pendule.

Six heures à attendre avant de respirer sans le poids énorme de la culpabilité sur les épaules.

— Maintenant, il faut dormir, lui recommanda-t-elle.

Elle le borda avec soin, scruta les traits tirés à la recherche d'un signe d'inconfort.

— Vous… commença-t-il d'une voix éraillée.

— Je vous en prie, Votre Grâce, reposez-vous.

— Avez-vous été blessée ? demanda-t-il sourdement.

— Non, Monsieur. La balle a préféré votre poitrine à la mienne, badina-t-elle pour adoucir le poids de sa faute.

Le demi-sourire du duc la rasséréna.

— Garald ?

— Sain et sauf. Votre réputation de tireur d'excellence a fort pâti de votre maladresse, continua-t-elle sur le ton léger de l'humour.

Son cœur palpitait vite dans sa poitrine et la peur d'être encore accusée ou rejetée la terrorisait.

— Je…

— Taisez-vous, Percy. Nous parlerons demain, lorsque vous aurez retrouvé un peu de vos forces. Pour le moment, ne pensez plus à rien et dormez, déclara-t-elle avec fermeté.

Elle caressa la joue creuse pour se rassurer, sourit à celui qui la regardait étrangement. Il saisit sa main, la porta devant ses yeux, fixa intensément les griffures rouges.

— Que vous est-il arrivé ? murmura-t-il d'une voix plus claire.

— Rien d'important. Je vous raconterai plus tard, à condition que vous dormiez.

Il conserva sa main dans la sienne, ferma les paupières et soupira profondément. Esmée refusa d'y voir un signe de pardon ou de tendresse. Les espoirs qu'elle portait au cœur depuis des heures réclamaient de sa part de garder la tête froide et la plus grande vigilance. Garald lui avait prouvé à quel point sa naïveté la desservait et par sa faute, un homme aurait pu mourir.

— J'ai froid, se plaignit-il.

Il la tira vers lui d'un geste autoritaire.

— Je vais chercher une couverture, proposa-t-elle en essayant de lui retirer sa main.

— Non. Restez près de moi.

— Mais…

— S'il vous plaît. Restez, murmura-t-il d'une voix éteinte.

Il bougea légèrement, la tira à lui avec une fermeté retrouvée.

— Percy ! Soyez raisonnable. Je…

— Chut !

La joie le disputait à l'embarras dans l'esprit d'Esmée.

— Venez, chuchota-t-il d'un ton impérieux.

Elle hésita un court instant, le cœur bousculé par la confusion. Les doigts agrippaient son poignet sans intention de la lâcher. Elle obéit, grimpa sur le lit, s'allongea contre lui. Le sourire de Percy s'élargit, il soupira et se détendit.

— Merci, murmura-t-il dans un souffle.

Gauche, indécise sur la position à adopter, elle ne bougeait plus de peur de l'incommoder. La chaleur des doigts sur les siens la rassurait, lui apportait une once d'apaisement. Elle écouta la respiration régulière s'alourdir de sommeil, guida leurs mains réunies vers la poitrine bandée à la hauteur du cœur et savoura cet instant particulier. Elle compta les battements sourds, s'émerveilla de les sentir palpiter en elle. Une larme coula sur sa joue. Jamais elle n'avait connu un tel moment de bonheur. Elle refusa d'imaginer que d'autres suivraient, effrayée de le vouloir et terrifiée que tout s'écroule à nouveau.

Gillian.

Chapitre 23

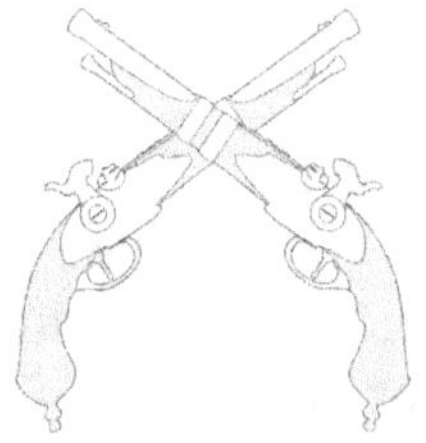

— Monsieur !

Les mains sur les hanches, Esmée se tenait sur le seuil de la chambre. Ombré par le froncement des sourcils le regard étincelait de mécontentement.

— Madame ! répliqua Percy sur le même ton, une pointe d'agacement dans la voix.

Adossé aux oreillers, le bras en écharpe, il compulsait les documents que monsieur Killeroy lui transmettait.

— Monsieur Killeroy, Sa Seigneurie n'est pas en état pour ces paperasses, rabroua-t-elle l'homme de confiance.

L'interpellé tenta un timide sourire d'excuse pour adoucir l'humeur chagrine de la duchesse. La noirceur du regard indiquait que l'affaire risquait de lui coûter de sérieuses réprimandes de la part de la garde-malade du duc. Il jeta un coup d'œil discret à la mine renfrognée du convalescent qui – les yeux rivés sur sa femme – montrait des signes d'irritation.

— Une blessure n'empêche pas une tête de fonctionner. Je suis apte à déterminer ce qui est bon pour moi, grogna Percy, contrarié par les multiples interdictions édictées par Esmée.

— Vraiment ? Dois-je vous rappeler la poussée de fièvre d'avant-hier parce que vous aviez décidé de gambader dans le jardin ? répliqua-t-elle d'un ton sévère.

Le grommellement du duc et son coup d'œil maussade ne touchèrent pas Esmée. Au cours des dernières années, elle avait soigné ses frères et sœurs et connaissait les caprices des malades. En la matière, celui dont elle espérait sagesse et prudence se montrait le plus difficile de tous les convalescents. Il fulminait de rester cloué au lit, prétextait de lourdes charges à assumer pour tenter de se soustraire aux ordres du docteur Edmund qu'Esmée respectait à la lettre.

— Soyez raisonnable, supplia-t-elle d'une voix conciliante.

— Je le suis ! Comment voulez-vous que je reprenne des forces en gardant la chambre ?

— Le docteur Edmund a prescrit quatre semaines de repos pour vous éviter de fâcheuses complications. Si vous préférez perdre l'usage de votre bras, libre à vous ! mentit-elle avec aplomb.

Elle croisa les bras sur la poitrine, le fusilla d'un regard courroucé.

Depuis cette nuit passée côte à côte, elle abusait de fausses excuses pour l'inciter à entendre raison. À peine réveillé, il cherchait déjà à se lever, à poursuivre ses activités sans tenir compte de son état de faiblesse. Après une tentative de sortir de son lit et un nouveau pic de fièvre, Esmée s'était fâchée et avait pris en main la convalescence du duc sous la surveillance bienveillante de Madame Gates et l'approbation du docteur Edmund.

— Il ne respectera jamais vos consignes, s'était-elle plainte au praticien.

Le bonhomme lui avait lancé un regard narquois, lui rappelant la manière dont elle-même s'était montrée obstinée quelques jours plus tôt, mais il avait souscrit à son idée et certifiait au blessé avec force détails les risques qu'il courait à précipiter sa reprise d'activités. Prétendre que le duc perdrait l'usage de son bras s'il ne suivait pas ses recommandations permettait à Esmée de régenter la vie de Percy avec une certaine autorité. Elle savourait cette infime victoire, se délectait du privilège accordé par son statut de garde-malade. Tous les matins, elle massait l'épaule meurtrie selon les conseils du docteur Edmund, s'occupait du blessé, l'aidait à manger, lui tenait compagnie, lui lisait le journal ou le surveillait quand la fatigue le terrassait. Madame Gates l'autorisait à dormir dans le boudoir pour qu'elle puisse le veiller ou le calmer lorsque l'agitation ou les cauchemars troublaient sa nuit. Désormais son alliée, la gouvernante souriait des fréquentes escarmouches entre les deux époux.

— Mon bras se porte divinement bien, affirma Percy en remuant le coupable pour prouver son assertion.

Il retint avec difficulté sa grimace, foudroya du regard celle qui le toisait avec insolence.

— Monsieur Killeroy, Sa Seigneurie doit se reposer, ordonna-t-elle d'un ton sans appel.

— Monsieur Killeroy, Sa Seigneurie désire consulter les comptes du domaine, répliqua Percy sur le même ton.

— Si vous souhaitez demeurer infirme toute votre vie, grand bien vous fasse ! N'imaginez pas que je me dévouerai pour vous le reste de mes jours parce que vous préférez jouer à l'enfant au lieu de vous montrer adulte.

James se révèle cent fois plus docile que vous, et il a sept ans ! s'emporta-t-elle, le visage rougi par son impuissance à lui faire entendre raison.

Monsieur Killeroy toussota, baissa la tête, embarrassé de devenir un sujet de querelle entre les deux époux. Dressée au pied du lit, frémissante de colère, les yeux étincelants, la duchesse affichait sa farouche détermination. Percy retint sa remarque aigre, et de la main renvoya son secrétaire.

— Merci, Killeroy. Laissez-nous.

Monsieur Killeroy s'empressa d'obéir. Il récupéra les documents abandonnés sur la couverture, s'inclina avec déférence devant Esmée et s'éclipsa sans demander son reste.

— À l'avenir, évitez de me faire la leçon devant mon personnel, attaqua Percy, vexé par la comparaison à son désavantage.

— À l'avenir, respectez les consignes du médecin. Autant que je vous fournisse un pistolet si vous tenez tant à mourir, répliqua-t-elle aigrement.

— Peut-être vous en satisferiez-vous ? rétorqua-t-il méchamment.

Esmée le fixa, outrée par le reproche cruel, la poitrine palpitante de sa respiration hachée. Elle tremblait de la tête aux pieds d'une rage puissante. Elle agrippa le bois du lit, jeta à Percy un regard empli de fureur.

— Faites donc ce qui vous plaît, siffla-t-elle entre ses dents. Allez courir la campagne, montez à cheval, usez des pires folies, mais ne m'accusez pas de désirer votre mort. Depuis mon arrivée, ma conduite irréprochable ne me vaut que mépris de votre part. Répudiez-moi si cela soulage votre orgueil, mais ne m'utilisez pas comme excuse pour assouvir votre vengeance à l'égard de votre cousin ! Je n'ai bafoué aucun de mes vœux sous votre toit, et que vous osiez prétendre le contraire prouve que vous ne m'accordez aucune considération. Je ne vous appartiens pas, monsieur le duc, et je ne vous appartiendrai jamais, lâcha-t-elle la voix enrouée.

Jamais il ne lui accorderait sa confiance, elle le sentait. Elle se détourna pour qu'il ne remarque pas ses larmes et elle se dirigea vers la porte avec la ferme résolution de quitter Dartford sur-le-champ.

Sotte, se gourmanda-t-elle d'avoir imaginé un instant qu'il répondrait à ses vœux secrets.

— Vous a-t-il embrassé ? jeta Percy avant qu'elle n'atteigne la sortie. L'a-t-il fait ? Avez-vous accepté ce geste de sa part ?

La main posée sur la poignée, les yeux baissés, Esmée revivait le cauchemar de leur affrontement juste avant le duel. Elle se redressa, se retourna et le regarda droit dans les yeux.

— Oui. Nous nous sommes embrassés, mais je l'ai repoussé, jeta-t-elle d'un ton de défi. Jugez-moi indigne si cela vous chante, mais en mon âme et conscience je n'ai jamais démérité. Je ne suis ni frivole ni une girouette, je connais les limites de la bienséance et de ma vie, jamais je ne les ai franchies. Pouvez-vous en dire autant ?

Elle retint le nom de Gillian, peu désireuse de se montrer jalouse ou vindicative ou qu'il imagine que son infidélité la blessait. Deux heures auparavant, elle croyait qu'un avenir se dessinait devant eux, mais les accusations du duc fracassaient ses pauvres rêves idiots.

— Que représente-t-il pour vous ? J'ai vu la manière dont il vous regardait, cette connivence que vous partagiez. Ne me mentez pas, Esmée, murmura-t-il d'une voix éraillée.

— Que puis-je dire sans que vous pensiez que je vous trompe ? Garald n'est rien de plus pour moi qu'un homme désemparé à qui j'ai, stupidement peut-être, accordé mon amitié. Rien de plus.

Le ricanement du duc scella sur ses lèvres les seuls mots qu'elle désirait prononcer depuis qu'une tache rouge hantait ses cauchemars.

« Vous êtes tout pour moi, Percy. Je vous appartiens corps et âme ».

À quoi bon ?

Elle lisait dans le regard posé sur elle sa condamnation. Après la nuit passée à ses côtés, secrètement elle caressait l'idée que l'avenir lui réservait autre chose que de n'être qu'une brique chaude dans son lit.

— Désemparé ? Garald s'est joué de vous et de votre pitié, persifla-t-il.

— Dans ce cas, pourquoi ne l'avez-vous pas abattu pour laver votre honneur ? N'en aviez-vous pas toutes les raisons ?

— Cela ne concerne que moi, répliqua-t-il durement.

— Vous avez tort. Cela me regarde puisque vous m'avez utilisée pour le défier. Vous me pensez incapable de repousser un homme sous prétexte que je goûte à ses attentions ? En réalité, vous me brandissez comme une excuse pour entretenir votre ressentiment à son égard. La mort de William vous ronge, autant l'un que l'autre et au lieu de vous réconcilier, vous préférez vous battre, refusant d'accorder à l'autre le droit de souffrir de la perte d'un être cher. Peu importe que vous blessiez les gens autour de vous, que vous les utilisiez à seule fin d'assouvir votre rancune, peu vous importe ce qu'ils endurent à cause de votre querelle tant que vous comptez les points ou imaginez avoir gagné la partie. Vous êtes stupides, engoncés dans votre orgueil, incapables de voir que vous vous détruisez. Pensez-vous que votre frère, qui je le crois tenait à vous autant qu'à Garald, soit fier de vous ? Qu'avez-vous ressenti lorsque vous l'avez eu au bout de votre canon ? Pourquoi tirer en l'air au lieu de l'abattre comme une bête malfaisante ? Vous vous êtes retrouvé à la place de Garald face à William, excepté que ces deux jeunes imbéciles n'avaient pas votre lucidité. Vous avez refusé de le tuer, car il reste votre cousin, qu'il a aimé William tel un frère, tout comme vous. Sauf que lui, ce jour maudit, il a perdu ses deux frères, il a brisé sa famille. Alors, ne m'accusez pas de le défendre ou de lui trouver des circonstances atténuantes ; il demeurera pour moi un homme blessé.

Percy ouvrit la bouche, mais elle le fit taire d'un geste impérieux. Elle s'avança vers le lit.

— Je n'ai pas terminé ! Ce qu'il a manigancé pour vous inciter à l'abattre est abject et indigne d'un homme d'honneur. Je conçois pour lui une immense pitié, car il gâche sa vie au lieu de chercher la rédemption. Jamais vous ne m'interdirez de ressentir ce que j'éprouve à son égard. Je suis ainsi faite. Ma mère m'a appris la compassion et la charité. Tous les jours, elle me montre la voie du pardon, et sa disparition m'a fait comprendre que nos existences ne valent rien si c'est pour les vivre dans la haine. Oui, je suis faible. Oui, je suis idiote à vos yeux. Oui, je ressens de l'amitié pour Garald. Mais, jamais, vous m'entendez, jamais je n'ai été déloyale ou malhonnête envers vous. Si vous ne pouvez l'admettre, il est préférable que je parte sur-le-champ.

Au-delà de la fureur, Esmée se détourna épuisée de batailler pour une cause perdue. Ses sentiments exacerbés par la peur de le perdre, par la culpabilité explosaient en elle. Que Garald se soit joué d'elle l'exaspérait, mais au fond de son cœur, elle sentait qu'il avait changé, que le pardon qu'elle lui accordait pesait lourd sur ses épaules et qu'il s'amenderait si le duc le lui permettait. Crever l'abcès de leur rancune restait le seul cadeau à leur offrir. Elle ne pouvait plus rien pour eux à moins d'y perdre son âme. Elle s'y refusait.

— Esmée ! l'appela-t-il. Je vous en prie. Ne partez pas.

La main sur la poignée de la porte, elle attendit qu'il prononce les mots qui scelleraient leur avenir, bon ou mauvais.

— Je… Vous avez raison. Je n'ai pas pu me résoudre à l'abattre tel un chien. Peut-être souffre-t-il de la mort de William ; je lui accorde le bénéfice du doute, même si je pense qu'il vous a menti sur ses sentiments ou ses prétendus remords. Vous êtes jeune, peu aguerrie face à des hommes comme lui. Je n'ai jamais contesté votre loyauté, mais je me suis effrayé de l'indulgence que vous lui portiez. Je ne suis pas aveugle, Esmée. Il vous ensorcelait par ses manières affables, et vous tombiez dans son piège. Nombre de jeunes femmes succombent à ce que ce genre d'individus provoquent en elles, qu'elles soient d'une honnêteté sans faille ou pas. Que vous souffriez par sa faute m'était insupportable. Je sais jusqu'à quelles extrémités vous pousse un amour nocif, je ne souhaitais pas cela pour vous.

— Me pensez-vous donc si naïve ? murmura-t-elle, désappointée par ses excuses.

« Je suis jaloux de cet autre qui vous fait rire. Je déteste lorsque votre regard brille pour lui. Je le hais, car il vous apporte du réconfort. Je l'exècre parce que vous le désirez, » espérait-elle entendre.

Au lieu de ça, il la traitait de jeune écervelée incapable de résister à un beau parleur.

— Ne m'en veuillez pas, je pense simplement que son charme agit plus que vous ne le soupçonnez. Vous êtes une proie facile pour lui.

Esmée ferma les yeux, anéantie par le jugement qu'il portait sur elle sans même effleurer du doigt la vérité.

— À l'avenir, abstenez-vous de le revoir. Je ne mets aucunement en doute votre loyauté, mais il pourrait vous entraîner dans des situations délicates pour vous et moi. Promettez-le-moi, Esmée. Je sais que je peux compter sur votre probité.

— Donnez-lui ce qu'il réclame. Acceptez de lui céder la concession de cette vieille mine, et laissez-lui la possibilité de s'amender.

— Assurez-moi que vous ne le reverrez pas, s'énerva-t-il.

Esmée lâcha la poignée de la porte à contrecœur, se retourna pour qu'il saisisse chacun des mots qu'elle prononcerait. L'air contrarié du duc ne la dissuada pas d'exprimer ses idées.

— Vous ne l'entendrez jamais de ma bouche, monsieur. Si Garald souhaite me revoir, je ne le lui refuserai pas. Je vous donne ma parole que j'userai de prudence et ne me laisserai pas circonvenir comme une oie blanche, mais je reste libre de mes choix, que vous l'acceptiez ou non. Si cela ne vous convient pas, je partirai dès demain.

— Avec lui ? se redressa-t-il dans le lit, le visage flambant de colère.

Elle le regarda un long moment, secoua la tête, accablée par son manque de confiance.

— Ni avec lui ni avec personne. Je retourne à Brookfields.

Cette fois, elle abaissa la poignée, décidée à ne pas revenir en arrière. Son cœur palpitait trop vite et trop fort, se tordait d'un sentiment d'impuissance et de profonde déception.

— Esmée ! Je vous l'interdis !

Elle ouvrit le battant, franchit le seuil d'un pas aussi assuré que le lui permettaient ses jambes en coton. Trois pas dans le couloir et le fracas dans la chambre la fit sursauter. Le gémissement sourd la cloua sur place. Elle se retourna, découvrit le duc allongé sur le sol, face contre terre. La table de nuit gisait sur ses jambes nues que la chemise dévoilait jusqu'aux fesses, les livres s'éparpillaient autour de lui.

— Percy !

Elle se précipita tandis qu'il s'asseyait contre le lit, le teint blême, les yeux fermés. Il tenait son bras blessé, respirait par petites inspirations. La sueur mouillait son front et ses tempes.

— Êtes-vous fou ? s'exclama-t-elle, furieuse de trembler pour lui.

— La comtesse avait tort ! maugréa-t-il entre ses dents.

— À quel sujet ?

— Votre docilité. Je ne connais personne d'aussi… entêtée que vous, lui reprocha-t-il d'un ton aigre.

Esmée écarquilla les yeux, surprise par le terme et étrangement réjouie qu'il en soit contrarié.

— Laissez-moi vous aider à vous recoucher, lui proposa-t-elle avec douceur.

Il grommela entre ses dents qu'il était encore capable de se lever seul, mais ne la repoussa pas quand elle l'empoigna par la taille pour l'installer dans le lit. Elle retapa les oreillers avec soin, redressa la table de nuit et y disposa les livres pour qu'il puisse les atteindre sans provoquer un autre désastre. Alors qu'elle s'apprêtait à partir, il saisit son poignet d'une main ferme.

— J'accepte de lui accorder ce qu'il demande, mais ne me suppliez pas de lui donner plus s'il pleure dans vos jupons !

— Il n'y viendra pas, je vous le jure.

Il la dévisagea longuement, soupira comme si son geste lui coûtait plus qu'il n'en pouvait supporter.

— Vous savez certainement où le joindre ?

— La comtesse de Bradbury l'héberge pour quelques jours.

— Lady Suzanne ? Par quel miracle… ? Je ne désire rien savoir. Envoyez-lui un message qu'il se présente à monsieur Killeroy demain matin.

— Ne voulez-vous pas lui écrire vous-même ?

Le regard qu'il lui jeta persuada Esmée de ne pas abuser de sa bonne volonté plus que nécessaire. Elle s'inclina et s'empressa de partir avant qu'il ne change d'avis. La bouffée d'allégresse l'envahit le temps qu'elle rejoigne ses appartements. Elle entra dans le salon, s'adossa à la porte et laissa libre cours à sa joie. Malgré la déplorable opinion qu'il avait d'elle, le duc acceptait ses conditions. Elle en mesura pleinement l'importance et pria que d'autres pas les portent plus sereinement vers l'avenir.

Chapitre 24

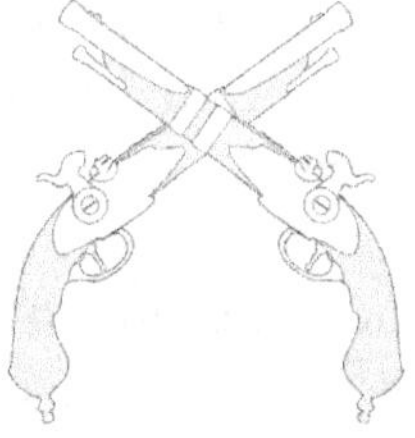

À Isabelle, un soutien sincère et présent à chaque

fois

En chemise, debout devant le grand miroir, Esmée contemplait son reflet. Elle tira le tissu sur son ventre, le gonfla autant que possible, se tourna de trois quarts et une bouffée de joie l'inonda. Elle se mordit la lèvre pour ne pas hurler, chanter, danser.

Comment était-ce possible ?

Elle compta sur ses doigts, recompta de peur de se tromper, rit comme une folle, heureuse plus qu'elle ne l'avait jamais espéré de toute sa vie. Une fois de plus,

Garald lui avait menti pour la déstabiliser et l'inciter à fauter entre ses bras. Il avait senti son violent désir d'enfant et imaginait sans doute qu'elle céderait à ses avances, tout comme Ashley.

À moins que la précédente duchesse ne se soit fourvoyée ?

Esmée ne connaîtrait jamais le fond de l'histoire, elle préférait ne plus se poser de questions sur le passé. L'avenir s'ouvrait devant elle. Eux, devait-elle dire désormais. Eux, trois.

Depuis quatre semaines, son existence prenait un chemin inattendu.

Après leur explication houleuse et son refus de promettre à Percy de ne pas revoir Garald, une étrange entente régnait entre eux. Monsieur le Duc supportait mal son alitement et elle se faisait un devoir de lui rappeler les recommandations du docteur Edmund. Sa malencontreuse chute avait provoqué une réouverture de la plaie, prolongeant ainsi sa convalescence. Elle profitait honteusement de la situation. Percy grognait, se comportait comme un enfant, tentait de l'attendrir, mais, au fil des jours il s'apaisait, semblait attendre sa venue. Elle en abusait pour lui faire la lecture du journal ou le tenir informé des événements du voisinage. Il l'entraînait dans des discussions en tout genre, la poussait dans ses retranchements uniquement pour sourire d'un air triomphant lorsque son avis d'homme aguerri démolissait les propres vues d'Esmée. L'arrogance du duc n'avait aucune limite, mais Esmée appréciait ces conversations si éloignées des propos échangés au cours des six premiers mois de leur mariage. De temps en temps, elle surprenait le regard posé sur elle, la mélancolie de ses traits la bouleversait toujours. Elle se gardait de faire une remarque ou d'aborder la question qui la torturait souvent : pensait-il à elle ou imaginait-il Gillian à ses côtés ?

Le poison agissait quoiqu'elle se raisonne. Gillian Coventree n'avait pas montré le bout de son nez depuis l'accident et semblait se désintéresser de son amant. Malgré tout, Esmée ne pouvait se défendre de redouter le pire, jusqu'à ce matin. Occupée à surveiller le duc, elle prenait tout juste la mesure du retard de ses saignements. Elle ferma les yeux, se rappela cette nuit unique égrenée au fil des « résisterez-vous », sourit bêtement. Ce soir-là, son cœur avait succombé sans commune mesure et avec lui son corps, lui accordant enfin son vœu le plus cher.

Devait-elle en avertir Percy dès à présent ou patienter un peu et s'assurer auprès du docteur Edmund qu'elle attendait un enfant ?

Un doute l'effleura.

Son mari la croirait-il ou soupçonnerait-il une infamie de sa part ?

— Tu ne peux pas le lui cacher, mais il est trop tôt, décida-t-elle de préserver son secret.

Elle voulait garder le duc pour elle encore un moment, savourer leur entente particulière le temps de sa guérison. Ensuite, elle pria pour que l'annonce de sa grossesse incite son époux à prendre soin d'elle et à lui accorder un peu de tendresse. Elle n'espérait guère plus de peur de se fourvoyer et de souffrir plus qu'elle ne le supporterait. Esmée étouffait ses sentiments, les dissimulait tant bien que mal. Les regards appuyés du duc la mettaient dans tous ses états et ses « résisterez-vous » colonisaient ses pensées, se transformaient en monstre qu'elle revisitait pendant la nuit. Elle imaginait à nouveau ses mains sur elle, ses caresses douces ou insistantes, sa peau moite sur la sienne, la danse de ses hanches entre ses cuisses et cette sensation infernale née au tréfonds de son ventre entraînant un plaisir au-delà du raisonnable. Lorsque les souvenirs l'envahissaient, ses doigts dessinaient sur elle la leçon qu'elle scandait dans sa tête, les yeux fermés, elle se figurait Percy près d'elle, sur elle, en elle jusqu'à la rupture de l'ébullition de son corps affamé. Dans une ou deux semaines, il reviendrait dans son lit, entamerait le cycle de « saillie », mais cette fois, elle laisserait son appétit la consumer, elle se gaverait de lui et exprimerait mieux que des mots son amour et sa passion. Elle en rougissait, mais cacher la réalité de ses ressentis derrière la pudeur ou la froideur des premiers temps n'était plus possible. Elle le désirait comme une amante, espérait lui apporter ce qu'il réclamait de la part de sa maîtresse : l'ardeur d'une étreinte, un partage plein et entier d'un plaisir exacerbé par les sentiments.

Oublierait-il Gillian Coventree s'il trouvait entre ses bras l'extase du corps ?

— Et s'il ne te touchait plus s'il apprend que tu es enceinte ? murmura-t-elle.

Elle s'effraya de cette éventualité. Depuis cette nuit gravée au fer rouge dans sa chair, Percy ne l'avait jamais plus rejointe dans sa chambre, préférant la couche de sa maîtresse à la sienne. Esmée se mordilla la lèvre, les yeux rivés sur son reflet. Elle n'égalerait jamais Gillian Coventree côté séduction, son miroir le lui démontrait sans concession.

Pouvait-elle rivaliser du côté du lit, offrir à son époux ce qu'il cherchait entre les cuisses de sa catin ?

La réponse négative la démoralisa. Jamais elle n'atteindrait le savoir de la comtesse à ce sujet ou ne contenterait les appétits du duc. Il le lui avait magistralement prouvé en scandant ses « résisterez-vous », provoquant en elle un déferlement de sensations délirantes hautement jouissives. Il lui avait expliqué ce qu'un amant réclamait de sa maîtresse. Qu'il la quitte alors qu'elle nageait dans un océan de bonheur et de plénitude la remuait encore jusqu'au cœur. Une autre pensée la traversa.

Attendait-il qu'elle réagisse d'une manière débridée ou au contraire s'en formaliserait-il ?

La question la perturba. Elle devait en avoir le cœur net et l'accueillir dans son lit dès qu'il l'exigerait.

Le plus vite possible, se promit-elle.

Elle avait perdu le fil du calendrier dicté par madame Gates, mais dans une semaine ou deux, l'intendante rappellerait ses devoirs à son maître. Esmée s'en réjouit, s'interdit de s'égarer une fois de plus dans les souvenirs sulfureux de leur nuit et sonna pour que Kate l'aide à s'habiller. Ce matin, elle s'imposerait auprès du duc dès le petit-déjeuner.

Une demi-heure plus tard, elle se dirigeait vers les appartements de son mari, impatiente de le retrouver, de voir son sourire satisfait lorsqu'il la détaillerait des pieds à la tête. Il appréciait ses efforts ; elle puisait dans la somptueuse garde-robe pour le contenter et lui présenter le plus joli tableau possible. Aujourd'hui, la toilette ivoire à taille haute délicatement brodée de petites fleurs champêtres mettait en valeur sa silhouette, adoucissait la courbure de ses hanches. Le large décolleté sublimait sa poitrine que le châle de cachemire recouvrait pudiquement. Elle l'abandonnerait à la première occasion, et rougirait sous le regard insistant posé sur sa gorge. Elle en ressentait une étrange ébullition, des frissons sur les bras, un tremblement interne ou un léger vertige, que Percy pressentait, elle le voyait à l'étincelle de satisfaction qu'il ne cachait pas.

Me désire-t-il ? se demandait-elle tous les soirs en retournant dans sa chambre.

Elle ne dormait plus dans le boudoir, de peur de s'imposer à Percy alors qu'il ne le lui réclamait pas. Madame Gates l'incitait à s'installer dans les appartements dédiés aux précédentes duchesses, mais Esmée ne pouvait s'y résoudre, effrayée par les fantômes. Elle ne craignait pas les deux mortes, mais redoutait les souvenirs que sa présence réveillerait dans l'esprit de son époux. Le passé douloureux s'éloignait à peine, le ranimer par imprudence risquait de bousculer les bases branlantes de leur connivence.

Au lieu de pénétrer directement dans la chambre, elle entra dans le salon avec l'intention de récupérer le livre qu'elle y avait abandonné la veille. Par la porte entrebâillée, elle surprit malgré elle les paroles échangées.

— ... de retard, entendit-elle madame Gates.

Esmée s'approcha, curieuse de connaître le sujet de leur conversation.

— En êtes-vous certaine ?

La vibration particulière de la voix de Percy incita Esmée à écouter, cachée derrière le battant.

— Elle n'a pas eu ses saignements, elle est enceinte, affirma madame Gates.

— Enfin ! soupira le duc.

Esmée perçut son soulagement, si semblable au sien qu'elle sourit, heureuse que la nouvelle le ravisse. Il ne semblait émettre aucun soupçon sur sa paternité et elle s'en félicita. Qu'il pense une seconde qu'elle avait fauté dans les bras de Garald et sa vie se transformerait en enfer.

Comment convaincre un mari aussi méfiant que jamais elle n'avait couché avec un autre homme ?

Elle s'épuiserait des jours durant en avançant des arguments qu'il réfuterait si un seul doute l'effleurait. Il ne lui accordait pas sa pleine confiance et une petite étincelle provoquerait une nouvelle explosion.

— De combien ?

— Deux mois et demi, Votre Grâce.

— Avant son arrivée, murmura-t-il, un profond soulagement dans le ton.

Esmée se plaqua contre le mur, un frisson à l'esprit.

Deux mois et demi ? Comment la gouvernante pouvait-elle se tromper si grossièrement ? La frénésie engendrée par les festivités organisées pour les chasses avait-elle perturbé madame Gates ?

Kate avait sans doute oublié de la prévenir des saignements survenus quelques jours après la venue de Garald. Esmée se pencha pour mieux percevoir les paroles échangées. Les battements de son cœur colonisaient ses pauvres oreilles, ses craintes se confirmaient et l'envahissaient d'une peur sourde.

« Avant son arrivée », démontrait sans conteste les doutes que le duc nourrissait à son égard ou la possible faute commise avec Garald.

Elle en ressentit une profonde déception. Les larmes perlèrent au coin de ses paupières.

Ne lui accorderait-il jamais sa confiance ?

— Bien ! Organisez tout afin que la grossesse se passe au mieux. Appelez le docteur Edmund qu'il la visite et la mette en garde contre une trop grande frénésie. Elle doit se reposer et se montrer soucieuse de la vie qu'elle porte, proclama le duc d'un ton autoritaire.

— Je m'en charge. Nous attendions ce moment depuis tant d'années !

La voix émerveillée de madame Gates surprit Esmée encore sous le choc des paroles échangées.

— Avertissez monsieur Killeroy de préparer notre départ. Je n'ai que trop tardé. Il est nécessaire que je me remette au travail.

— Quand souhaitez-vous partir ?

— Dès qu'Edmund m'y autorisera. J'ai des obligations auxquelles je ne peux me dérober plus longtemps sans que cela me porte préjudice. Désormais, seule la patience est notre alliée. Faites en sorte qu'elle se repose pendant mon absence.

— Reviendrez-vous avant la naissance ?

— J'essayerai autant que mon travail m'en donnera le

loisir, mais la saison parlementaire risque de se révéler difficile cette année. Ce Bonaparte a des visées que nous devons refréner. Mais laissons cela pour le moment. Demandez à Edmund de passer au plus vite qu'il confirme ce que nous espérons tant.

Esmée étouffa son cri de dépit. À pas de loup, elle traversa le salon, s'éclipsa aussi silencieusement que possible. Elle regagna ses appartements par la galerie des portraits afin d'éviter de rencontrer les domestiques occupés à ranimer les cheminées à cette heure de la matinée. Elle s'adossa à la porte de sa chambre, respira lentement pour éloigner le vertige.

Il partait.

— Sotte !

Elle essuya ses larmes d'une main rageuse. Bouleversée par le peu d'intérêt que Percy lui portait, l'envie de disparaître la tenailla deux secondes avant que la révolte l'incite à se battre. Le docteur Edmund ne confirmerait jamais les calculs erronés de madame Gates.

Au moment de sa fièvre pernicieuse le lendemain du bal de clôture, il l'avait interrogée sur sa vie intime et connaissait la date de ses derniers saignements. Il ne tomberait pas dans le panneau et avertirait son époux de la période supposée de la conception du bébé, autrement dit, pendant la présence de Garald au château. Percy ne lui accorderait jamais sa confiance s'il doutait de son honnêteté ou la soupçonnait de le berner. La venue de sa famille avait écarté le duc de sa couche au moment recommandé par madame Gates et la seule fois où il avait fourragé entre ses cuisses correspondait à une punition et non un acte de procréation. Il n'en avait pas parlé à la gouvernante. Esmée réfléchit rapidement, décida de cacher sa grossesse pour l'instant. Le sang devait tacher à nouveau sa chemise, consolidant ainsi l'entente entre son mari et elle. Désormais, elle en mesurait la précarité, mais refusait de capituler. L'arrivée d'un bébé avec trois semaines d'avance ne surprendrait personne, du moins en fit-elle le vœu secret. Pendant les mois à venir, elle n'effleurerait plus le sujet « Garald » devant le duc ni ne lui permettrait de douter de sa loyauté.

L'avant-veille, le jeune homme lui avait glissé un mot l'avertissant de son départ pour Pretoria. Il tenait sa promesse et s'éloignait à l'autre bout du monde pour chercher un sens à sa vie. Elle espéra de tout son cœur qu'il y trouve l'apaisement et pourquoi pas, le bonheur. Tout comme elle souhaita de toutes ses forces que le ciel lui accorde un répit durant les semaines à venir. La venue imminente du médecin la força à agir.

Elle se précipita vers sa coiffeuse et fourragea dans le tiroir. Il ne lui restait plus qu'une solution pour éviter le drame ; le sang de poulet attendrait demain. Pour le moment, elle devait retarder la visite du praticien en persuadant madame Gates de son erreur. La paire de ciseaux à la main, elle regarda sa paume, envisagea de l'entailler avant de repousser cette idée. Une blessure visible mettrait la puce à l'oreille de l'intendante, tandis que personne ne soupçonnerait son forfait si elle incisait une lésion cachée. Avec décision, elle se débarrassa de sa toilette pour ne pas la gâter. Elle récupéra sa chemise de nuit, s'assit dans le lit comme si elle y dormait, prit soin d'ouvrir la plaie refermée sur sa cuisse. Elle grimaça de la brûlure fugace des ciseaux, épongea le sang pour qu'il tache vêtement de nuit et drap. Satisfaite du résultat, elle pressa son mouchoir sur la blessure, puis claudiqua jusqu'à sa penderie, fouilla parmi les foulards pour y trouver un carré de lin. Elle banda sa jambe pour plus de sûreté et que personne ne découvre son stratagème.

— À nous deux, madame Gates, se redressa-t-elle, le visage froissé par la détermination.

Elle revint dans la chambre, revêtit la robe et se félicita

de la simplicité de l'enfiler seule sans l'aide d'une habilleuse. Il ne lui restait plus qu'à jouer son rôle de femme indisposée par ses menstrues. Le miroir lui renvoya l'image de sa pâleur provoquée par sa profonde déconvenue. Elle s'installa dans la bergère du salon, prit une pose dolente et attendit que madame Gates s'inquiète de son absence à la table du petit-déjeuner.

Il ne doit pas partir !

Esmée pria pour que Percy reste deux ou trois semaines supplémentaires ; s'invite à nouveau dans son lit jusqu'à ce qu'elle puisse révéler son état sans que cela se transforme en un nouveau piège. Le garder deux mois près d'elle la ravirait, mais raviverait les soupçons du duc à la naissance.

Trois semaines, se donna-t-elle comme limite.

À elle de séduire son époux, de lui démontrer qu'elle prenait son rôle de duchesse, de femme, d'amante, de future mère à bras-le-corps. Trois semaines pour effacer Gillian Coventree, pour susciter chez son mari le désir de s'intéresser à elle autrement que comme à une jument.

Elle jouait son dernier atout.

Le coup à la porte l'avertit de l'arrivée de madame Gates. Aussitôt, elle arbora une attitude affligée, observa le visage réjoui de l'intendante face à sa maussaderie.

— Madame ? Vous sentez-vous mal ? lança la bonne femme avec entrain.

— Je le crains, murmura Esmée d'une voix éteinte.

— Dois-je vous faire monter votre petit-déjeuner ?

— Je n'ai pas faim. Un verre de lait suffira amplement à me rassasier. Dites à Sa Seigneurie de ne pas s'inquiéter de mon absence. Je me sens trop…

Elle soupira bruyamment et ferma les yeux. Esmée jubilait, un soupçon de joie mesquine à l'esprit.

— Pourriez-vous m'apporter mon livre ? Il est sur la table de nuit. Je ne me sens pas la force de…

Elle expira à nouveau, vit l'air satisfait de la gouvernante persuadée que les nausées matinales provoquaient sa faiblesse. Esmée attendit le retour de la bonne femme, remarqua instantanément la mine chagrine et le regard rancunier qu'elle lui lança.

Le message arriverait au duc dans moins de cinq minutes : la jument réclamait encore les bons offices de l'étalon.

Esmée jubila. Trois semaines.

Chapitre 25

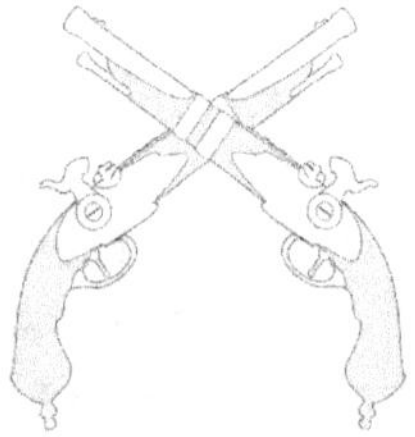

Esmée entra dans le petit salon, sourit en découvrant la table du petit-déjeuner joliment dressée. Une rose jaune attendait à côté de son assiette et elle remercia Baines d'un sourire charmé. Sur ordre de son maître, tous les matins, le majordome déposait une fleur à sa place, signe de la connivence établie entre elle et le duc et que deux semaines supplémentaires renforçaient.

Esmée se retint de caresser son ventre même si l'envie ne la quittait pas.

Son plan fonctionnait à merveille.

La découverte de la chemise souillée par madame Gates avait repoussé la visite du docteur Edmund et la confirmation de sa grossesse. Toute la journée, Esmée avait gardé la chambre avec l'espoir secret que Percy vienne s'inquiéter de sa santé. Elle avait jubilé en le voyant se présenter à l'heure du thé, la mine bougonne, le bras en écharpe, mais un livre entre les mains. Gentiment, il lui avait proposé de lui faire la lecture et elle avait écouté la voix grave pendant une heure, la main posée sur son ventre et les lèvres scellées sur sa confidence, émue jusqu'aux larmes. Avant de partir, il l'avait embrassée sur le front, avait réitéré ses conseils de repos et de bon rétablissement. Elle n'en avait pas dormi de la nuit, l'esprit et le corps échauffés par ce geste hautement toxique. Elle en avait aussi pleuré, attendrie comme jamais de sentir son cœur battre si vite qu'elle avait cru mourir. Le lendemain matin, il l'avait rejointe à la table du petit-déjeuner pour la première fois depuis son arrivée à Dartford. Ce simple fait l'avait bouleversée. D'autres avaient suivi et elle se délectait de leur entente. Après trois semaines de confinement dans ses appartements, le docteur Edmund recommandait au blessé un exercice modéré, des promenades dans le parc et beaucoup de repos. Le travail attendrait. Esmée se réjouissait de profiter de son époux, de l'accompagner dans ses ballades, de s'installer à ses côtés au salon où ils lisaient ou discutaient, de partager enfin une vie de couple sereine.

Le bonheur se révélait si simple, se disait-elle tous les soirs en se couchant. Il serait bientôt parfait.

Ce soir ou demain, le duc s'inviterait dans son lit et elle ne se priverait pas de lui prouver qu'en plus d'être une femme de bonne compagnie, elle prenait son rôle d'amante très au sérieux. Elle avait consulté quelques ouvrages fort bien documentés trouvés dans la bibliothèque, avait rougi des commentaires faits avec une crudité dérangeante, mais pas inintéressante. Elle découvrait que le sexe, loin d'être un simple moyen de procréation, créait des liens très forts entre deux êtres, qu'une dépendance existait chez certains, voire une alchimie particulière décrite comme le summum d'un partage charnel. D'autres prétendaient que la félicité se révélait source des vices les plus abominables et que seule la reproduction demeurait respectable puisque divine. Sur ce point, Esmée s'interrogeait sans pour autant se sentir « démoniaque » sous prétexte qu'elle prenait plaisir à se caresser. Elle se préparait à sa manière, cherchait par une exploration personnelle à comprendre les mécanismes de son corps pour offrir au duc autre chose qu'une femme froide et insensible. Elle redoutait qu'il la prenne comme à l'accoutumée, à la va-vite et sans grande envie de lui réclamer de « résister », qu'elle ne ressente rien et ne puisse le contenter. Aussi s'entraînait-elle à répéter sur elle les caresses qu'il avait inscrites sur sa peau et elle envisageait de les reproduire sur lui pour lui apporter la même félicité.

Apprécierait-il ses efforts ?

Elle l'espéra et pria que Gillian Coventree s'efface de la mémoire de son époux et que l'enfant qu'elle portait devienne plus important pour Percy que tout autre chose. Il partirait à Londres, elle le savait, mais elle le suivrait, prendrait ses fonctions de duchesse à bras-le-corps et lui prouverait que la choisir s'avérait plus judicieux qu'il ne l'imaginait.

Peut-être, un jour l'aimerait-il ?

Pour le moment, il la respectait et lui accordait un peu plus de confiance. Elle ne tentait pas de le charmer ou de l'éblouir, elle se contentait de rester égale à elle-même et non de jouer un rôle pour l'émouvoir. Du fond du cœur, elle espérait qu'il l'apprécie pour elle et non parce qu'elle portait la vie.

Une semaine, se donna-t-elle comme délai pour lui annoncer la nouvelle de sa future paternité.

Elle s'avança vers la table, récupéra la rose et en sentit la fragrance éthérée, douce et sucrée.

Une des dernières, pensa-t-elle tristement.

— Merci, remercia-t-elle Baines.

Il s'inclina, un léger rictus aimable à la bouche et lui tendit le plateau du courrier où deux piles attendaient. Nombreuses comme tous les matins, les lettres destinées au duc prédominaient. L'une d'elles attira le regard d'Esmée. L'enveloppe mauve exhalait un parfum de jasmin reconnaissable. Elle cacha sa déconvenue derrière un sourire affable, saisit la missive envoyée par son père qui s'inquiétait de la santé de son genre. Elle le rassurait, décrivait avec force détails les humeurs du convalescent et riait des amusants retours du comte qui prenait toujours la défense de Percy.

Esmée s'installa à table et décacheta le pli pour occuper ses mains tremblantes.

Pourquoi avait-elle imaginé que Gillian Coventree se désintéressait de son amant ?

La preuve du contraire reposait sur le plateau d'argent placé à côté de la tasse du duc.

Combien d'autres lettres avaient-ils échangées ?

La rage le disputait au désespoir dans le cœur d'Esmée.

Sotte, sotte, sotte !

— Bonjour, Esmée, la surprit la voix de Percy debout dans son dos.

Elle sursauta, se tourna à demi pour scruter le visage souriant.

— Mauvaises nouvelles ? s'inquiéta-t-il de son silence hébété.

Elle reprit ses esprits, secoua la lettre en l'air pour chasser le parfum entêtant de jasmin accroché à son cerveau.

— Oh ! Non. Une simple querelle de voisinage entre deux métayers. Rien d'important, mentit-elle pour se donner une contenance.

— Votre père se porte-t-il bien ?

— Aussi solide qu'un roc. Il vous salue et vous souhaite un bon rétablissement.

Percy sourit, s'approcha à la toucher, saisit la main abandonnée sur la nappe brodée et la porta à ses lèvres sans la quitter du regard. L'insistance du baiser ramena un peu de sérénité dans le cœur d'Esmée.

Se comporterait-il ainsi avec elle s'il tenait autant à sa maîtresse ?

— Dites-lui bien que je le remercie de ses vœux et que sa fille se révèle la plus terrible des gardes-malade, rit-il avec bonne humeur en se redressant.

Esmée rougit sous le regard caressant et admiratif, baissa les paupières pour qu'il ne perçoive pas son trouble. Il lâcha sa main comme à regret, s'inclina d'un geste respectueux, écarta une mèche de sa joue pour la glisser derrière son oreille.

— Je lui transmettrai votre message, murmura-t-elle d'une voix enrouée.

Il sourit, amusé par son émoi, les yeux pétillants de malice et d'une flamme qu'elle y apercevait de plus en plus souvent depuis quelques jours.

— Que diriez-vous d'inviter votre famille pour les fêtes de fin d'année ? Pensez-vous cela possible ? Je serais heureux de les revoir et vous aussi, j'imagine. Envoyez donc une lettre dans ce sens à votre père.

— Ils en seront enchantés, j'en suis certaine.

— Bien, voilà qui est résolu.

Il se pencha à son oreille, si proche qu'elle sentit son parfum à la pointe de cannelle si particulière.

— Vous ai-je dit que vous étiez ravissante, ce matin ? murmura-t-il d'une voix caressante.

Il se redressa aussitôt, sourit de plus belle de la voir rouge comme une écrevisse. Il s'avança vers sa chaise et s'y installa.

— Baines, servez, ordonna-t-il en prenant la pile de

courrier.

Esmée l'observa discrètement, curieuse de sa réaction à la lecture de la missive de Gillian. D'un geste détaché, il empocha le pli sans l'ouvrir et s'occupa d'une autre lettre qu'il lut attentivement pendant deux minutes. Le majordome et deux valets apportèrent le thé, les toasts grillés à point, les œufs brouillés et le bacon sans qu'un mot soit prononcé. Le duc reposa le message près de son assiette, remercia Baines d'un signe de tête, puis dévisagea Esmée, un léger sourire aux lèvres. L'éclair de satisfaction brillait dans son regard.

— Votre frère vous envoie ses salutations.

— Richard ?

— Oui. Il affirme beaucoup se plaire au service de Lord Dempsey, même si je doute que les vues de ce vieux renard soient à son goût. Mais, il est d'une sagesse politique dont Richard a tout à apprendre et ce briscard connaît toutes les ficelles pour avancer ces pions de manière intelligente et souvent cruciale.

— Prendrez-vous Richard à votre service lorsque vous retournerez à Londres ?

— Je le lui ai promis. S'il en décide autrement, il sera bien temps de voir ce que nous pourrons faire pour lui. Ne vous inquiétez pas, Esmée, je le surveillerai et le guiderai autant que possible.

— Merci, Percy. Je vous suis reconnaissante de lui permettre de réaliser son rêve.

— Ne me remerciez pas, louez plutôt son audace. Un trait de famille, je crois, la taquina-t-il d'un ton badin. M'accompagnerez-vous à cheval aujourd'hui ou préférez-vous que nous tournions encore en rond dans le jardin ?

— Nous ne tournons pas en rond, nous nous promenons. Le docteur Edmund vous autorise-t-il à monter ? se fit-elle suspicieuse.

Il rit de sa mine sévère, les yeux à nouveau pétillants de

malice. Il but une gorgée de thé, mangea quelques bouchées d'œufs brouillés. Esmée garda son calme, afficha un certain détachement au lieu de le presser à lui répondre et termina ses deux toasts. Il capitula le premier et prit un faux air de martyr.

— Il m'autorise en effet cet exercice, à condition de rester au pas. Peut-être devriez-vous m'accompagner pour vérifier que je respecte ses consignes ? Un peu d'activité au grand air ouvre l'appétit, dit-on.

— Si vous pensez que je puis vous être utile…

— Je n'en doute pas un instant, murmura-t-il d'une voix charmeuse.

Il sourit en la voyant à nouveau se troubler, se leva de table et vint vers elle. Il prit sa main, la serra doucement entre ses doigts et la porta à ses lèvres avec une lenteur inhabituelle perturbante. Les yeux noisette brillaient de petites étoiles, s'attardaient sur sa gorge palpitante et son décolleté plongeant.

— Retrouvons-nous à dix heures à l'écurie, si vous le voulez bien. J'ai un peu de courrier à écrire. Ensuite, je serai tout à vous.

Il posa un baiser sur son front et s'éloigna sous le regard troublé d'Esmée. Elle frétillait de l'intérieur, incapable de calmer le poison qu'il venait d'instiller dans ses veines en quelques secondes.

Ce soir, il la rejoindrait.

« Tout à vous. »

Elle en rêvait au-delà du concevable.

*****

Esmée avançait dans le noir sans utiliser de chandelle pour s'éclairer. Elle tourna au coin du couloir, vérifia que le valet désigné pour entretenir les feux ne traînait pas dans cette partie du rez-de-chaussée. À trois heures du matin, il devait dormir dans un coin ou ranger dans les coffres les bûches destinées à la journée. Elle écouta deux longues minutes, puis se décida à agir au plus vite. Aucune autre chance ne lui serait offerte pour découvrir ce que le duc manigançait.

À dix-heures, elle avait patienté dans la cour de l'écurie sans qu'il daigne se présenter. Pendant un quart d'heure, elle avait battu le pavé comme une sotte. Elle avait ruminé sa déconvenue, certaine que la missive mauve causait le retard de Percy. Son dépit l'avait poussée à ne pas attendre une minute de plus. Elle s'était hissée en selle et s'était éloignée à toute vitesse de peur qu'il arrive et voie la colère que deux heures de chevauchée n'avaient pas étouffée. Trop de choses tournaient sous son crâne.

Quelques mots de la maîtresse, et la pauvre gourde de jument perdait tous attraits pour le duc.

À son retour, elle avait fait bonne figure tandis qu'il affichait une mine maussade.

Pour te donner le change, s'était-elle persuadée pour ne pas s'attendrir.

Le déjeuner avait été le plus morne qui soit, puis il s'était décidé à lui annoncer la mauvaise nouvelle.

— Esmée, une affaire urgente me rappelle à Londres. Je partirai dès demain matin. Je…

Il avait tenté de cacher sa jubilation sous un air taciturne.

— Je reviendrai dans deux ou trois semaines. Maintenant qu'Edmund m'autorise à voyager, je peux répondre à mes obligations.

— Oui, je comprends, avait-elle dit en souriant, étouffant son dépit teinté de colère.

Une partie de la soirée, elle avait espéré qu'il la rejoigne, mais il s'en était abstenu, sans doute la tête déjà entre les cuisses de sa maîtresse.

Résolument, elle s'était promis de n'afficher aucune amertume lors de son départ et, pourquoi pas, montrer un réel soulagement de se retrouver enfin seule. Elle ne lui offrirait pas le plaisir d'imaginer qu'il lui brisait le cœur. Une fois suffisait et la plaie béante au milieu de sa poitrine cicatriserait à une unique condition : arracher le mal et cautériser.

Elle s'employait donc à vérifier ses hypothèses : le duc appréciait sa catin sans doute incapable d'enfanter. Malgré sept ans de mariage, Gillian Coventree n'avait jamais engendré, un signe qui ne trompait pas. Esmée se sentait sotte, écœurée par le machiavélisme des deux amants et d'avoir cédé à un attendrissement stupide.

Le duc ne passait-il pas dix fois plus de temps à Londres qu'à Dartford ? N'affichait-il pas sa liaison depuis des mois sans se soucier de sa femme et de son honneur ? Que pouvait-elle espérer d'un tel homme ?

Rien, sauf de terribles déconvenues, et elle refusait que son enfant souffre à cause de ce monstre.

Elle s'approcha du bureau, pria qu'il ne soit pas verrouillé. Elle retint son cri lorsque le battant céda à sa légère poussée. Elle se faufila dans la pièce éclairée par les braises rougeoyantes du feu, referma la porte et s'y adossa, le souffle court. Elle attendit quelques minutes, le temps d'apprivoiser le silence et retrouver son calme. Puis, à pas de loups, elle se dirigea vers l'imposante table de travail. La situation lui en rappela une autre vécue neuf mois auparavant, les mots de la lettre de demande de mariage gravée dans sa mémoire résonnèrent dans sa tête : « Docile et bien faite ». Assise dans le profond fauteuil, elle ouvrit les tiroirs à la recherche de la missive mauve. Elle la trouva sans mal, s'étonna que le duc ne prenne pas plus de précautions pour cacher son infamie.

— Il n'imagine pas que tu puisses entretenir des doutes ou que tu sois assez futée pour t'introduire dans son bureau, maugréa-t-elle entre ses dents.

Son père se montrait beaucoup plus prudent avec sa correspondance sensible, même si un coupe-papier résolvait l'affaire en deux minutes, Mary-Jane le lui avait prouvé.

Délicatement, elle ouvrit le pli, y découvrit deux coupons de théâtre, et une simple phrase sur un vélin.

« N'oubliez pas votre promesse »

Quelle promesse ? se demanda-t-elle perplexe.

Elle étudia avec soin les tickets, nota la date de la représentation donnée au théâtre royal de Covent Garden dans une dizaine de jours.

Maîtresse au balcon, femme au charbon, pensa-t-elle avec humeur.

Peut-être était-il temps que Londres reçoive l'épouse de Percy Stanton, duc de Dartford.

Chapitre 26

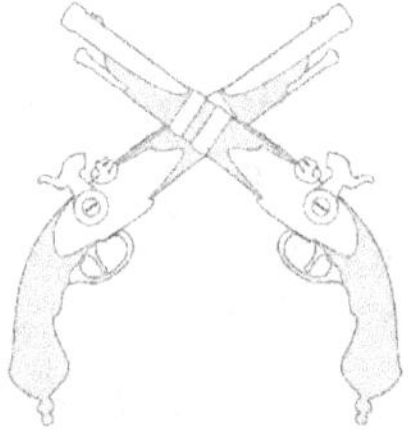

Le claquement des sabots berçait Esmée. La main posée sur son ventre, elle réfléchissait à son projet.

La nuit porte conseil, dit-on. Elle en convenait. À force de tourner et se retourner dans son lit, d'échafauder des plans pour confondre le duc, au petit matin elle avait trouvé la solution à son dilemme. Puisqu'il la déshonorait en public, elle se chargerait de lui rappeler ses devoirs. Mais, pour se soustraire à l'attention de monsieur Killeroy, de madame Gates, voire de son époux lui-même, elle devait inventer un prétexte de premier choix. La comtesse de Bradbury remportait tous les suffrages et l'aiderait à condition qu'elle exploite la plus parfaite des excuses : l'anniversaire de Percy, dans dix jours ; à la date exacte de la soirée au théâtre avec sa maîtresse.

Pour le moment, tout se déroulait selon ses vœux et elle croisa les doigts pour mettre la chance de son côté. Ce matin, madame Gates s'était étonnée de son départ, mais l'intendante ne pouvait le lui interdire sans raison valable. Esmée avait brandi la comtesse de Bradbury comme alibi et avait prétendu que la vieille dame réclamait sa compagnie pour une quinzaine de jours.

— Monsieur le duc étant absent pour deux à trois semaines, je profite de cette occasion pour la visiter avant que les routes ne deviennent impraticables. Je serais rentrée avant le retour de Sa Seigneurie, avait-elle argumenté pour gagner la bataille.

Finalement, malles et calèche avaient été préparées en deux heures. Monsieur Killeroy lui-même s'était inquiété de son escapade. Elle l'avait tranquillisé en lui remettant un message à transmettre à son maître et l'avait assuré d'un retour rapide. La partie pécuniaire de l'affaire s'était elle aussi résolue avec une facilité déconcertante. L'homme de confiance n'avait pas hésité un instant à lui verser la totalité de sa rente annuelle qu'elle n'avait pas entamée depuis son arrivée. Grâce à sa vie de recluse, la prodigalité de Percy à garnir sa garde-robe et à lui accorder bourse déliée pour ses œuvres de charité, elle se trouvait à la tête d'un pécule conséquent. Elle s'en étonnait encore, effarée que monsieur Killeroy ne pose aucune question malgré l'importance de la somme remise qui représentait une véritable fortune pour elle. Par une ou deux réflexions, elle avait compris que les précédentes duchesses dépensaient sans compter en toilettes, fanfreluches, bijoux sans que le duc ou son homme de confiance s'en émeuvent. Esmée s'en félicitait. Ainsi, elle envisageait son avenir avec beaucoup plus de sérénité et ne rejetait plus l'idée effrayante de quitter son époux. Il engagerait des poursuites, réclamerait son enfant, aussi elle projetait sérieusement de disparaître, de partir au bout du monde et pourquoi pas dans ces Amériques dont Charles parlait avec tant de passion. Rester auprès d'un mari fourbe, capable de la charmer par des attentions aimables en pensant à une autre la révulsait. Trois mois plus tôt, elle s'en serait accommodée, mais il avait ouvert en elle la voie de la révolte par ses agissements déloyaux.

Une fois qu'elle lui aurait donné un fils, n'en profiterait-il pas pour se débarrasser d'elle et épouser la véritable élue de son cœur ?

Elle ne supportait plus les doutes qui la rongeaient de l'intérieur, son pauvre cœur ne résisterait pas à un nouvel affront. Le sifflement du cocher la sortit de ses réflexions. Elle écarta le rideau et admira le cadre enchanteur de Bradbury dans son habit d'automne. Les arbres aux teintes chatoyantes coloraient le paysage de langues de feu, dessinaient les vallons mieux qu'un peintre ne le ferait jamais. La lourde calèche pénétra dans la cour pavée, provoqua un vacarme assourdissant contre les murs de la vieille demeure. La vigne rouge sang couvrait la façade et lui apportait une douceur lumineuse. Deux valets de pied se précipitèrent. L'un disposa l'escabeau et l'autre ouvrit la portière avec déférence. Le majordome se présenta à son tour d'un pas pressé ; sa mine étonnée ne dissuada pas Esmée de rebrousser chemin ou de renoncer à son plan, bien au contraire. L'appui de Lady Suzanne l'aiderait à concrétiser sa vengeance.

— Votre Seigneurie, s'inclina bas le vieil homme.

— Bonjour. Pouvez-vous avertir Lady Suzanne de mon arrivée ?

— Bien sûr, Votre Grâce.

— Messieurs, attendez ici le temps que je règle quels détails, lança-t-elle avec autorité aux cochers et valets.

Les hommes répondirent d'un signe d'assentiment.

— Madame la comtesse vous prie de patienter au salon

bleu, l'avisa le majordome qu'un garçon venait de rejoindre en courant.

Esmée se contenta de hocher la tête et suivit le jeune domestique. La deuxième partie de son entreprise se révélait la plus délicate, mais elle gardait l'espoir d'arriver à ses fins sans avoir à dévoiler les raisons de ses agissements. Dans deux semaines, tout le monde connaîtrait l'infamie du duc. Elle deviendrait la première victime de sa vengeance, la faute lui incomberait certainement, mais elle n'en avait cure. Après les accusations portées contre elle par Percy à propos de sa relation avec Garald, elle ne pouvait décemment pas rester les bras croisés et accepter sa liaison ou attendre que les deux amants se débarrassent d'elle. Elle partirait aussitôt, elle se le promit.

— Ma chère enfant ! Que me vaut l'honneur de votre visite ? s'exclama la comtesse en pénétrant dans le salon où Esmée remâchait sa rancune.

— Votre concours, Lady Suzanne.

— Mon concours ? Mon Dieu, que se passe-t-il donc pour que vous le réclamiez ?

Esmée se força à garder un air serein, sourit à la vieille dame et l'aida à s'installer sur le sofa où elle prit place à son tour.

— Je manque à toutes mes obligations. Voulez-vous boire quelque chose ? Un porto, du thé ?

— Du thé, ce serait avec plaisir.

— James, faites-nous préparer une collation, réclama la comtesse. Et maintenant, ma chère enfant, expliquez-moi les raisons de votre venue.

— Comme je vous l'ai dit, madame, j'ai besoin de votre aide. Je ne sais vers qui me tourner pour résoudre mon dilemme.

— De quoi parlez-vous ?

Esmée soupira, afficha un air désemparé pour attendrir

Lady Suzanne.

— L'anniversaire de Percy, murmura-t-elle comme si l'affaire relevait d'un secret d'État.

— L'anniversaire de Percy ? Mais en quoi est-ce un problème ? rit de bon cœur la vieille dame.

— Je ne sais pas comment l'organiser pour lui offrir un cadeau qu'il appréciera, je l'espère.

Esmée soupira à nouveau, croisa les mains sur ses genoux, certaine de piquer la curiosité de la comtesse.

— Oh ! Puis-je penser que la lignée Stanton se prolongera d'ici peu ? chuchota Lady Suzanne, des petites étoiles de contentement dans le regard.

Esmée fit la moue, secoua la tête, prit un air chagrin et expira bruyamment.

— Nous l'espérions, mais... avec tous les bouleversements récents, je crains que nos essais soient vains.

— Pourquoi affirmer une telle absurdité ? Je crois au contraire que vous avez judicieusement réglé une situation qui s'enlisait depuis des années et empoisonnait la vie de Percy. Vous avez agi avec beaucoup d'imprudence ou de finesse, je ne saurais dire. Il va de soi que vos efforts pour les raccommoder, même s'ils ont été maladroits et source d'une grande frayeur, ont permis de clarifier les relations entre les deux cousins. Il faut désormais laisser le temps faire son œuvre et ne pas se montrer impatient.

— Je le sais, mais... Percy me garde rancune d'avoir plaidé la cause de Garald. Je ne regrette en rien ma prise de position, je ne pouvais me résoudre à les regarder se déchirer de la sorte sans tenter de les réconcilier.

— Et vous avez bien fait, ma petite. Percy se montre encore méfiant, mais je connais bien ce garçon, il sait reconnaître ses erreurs et se faire pardonner si nécessaire. Il faut simplement le laisser... mûrir. Il vous tombera dans le bec comme un fruit à point, affirma Lady Suzanne en souriant.

— Justement. J'aimerais profiter de son anniversaire pour repartir sur de bonnes bases et effacer ce passé douloureux.

— Qu'entendez-vous par-là ?

— Pensez-vous que si j'organisais une soirée… romantique, il… me pardonnerait ?

— Qu'avez-vous donc imaginé ? demanda la vieille dame d'un ton de curiosité polissonne.

— Rien de licencieux, madame ! Une soirée à deux où nous assisterons à un bon spectacle, un dîner fin pour simplement nous retrouver sans une cohue autour de nous. Ensuite…

Pour donner corps à son mensonge, Esmée se figura le duc nu, sentit la rougeur envahir ses joues. Elle baissa les yeux, non par pudeur, mais pour cacher l'onde de colère qui la submergeait à nouveau. Gillian Coventree s'invitait dans le tableau et elle ne pouvait s'interdire de les imaginer se donner l'un à l'autre avec passion. Désormais, elle évaluait avec précision ce que son mari offrait à sa maîtresse, la manière dont il l'honorait, la possédait, l'aimait, la poussait à la folie du plaisir.

— Je crois que l'idée lui plairait, la rassura la comtesse.

— Je souhaiterais que cela reste confidentiel, qu'il ne se doute de rien, mais je ne sais comment m'y prendre. Je ne peux rien faire en mon nom sans que cela lui revienne aux oreilles ! se plaignit Esmée d'une voix contrite.

— Vous avez raison. Il est très difficile de garder un secret dans notre société. Tout le monde piaille dans tous les sens. L'accident de Percy a déjà échauffé beaucoup d'esprits depuis deux mois, même si les motifs de ce drame ont été soigneusement étouffés, fort heureusement. Votre père a montré en la matière une grande intelligence, et le duc lui en est reconnaissant. Expliquez-moi votre idée que je vois ce que je peux faire pour vous aider.

— J'aimerais l'inviter au théâtre royal. Percy apprécie l'opéra et j'ai appris qu'une illustre troupe italienne donnait une représentation à Covent Garden, le soir de son anniversaire. Hélas, louer une loge ou des fauteuils pour ce genre de manifestation doit être impossible. Ils jouent certainement à guichets fermés, je ne sais comment faire.

— Quelle coïncidence ! Mon cousin, le marquis de Pembley est un bienfaiteur du théâtre.

— Croyez-vous qu'il pourrait me procurer deux places ?

— Mieux que cela mon enfant. Il m'a écrit dernièrement qu'il pensait se rendre à Paris d'ici quelques jours. Ce cher homme, d'une courtoisie absolument délicieuse, verse une grosse contribution au directeur du théâtre, un de ses proches amis. En contrepartie, Lord John garde l'entière disposition d'une loge à l'année et peut la retenir ou la prêter selon ses convenances. Donnez-moi la date de ce spectacle et je me charge de le convaincre de vous accorder la jouissance de sa loge pour cette soirée.

— Peut-être l'a-t-il déjà louée ?

— Si personne ne la lui a réclamée, j'en doute. Il est charmant, mais peu attentif à ce genre de détails. Sinon, il jouera de ses relations pour vous trouver deux sièges, je vous le promets. Je lui écrirai dès ce soir et nous aurons sa réponse dans un jour ou deux.

— Je vous remercie infiniment, je ne savais comment m'y prendre.

— Nous avons au moins résolu ce point. Il en reste quelques autres à régler. Que prévoyez-vous pour vous loger ? Si vous vous présentez à Stanton Place que ce soit le jour même ou la veille, Percy se doutera tout de suite de vos intentions et votre surprise n'en sera plus une.

— Que me conseillez-vous ?

Esmée jubilait. L'esprit de conspiratrice de la vieille dame comblait ses vœux et, sans même imposer ses choix, elle sut que l'affaire se présentait sous de bons auspices, loin de ce qu'imaginait la nature romantique de la comtesse.

— Mon hôtel particulier. Vous y séjournerez en toute discrétion sans que personne ne se doute de votre présence à Londres et vous organiserez un dîner fin et la suite comme bon vous semble. Madame Finley, l'intendante de la maison, se fera une joie de vous concocter ce genre de soirée. Cela lui rappellera nos jeunes années, rit Lady Suzanne, les yeux embués par les souvenirs. Savez-vous que mon très cher Francis arrangeait régulièrement des rendez-vous romantiques ? Parfois, il me kidnappait, m'emmenait à Paris ou Rome, ou même en Écosse, uniquement pour que nous nous retrouvions seuls. Cela me manque. Nous passions de délicieux moments dont nous savourions la moindre seconde. Je m'en souviens comme si c'était hier, murmura-t-elle d'une voix éraillée par l'émotion.

Un instant, le remords submergea Esmée face à la mélancolie de la comtesse. Abuser de la bonté de la vieille dame pour se venger de la traîtrise du duc lui parut méprisable, mais son ressentiment noya l'onde de culpabilité, effaça l'attendrissement provoqué par le récit d'une inclination partagée. Percy ne lui accorderait rien de plus que de s'inviter entre ses cuisses pour la remplir. Les dernières semaines l'avaient amenée à croire le contraire, mais une missive mauve fracassait ses illusions. À peine apprenait-il sa future paternité qu'il clamait son désir de retourner forniquer avec sa maîtresse. Pas une seconde, il n'avait pensé à elle autrement qu'à un ventre. La main sur la sienne ramena Esmée au présent. Elle étouffa sa colère, masqua ses émotions sous un sourire reconnaissant.

— Ma chère petite, ce soir-là vous devez vous montrer sous votre meilleur jour et resplendir comme le plus magnifique joyau dont il appréciera l'éclat précieux. Cela réclame un écrin digne de votre beauté et vous ne trouverez pas de plus habiles couturières qu'à Londres, vous devez vous y rendre sans tarder.

— C'est la raison principale de ma venue. Je ne peux m'absenter de Dartford sans que Percy en soit informé et ma surprise tomberait à l'eau. Accepteriez-vous de me… couvrir ? Le temps que je mette au point tous les détails ?

La comtesse hésita, scruta le visage aux traits tirés, les grands yeux brillants d'espoir. Elle haussa les épaules, serra les doigts entre les siens.

— Me promettez-vous d'être prudente ?

— Oui, madame. Je ne veux que le meilleur pour Percy et moi. Je dois agir dans ce sens, affirma Esmée avec assurance.

Elle ne mentait pas, elle se contentait de dissimuler ce que cela représentait pour elle : détruire son amour pour Percy, reprendre les rênes de sa vie et accorder à son enfant une existence loin d'un père fourbe. Ils souffriraient par sa faute, elle le sentait au plus profond de son âme. Elle refusait d'infliger un pareil calvaire à un être innocent.

— Comment entrevoyez-vous cette affaire ?

— Je souhaite renvoyer mes gens à Dartford et me rendre à Londres par la chaise de poste.

— Il n'en est pas question !

— Je ne peux faire autrement, madame. Ils ne comprendraient pas que je vienne à Londres et que je demeure ailleurs qu'à Stanton Place ! Que croyez-vous qu'ils vont imaginer ou colporter ? Ma surprise risque fort de se transformer en désastre.

— J'en conviens. Mais la chaise de poste est inenvisageable. Je mets à votre disposition mon propre attelage pour que vous voyagiez dans les meilleures conditions. Nous attendrons la réponse de mon cousin Pembley, puis vous partirez. Huit jours sont suffisants pour préparer votre petite cachotterie et vous courez moins de danger de croiser Percy.

Esmée porta les doigts ridés à sa bouche, les embrassa avec dévotion.

— Merci pour votre aide, Lady Suzanne. Je ne vous remercierai jamais assez pour votre bonté, soyez-en certaine.

— Ce n'est rien, mon enfant. Promettez-moi d'offrir à Percy ce qu'il souhaite et je serais comblée.

— Je vous le jure, affirma Esmée d'un ton résolu.

Le duc obtiendrait ce qu'il désirait, mais pas d'elle.

Chapitre 27

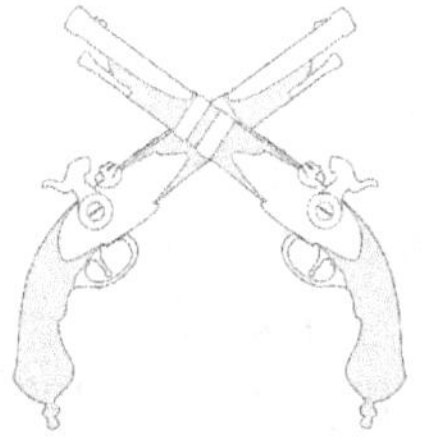

À Rachel, qui chronique, qui chronique

— Merci, remercia-t-elle le valet déférent.

Le froid couvrait Londres de sa pellicule de givre, engageait les passants à rentrer rapidement chez eux pour se réchauffer devant un bon feu de bois.

Esmée posa le pied sur le sol verglacé, resserra la cape autour de sa taille. Elle se redressa, admira la façade illuminée du théâtre. Des centaines de candélabres éclairaient les fenêtres annonçant avec morgue le prestige de cette soirée. Deux cordons maintenaient les badauds loin des arrivants, hôtes de marque ou personnages connus.

Esmée frémit de l'audace de son action.

Le souverain assistait à la représentation en présence du gratin de la haute société. Les représentants de l'aristocratie se pressaient pour prendre part à la plus importante réception de cette fin d'année hormis le bal donné en l'honneur de la famille royale juste avant Noël. La qualité de la troupe encensée à travers l'Europe déplaçait les foules et ce soir, seuls les privilégiés participaient à la réunion. Sans la bienveillance et la renommée du comte de Pembley, Esmée ne se trouverait pas debout sur le parvis, les entrailles nouées par la panique.

— Eh, mignonne ? T'es toute seule ? Tu'n veux pas un charmant compagnon pour t'tenir compagnie ? l'apostropha une voix gouailleuse parmi les badauds.

Elle ignora l'interpellation et se décida à accomplir sa vengeance. D'un pas décidé, elle monta les marches lentement, les compta pour apaiser les battements désordonnés de son cœur.

Folle, folle, folle, scandaient-ils depuis une heure.

Pour éviter de se trouver mêlée à la cohue, elle avait exigé du cocher d'attendre vingt minutes après le départ des dernières voitures des invités. Ainsi, elle s'assurait une arrivée discrète, loin de la foule empressée à rejoindre leurs sièges ou loges.

Croiser le duc à ce moment précis jetterait à bas son plan soigneusement orchestré. Elle ne souhaitait pas provoquer un coup d'éclat, bien au contraire. Elle préférait que l'humiliation soit sournoise que seuls les proches du duc, ses amis constatent son infamie, la lui reprochent, que par sa présence effacée, elle embarrasse l'époux infidèle et sa maîtresse, que la femme délaissée démontre la noblesse de son caractère face à une ignominie répétée depuis des mois. Que sa réputation en soit ternie lui importait peu. Par contre, blesser le duc dans son orgueil la ravissait et la récompenserait des tourments qu'il lui infligeait depuis le premier jour.

Elle s'avança dans le hall désert. Un homme se précipita vers elle, la mine inquiète et surprise par sa venue. Dans dix minutes, la cloche sonnerait le début de la représentation et personne ne se permettait d'arriver en retard en présence du roi.

— Madame ? Que puis-je pour vous ?

— Me conduire à ma loge.

— Mais, voyons, c'est…

— Je vous en prie. Un accident nous a retardés à Piccadilly et j'en suis encore toute retournée ! Une distraction sera la bienvenue pour effacer ces horribles images, susurra-t-elle en prenant un air de martyr. Lord Pembley m'a chaudement recommandé votre théâtre et a mis à ma disposition sa loge, termina-t-elle en souriant. Je me faisais une telle joie d'assister à une représentation de cette qualité !

Elle tendit le coupon envoyé par Lord John par retour de courrier dix jours auparavant. Le nom du mécène et le ticket signé par le directeur lui-même augmentèrent la fébrilité du valet. Il jeta un coup d'œil à la grande horloge, détailla la tenue de la retardataire. La cape de satin grenat bordée de fourrure blanche, la magnifique robe de soie noire brodée de fil d'or, le corsage ajusté piqué de dentelle fine, la parure des plus délicats rubis la désignaient comme une personnalité de haut rang.

Grâce aux conseils de la comtesse, Esmée n'avait rien laissé au hasard et la jeune campagnarde arrivée à Dartford sur le dos d'un cheval se présentait aujourd'hui en femme sophistiquée jusqu'au bout des ongles, sûre de son pouvoir.

— Suivez-moi, s'empressa l'homme. Puis-je connaître votre nom ? demanda-t-il pour satisfaire sa curiosité.

— Est-il d'usage de dévoiler l'identité des invités de Lord John ? répliqua-t-elle avec morgue.

— Excusez-moi, madame, je pensais que… bafouilla-t-il en s'inclinant profondément.

Il l'accompagna vers l'escalier de gauche, la précéda d'une démarche pressée. Ils croisèrent quelques hommes occupés à terminer leur cigare. Esmée les salua d'un simple signe de tête, consciente de la curiosité qu'elle éveillait chez eux.

Son guide ouvrit une porte et l'engagea à entrer.

— Voilà, madame. La loge de Lord Pembley. Souhaitez-vous que je vous fasse porter du Porto ?

— Avec plaisir. Pouvez-vous m'indiquer où se trouve la loge numéro quatre ? Lord John m'a recommandé de présenter ses respects à nos amis.

— À votre droite, madame, deux rangées à l'avant, de l'autre côté.

— Je vous remercie.

— Attendez-vous d'autres invités ? s'informa le valet d'un ton obséquieux.

— Hélas, un contretemps d'importance les retient à Westminster. Je crains fort d'assister seule à ce merveilleux spectacle, mentit-elle avec aplomb.

— C'est très embarrassant, madame.

Esmée haussa les sourcils, étonnée par la mine chagrinée de l'employé.

— Il n'est pas habituel qu'une femme non accompagnée se présente à un opéra donné en présence du roi. C'est… contraire aux usages.

— Vraiment ? Ainsi, parce que ma très chère marraine la comtesse de Bradbury a été retenue, je ne puis assister à ce spectacle ? Lord John risque fort d'en être terriblement chagriné et moi aussi d'ailleurs, répliqua-t-elle avec mordant.

L'homme blêmit, hésita à la reconduire hors du théâtre.

Le nom de la vieille dame servait de passe-partout à Esmée. Depuis son arrivée à Londres, elle mesurait la popularité de la comtesse et ses accointances dans toutes les sphères de l'état. Madame Finley, l'intendante d'Arbor Place, la demeure londonienne de Lady Suzanne, prenait un grand plaisir à lui raconter les « frasques » de la chère femme. Personne à Londres n'ignorait que celle qu'elle croyait retirée de la vie mondaine avait l'oreille de certains conseillers ou hommes politiques très haut placés, William Pitt le jeune entre autres.

— Est-ce strictement interdit ? demanda-t-elle face à l'embarras visible du bonhomme.

— Disons que…

— Ce n'est point un usage habituel, j'en conviens. Cependant, je me montrerai discrète, rassurez-vous, certifia-t-elle en s'approchant de la rambarde de bois.

À part la traîner dehors contre son gré, le pauvre homme n'avait aucun moyen de la chasser sans provoquer un esclandre, réalisa-t-elle avec satisfaction.

D'un geste arrogant de la main, elle le renvoya, une jubilation de plus en plus grande à l'esprit. Quelques mois auparavant, elle se serait sauvée comme un lapin de peur de contrevenir à la bienséance. Aujourd'hui, elle s'affirmait en tant que femme libre de choisir sa voie. Elle en concevait une bouffée d'excitation intense, une joie profonde. Elle délaça le cordon de la cape, déposa le vêtement sur un siège et contempla la salle bruissant des conversations des spectateurs. Du même côté que le balcon royal, Esmée ne pouvait voir le souverain, à moins de se pencher outrageusement au-dessus de la balustrade. Elle préféra s'abstenir, s'assit sagement et récupéra les petites jumelles que madame Finley lui avait recommandé de porter pour observer autour d'elle.

Une seule loge l'intéressait.

— Courage.

Esmée se força à respirer lentement, à balayer la salle du regard pour prendre la mesure de son aventure. Du parterre comble montait le brouhaha des conversations feutrées. Les grands lustres à chandelles éclairaient la scène sans rideau, l'orchestre installé dans la fosse accordait ses instruments avant que la cloche sonne et réclame le silence. Esmée sentit l'intérêt qu'elle éveillait, seule dans sa loge. Elle ignora les jumelles dirigées vers elle, afficha un air arrogant et sûr d'elle, alors que la panique palpitait en elle. Elle posa la main sur son ventre, y puisa le courage d'affronter la situation avec dignité pour elle et son enfant.

Résolument, elle tourna les yeux vers la loge numéro quatre où six personnes siégeaient. Comme prévu, Percy se tenait debout derrière Gillian. Penché sur son épaule, il murmurait à son oreille. Leur évidente connivence frappa Esmée au cœur. Elle se détourna, incapable de supporter un pareil spectacle, des larmes involontaires au coin des paupières.

— Observe-les et vois comme ils te méprisent et bafouent ton honneur.

Elle dirigea à nouveau son regard vers la loge, discerna l'ébullition soudaine de deux hommes qu'elle reconnut comme des amis proches de son mari. L'un la dévisageait, hésitant à l'identifier, l'autre parlait à l'oreille de Percy avec volubilité. Le duc se redressa, parut interloqué de la découvrir et d'un pas en arrière se cacha dans l'ombre du rideau du balcon.

— Couard ! grommela Esmée entre ses dents, les yeux rivés sur l'ombre de son époux.

Ostensiblement, elle se détourna avec mépris et fixa la scène sans la voir. La cloche retentit, imposant le silence au public. Dans son dos, la porte de la loge s'ouvrit. Le mouvement fugace alerta Esmée qui se retourna, prête à jeter un regard de dédain au valet, mais un inconnu se dressait là.

— Madame, la salua-t-il d'une révérence outrancière.

Interloquée par l'intrusion, Esmée le vit refermer le battant et s'avancer.

— Veuillez sortir, monsieur !

— Impossible. La cloche ! lui sourit-il avec arrogance.

— Est-ce donc des manières de s'imposer ainsi à qui ne le souhaite pas ? lança-t-elle avec mépris.

— Il n'est guère plus élégant pour une femme de se trouver seule dans une loge en présence du roi.

— Qui vous dit que je suis seule, monsieur ?

— Les sièges près de vous, et ce doux silence qui résonne comme le chant d'un oiseau, murmura l'homme en levant le doigt en l'air.

— Sortez, monsieur.

— Je ne le peux. Votre beauté me subjugue et m'enchaîne à vos pieds. Je ne peux vous abandonner à la vindicte de notre bonne société. Voyez-moi comme un chevalier, prêt à défendre votre honneur devant le roi lui-même, à vous protéger de mon corps s'il le fallait.

Interloquée, Esmée dévisageait l'entreprenant individu. La stupéfaction la clouait sur place, puis un sentiment d'excitation la traversa.

— Ne puis-je me débarrasser de vous sans avoir à vous jeter par-dessus la balustrade ?

L'homme se redressa, choqué par son attaque directe.

— Madame ! Ne savez-vous donc pas à qui vous vous adressez ?

— Je ne le sais point monsieur, puisque nous n'avons pas été présentés. Dans mon monde, c'est une marque de grossièreté de s'imposer ainsi à une femme. Je souhaite simplement que mon époux ne prenne pas ombrage de votre impolitesse. Il peut se montrer très jaloux.

— Votre mari ?

Du coin de l'œil, Esmée surveillait Percy qui

s'approcha dans la lumière, le visage tendu sans plus s'inquiéter d'être aperçu en présence de sa maîtresse.

— Le duc de Dartford, déclara Esmée, en désignant d'un signe de tête la loge de l'autre côté du théâtre.

Le hoquet de surprise de l'importun, son air dérouté récompensa Esmée de l'intrusion malséante. La cloche sonna à nouveau, réclamant le silence de la salle et l'interdiction de quitter sa place.

— Puisque vous êtes là, asseyez-vous. Vous réglerez vos différends avec mon mari tout à l'heure, chuchota-t-elle, ravie de voir la pétulance du gêneur fondre comme neige au soleil.

Elle sourit, releva le menton d'un air de défi, jeta un coup d'œil à la loge numéro quatre. Debout contre lui, Gillian tentait d'apaiser Percy et lui conseillait certainement de garder son calme.

Résolument, Esmée se tourna vers la scène pour profiter du spectacle.

Elle se délectait de sa vengeance, y trouvait un goût particulier et une envie folle de chanter.

L'homme dans son dos s'assit discrètement dans l'ombre du rideau pour se soustraire à l'attention du duc. Peine perdue. Esmée sentait le regard de Percy peser sur elle, elle percevait sa rancune d'être humilié en public par son insipide femme. Elle savourait comme jamais sa victoire. La main posée sur le ventre, elle écouta religieusement la tragédie des deux âmes torturées par un amour impossible, l'issue fatale et inéluctable que les instruments transposaient à la perfection. L'heure suivante plongea Esmée dans un monde irréel, loin du théâtre, du drame qu'elle vivait depuis des jours. Les applaudissements la sortirent de son hébétude. Elle regarda autour d'elle, presque surprise de se trouver là. Le brouhaha des conversations montait jusqu'à elle, effaçait la magie de la musique.

— Madame Stanton, puis-je vous offrir de m'accompagner au buffet ? proposa l'homme debout à ses côtés.

Il souriait, galant, la main tendue vers elle.

— N'abusez pas de ma patience, monsieur. Vous accorder la permission de rester près de moi pendant ce premier acte sans que nous ayons été présentés m'incommode énormément. Je crains que mon époux se montre…

La porte s'ouvrit avec brusquerie, la silhouette imposante de Percy se dressa dans le carré de lumière de la galerie.

— Très à cheval sur les convenances, termina Esmée.

— Milford, salua sèchement Percy.

— Stanton ! Votre ravissante femme et moi discutions de la beauté ineffable de ce spectacle. Comment pouvons-nous rester insensibles à tant de charme ? rétorqua l'autre avec l'arrogance due à son rang.

— La mort aussi a son charme, répliqua Percy en s'avançant d'un pas, l'air menaçant.

L'homme hoqueta, salua Esmée d'une courbette rapide et sortit en évitant le duc.

Assise à sa place, Esmée contempla la salle que les spectateurs quittaient en petit groupe pour gagner le foyer et s'y restaurer.

— Il est temps de partir, madame, ordonna Percy.

— Partez si cela vous chante. Cette représentation est délicieuse et je compte en profiter jusqu'à la dernière miette.

— Esmée ! gronda la voix furieuse.

— Rejoignez vos amis, mon cher. Ne vous occupez pas de moi, je me débrouille fort bien seule.

— Comme avec ce… Milford ! Ce fieffé coquin n'est qu'un vil séducteur !

Esmée se tourna vers le duc, le toisa avec mépris.

— Au contraire, il s'est montré aimable et m'a simplement tenu compagnie. Je ne comprends pas ce qui vous chagrine.

— Vous ne voyez pas ?

Il s'approcha d'un pas furieux, la poitrine soulevée par sa respiration rapide, les traits froissés par la rage. Elle se leva pour l'affronter et lui jeter au visage ce qu'elle remâchait depuis l'arrivée d'une lettre mauve.

— Je ne saisis pas, en effet. Expliquez-moi la différence qu'il y a entre une honnête femme assistant à un spectacle en compagnie d'un homme charmant, et entre un mari qui se pavane aux côtés de sa maîtresse à la même représentation ? Je serais curieuse de connaître votre opinion à ce sujet ? répliqua-t-elle d'un ton froid.

Percy recula, blêmit de l'attaque franche.

— Maintenant, je vous prie de me laisser. Rejoignez vos amis, ils vous attendent certainement.

Posément, elle s'installa dans son fauteuil, disposa avec soins les plis de la robe autour d'elle. Elle frémissait de la tête aux pieds, retenait ses larmes de colère.

Il ne se défend même pas !

Le mutisme du duc confirmait son intuition et elle en ressentit un chagrin poignant.

Par-delà sa rage, son pauvre cœur idiot s'exaltait encore, battait du faible espoir d'un amour impossible, mais le silence dans son dos enterrait ses ultimes illusions.

Dès demain, elle disparaîtrait.

Chapitre 28

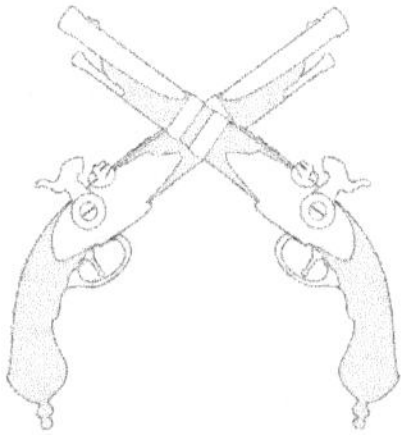

— Venez, ordonna Percy en lui tendant le bras.

Esmée sortit de l'hébétude où le silence du duc l'avait plongée pendant le reste du spectacle. Il s'était assis derrière elle, les yeux rivés sur sa nuque, avec sans doute l'envie de l'étrangler. Épuisée par les efforts déployés pour garder un air serein, elle capitula. Elle se leva, s'enveloppa dans la cape pour réchauffer son corps frissonnant. Elle se sentait glacée jusqu'aux os. Elle glissa les doigts sous le coude présenté, suivit Percy sans protester. Sans un mot, ils traversèrent la foule sous les regards curieux, rejoignirent la sortie du théâtre où les badauds se pressaient.

— La voiture de la duchesse de Dartford, commanda-t-il au valet.

Esmée retint son ricanement.

Ainsi, il se souvenait qu'elle était sa femme ?

Quelques minutes plus tard, la calèche s'arrêta au bas des marches. Percy l'y conduisit et l'incita à grimper dans la voiture, puis referma la porte.

— Stanton Place, ordonna-t-il au cocher en reculant d'un pas sur le parvis.

— Ne rentrez-vous pas avec moi ? lança-t-elle avec effronterie. Dans ce cas… Cocher, emmenez-moi à cet établissement dont on parle tant, le Paris, se pencha-t-elle à la fenêtre.

— Madame ! gronda Percy, excédé par sa désobéissance.

Elle le défia du regard, bien décidée à n'en faire qu'à sa tête. Il vit sa détermination, ouvrit la portière d'un geste sec, sauta à l'intérieur, la mine sombre.

— Stanton Place !

Le trajet se déroula dans un silence de plomb. Esmée sentait battre la rancune du duc, tout comme elle flambait à nouveau de rage, blessée qu'il veuille terminer la soirée avec sa catin au lieu de la raccompagner après son coup d'éclat. L'arrêt de la voiture dans la cour de l'hôtel particulier sortit Esmée de ses considérations hargneuses.

— Venez, ordonna-t-il en saisissant son coude d'une poigne ferme.

Il ne lui laissa pas le choix, la traîna derrière lui à travers le hall sous les regards médusés des domestiques présents. Il monta l'escalier vers le deuxième étage, ouvrit une porte, poussa Esmée sans ménagement à l'intérieur d'une vaste chambre éclairée par des chandelles disséminées dans la pièce. Courageusement, Esmée fit face au duc, vit sa fureur. Prudemment, elle recula de peur qu'il la frappe.

— Que vous est-il donc passé par la tête ? gronda-t-il

d'une voix rauque. M'humilier de la sorte en présence du souverain ! Vous exhiber seule à une représentation royale est une grave offense et vous afficher avec ce... pantin décérébré de Milford, ce débauché notoire ruine votre honorabilité ! L'avez-vous choisi parce qu'il est protégé par le roi ?

Esmée suffoqua de l'accusation, se redressa, les yeux flamboyant de colère, l'envie de le faire souffrir plus forte que la raison.

— Il serait temps de vous préoccuper de ma réputation ! Vous afficher avec votre maîtresse au vu et au su de tous vous nuit bien plus que si je couchais avec cet homme.

Esmée poussa un cri, recula de l'avance furibonde du duc sur elle. Il l'agrippa par les coudes, la secoua durement, le visage ravagé par une rage meurtrière, grondant comme une bête. Avec brutalité, il déchira le corsage de dentelle fine, jeta Esmée au sol, prêt à la piétiner. Terrorisée, elle se recroquevilla sur elle-même, serra ses bras sur son ventre dans un mouvement de protection inutile s'il la frappait à coups de pied.

— Comment osez-vous ? suffoqua-t-il, d'une voix éraillée.

Esmée pleurait, les yeux accrochés aux pieds immobiles à un mètre d'elle. Un geste, un mot et il la tuerait.

— Comment osez-vous ? murmura-t-il.

Il s'éloigna de deux pas en titubant, comme ivre. Esmée glissa un regard vers lui, vit le visage livide, les yeux hagards fixés sur elle, sur ses bras, son ventre. Il chancela, plus pâle que la mort, la bouche tordue par un rictus de dégoût, les traits décomposés par l'évidence qu'il découvrait avec consternation.

— Vous... Vous n'êtes...

Il se détourna d'un mouvement brusque, se dirigea vers la porte d'un pas lourd, s'éloigna avalé par l'obscurité du couloir.

Prostrée au sol, Esmée sanglotait, les deux mains accrochées à sa taille, anéantie par la violence de leur dispute, par le désespoir qu'elle avait vu dans les prunelles de Percy, par le coup fatal qu'elle lui avait porté avec fureur et une délectation malsaine, par le mot qu'il s'était refusé à prononcer.

« Vous n'êtes qu'une catin », avait-elle lu dans ses yeux.

Tout est fini.

Il se vengerait de l'affront, la chasserait, dépouillerait sa famille, les réduirait à la misère.

— Madame, murmura une voix à son oreille. Venez, madame.

Une femme d'une cinquantaine d'années la releva, l'aida à s'asseoir sur un fauteuil. Le feu dans la cheminée crépita, enveloppa les bûches déposées avec soin. La chaleur revenait peu à peu dans les membres gourds d'Esmée. Avec des gestes doux, l'inconnue la débarrassa de la robe, des jupons, de la tunique déchirée à la hauteur du col, puis l'habilla d'une chemise chaude et la guida vers le lit.

— Couchez-vous.

Esmée obéit, incapable de penser ou de réagir. Le visage de Percy ravagé par la colère refusait de quitter sa tête.

— Buvez, lui recommanda la femme en portant à ses lèvres un verre d'eau. Demain, il n'y paraîtra plus. Dormez, maintenant.

Esmée sombra dans une torpeur traversée par des images décousues. Tout se mélangeait dans son esprit.

Percy.

Son parfum l'enveloppait, s'insinuait en elle, lui collait à la peau.

Percy.

Il la hantait, la poursuivait, revenait sans cesse pour la

torturer, riait sous son crâne, riait à la rendre folle.

Percy.

Les yeux morts la regardaient sans la voir, la traversaient de part en part, la poignardaient au cœur, se fermaient peu à peu et disparaissaient dans une mare de sang.

Le sang.

Le sang coulait sur ses mains sans qu'elle puisse s'en débarrasser. Il s'infiltrait partout, recouvrait tout.

Le sang.

Esmée se réveilla en sursaut, trempée de sueur, un terrible pressentiment à l'esprit. Elle écarta l'édredon, fixa la chemise enroulée autour de ses cuisses, la tache rouge s'étendait, recouvrait son corps, elle se noyait en elle. La terreur la tétanisait, accélérait les battements anarchiques de son cœur, hachait son souffle plaintif, fermait ses lèvres sur son cri de douleur.

Le sang.

— Madame ! Réveillez-vous, madame !

Esmée ouvrit les yeux, fixa la lumière vacillante de la chandelle brandie au-dessus d'elle, reprit peu à peu pied dans la réalité.

— Madame ! Réveillez-vous, madame.

— Où suis-je ? bredouilla Esmée, incapable de remettre de l'ordre dans ses idées.

— Stanton Place, madame. Sa Seigneurie vous a ramenée hier soir.

L'inconnue essuya les tempes moites d'Esmée avec un linge mouillé, puis lui sourit gentiment.

— Comment vous appelez-vous ? demanda Esmée en se redressant avec difficultés.

— Mary, madame. Laissez-moi vous aider.

Les muscles raidis tiraillaient douloureusement Esmée, ses pieds et ses mains glacés semblaient morts. Elle grimaça, s'adossa aux oreillers volumineux avec l'aide de

Mary. La chandelle éloignait à peine l'obscurité de la pièce, le feu agonisait dans la cheminée et jetait ses derniers éclats de lumière. Mary déposa deux grosses bûches au centre de l'âtre, tisonna les braises, leur arracha des crépitements joyeux. Esmée contemplait la flambée, la voyait lécher le bois, le rougir jusqu'à l'avaler. Des yeux, elle chercha une horloge, n'en aperçut aucune.

— Quelle heure est-il ? demanda-t-elle à Mary revenue près du lit.

— Quatre heures du matin, madame. Tout le monde dort encore.

— Je suis désolée. Je ne voulais pas vous réveiller.

— Rassurez-vous, je ne dormais pas, madame. J'avais un peu d'ouvrage à terminer et à cette heure, personne ne me dérange. Sa Seigneurie m'a recommandé de vous veiller avant de partir.

— Il est parti ? murmura Esmée.

Elle retint son rire désabusé, tourna les yeux vers le feu. Elle s'étonna que cette annonce la bouleverse alors qu'elle souhaitait ardemment ne plus jamais le côtoyer.

Mary hésita à répondre.

— Une heure tout au plus, madame. Il est revenu, maintenant. Il a toujours fait ça depuis qu'il est enfant, assura Mary en s'asseyant sur la chaise près du lit.

Elle récupéra une nappe dans un panier placé à ses pieds et entreprit de la repriser. Esmée la détailla avec plus d'attention, étonnée par le commentaire familier que peu de domestiques se permettaient à propos de leurs maîtres.

— Quelle fonction occupez-vous ici, Mary ? demanda-t-elle avec curiosité.

— Intendante. Depuis vingt-huit ans, l'année où monsieur William est né.

— Comment était-il ?

Le sourire de Mary s'adoucit. Elle posa son ouvrage sur ses genoux, se perdit dans ses souvenirs.

— Tout le contraire de monsieur Percy. Monsieur William riait pour un rien et ne prenait jamais rien au sérieux. Il se battait avec les vauriens du quartier et chapardait des pommes à la première occasion. Monsieur Georges le grondait souvent à ce propos. Monsieur William aimait les chevaux et les chiens et si Loyd, le maître d'écurie, ne le chassait pas, il dormait dans la paille toute la nuit. Il passait des heures à rêver, inventait des histoires plus folles les unes que les autres. Il était plein de vie, terriblement remuant et si attachant. Il a beaucoup souffert du départ de madame. Il avait huit ans et monsieur Percy douze. Monsieur Georges ne l'a jamais véritablement compris et ils se heurtaient souvent. Monsieur Percy essayait d'adoucir les choses, mais deux caractères opposés ne peuvent s'apprécier si aucun des deux ne fait des concessions.

— Et monsieur Garald ?

Mary hésita un court instant, le sourire se transforma en moue dubitative.

— C'était un bon garçon, mais terriblement malheureux d'avoir perdu ses parents. Il n'a jamais véritablement su où se trouvait sa place ou qui il était. La mort de monsieur William l'a définitivement brisé.

Esmée écoutait, étonnée par les jugements énoncés avec tendresse. Mary lui jeta un coup d'œil, sourit légèrement, attendit qu'elle pose la question à propos de Percy. Esmée se renfonça dans les oreillers, ferma les paupières pour clore la discussion, peu désireuse d'en apprendre davantage. Aucun mot n'effacerait la rancune accrochée à son cœur meurtri par de trop nombreuses désillusions.

— Monsieur William ressemblait à madame, alors que monsieur Percy tient plus de son père, un homme volcanique, exigeant, dur, aux idées très arrêtées, continua Mary sans tenir compte de l'indifférence affichée par Esmée. Sa Seigneurie se laisse parfois emporter par son caractère, mais la plupart du temps, il est doux comme un agneau. Il faut que son bouleversement soit très intense pour qu'il se laisse aller à des gestes qu'il regrette toujours et se reproche longtemps. Je me souviens, il avait quatre ou cinq ans, monsieur Georges lui a dit qu'un homme ne devait jamais étaler ses émotions. À partir de cet instant, monsieur Percy n'a plus jamais pleuré ni montré de peine, pas même à la mort de madame. Il enferme tout en lui. Un jour, cela le brisera. Je prie pour que ce moment soit le plus éloigné possible.

Étrangement, les mots de Mary rappelaient d'autres paroles à Esmée.

La comtesse de Bradbury avait prononcé un avertissement semblable : « un jour, il ne se relèvera pas ».

Malgré sa rancune tenace, une partie d'elle s'inquiétait de devenir le déclencheur d'un nouveau drame. Elle ne se le pardonnerait jamais, quels que soient les fautes de Percy ou son comportement à son égard. Il l'avait jetée à terre, presque frappée. Il la considérait comme une « catin », l'humiliait en s'affichant avec sa maîtresse, ne s'en défendait même pas. Il ne méritait ni estime ni pitié de sa part, mais sa droiture l'engageait à lui avouer la vérité à propos de l'enfant.

La violente réaction de Percy la ramenait enfin à la raison. Poussée par la jalousie, elle avait agi stupidement, avait provoqué cette crise entre eux. Au lieu de réclamer une explication franche, vexée de n'être rien de plus pour lui qu'un ventre, elle avait brisé la relation établie au cours de la convalescence du duc. Plus rien désormais ne réparerait cette situation insoluble. Il ne la croirait plus jamais.

Les yeux fermés, elle retournait en arrière, ressentait à nouveau la terreur de le perdre et convenait avec défaitisme que cet homme apportait dans sa vie désespoir et chagrin. Elle découvrait avec frayeur la puissance d'un sentiment amoureux, son incapacité à éradiquer de son cœur, de son esprit, de son corps le poison qu'il y avait implanté sans même le vouloir. Jamais il n'avait montré de la tendresse à son égard, jamais il ne l'avait courtisée tel un soupirant, jamais il ne l'avait chérie comme un amant, jamais il ne l'avait considérée en tant qu'épouse. Il revendiquait sa propriété uniquement lorsqu'un autre la lui disputait et malgré tout, il restait ancré en elle.

Esmée décida qu'il était temps de parler avec le duc et de crever l'abcès, éclaircir leurs conflits et prendre les résolutions bonnes pour eux. Elle ne supportait plus cette situation destructrice. Elle se redressa, regarda Mary silencieuse depuis de longues minutes.

— Où puis-je le trouver ?

— Puisque vous occupez sa chambre, dans le fumoir, certainement. Il s'y réfugie toujours lorsque quelque chose le tracasse.

Esmée observa autour d'elle, détailla la vaste pièce que la flambée éclairait de ses ombres et lumières, chercha à y deviner les indices de la présence du duc. La cravate abandonnée sur le dossier de la chaise. L'écritoire ouverte posée sur le secrétaire à tambour. Le livre retourné sur l'accoudoir du fauteuil près de la cheminée. La carafe de brandy et les verres rangés sur le guéridon. Le parfum de cannelle flottant dans l'air. Maintes petites choses lui rappelèrent Percy. Elle repoussa l'édredon, jeta les jambes hors du lit sous le regard attentif de Mary. La chemise d'homme lui arrivait aux genoux, l'échancrure large du col dévoilait la naissance de ses seins, les manches couvraient ses mains. Esmée resserra le cordon autour de son cou, chercha des yeux de quoi se vêtir décemment. Mary se leva, se dirigea vers un valet de bois caché dans l'ombre et y prit une robe de chambre qu'elle apporta à Esmée.

— Le fumoir se situe à l'étage inférieur, troisième porte à gauche, précisa l'intendante sans faire un geste pour l'y accompagner.

— Merci.

Esmée enfila la robe de chambre, respira le parfum d'homme. Elle se trouva étrangement émue par cette odeur de cannelle définitivement associée à Percy. Elle se dirigea vers la porte, emprunta le couloir pour rejoindre l'escalier qu'elle descendit jusqu'au premier. Debout au bout du corridor, elle hésita de longues minutes, rassembla ses idées, puis s'avança résolument vers la troisième porte qu'un trait de lumière pâle dessinait dans l'obscurité. Devant le battant, elle inspira lentement, répéta dans sa tête les mots à prononcer, s'admonesta au calme, à écarter sa jalousie, à exposer posément la situation pour engager une conversation débarrassée de colère.

D'un geste incertain, elle poussa le huis entrouvert, franchit le seuil d'un pas aussi assuré que le lui permettaient ses jambes molles.

Assis dans un fauteuil, la bouteille de cognac à la main, le visage livide, les yeux ombrés par de larges cernes, Percy la dévisagea. Au bout d'une minute d'un silence pesant et lourd de reproches, posément, il leva l'arme qu'il tenait d'une main ferme.

— Croyez-vous que vous laverez votre honneur en me tuant ? jeta-t-elle d'une voix éraillée par la peur.

Elle le défiait d'oser cet acte meurtrier. Un sourire las étira les lèvres blêmes de Percy. Avec lenteur, il dirigea le canon vers sa tempe, l'y posa d'un geste serein, presque soulagé.

Une demi-seconde, et elle vit sa détermination, sa profonde tristesse et le pardon.

La détonation éclata dans le froid de la maison endormie. L'odeur âcre de la fumée envahit les narines frémissantes d'Esmée, les larmes roulèrent sur ses joues désertées par le sang.

Son cœur battit la chamade, explosa d'une douleur sans

nom.

Chapitre 29

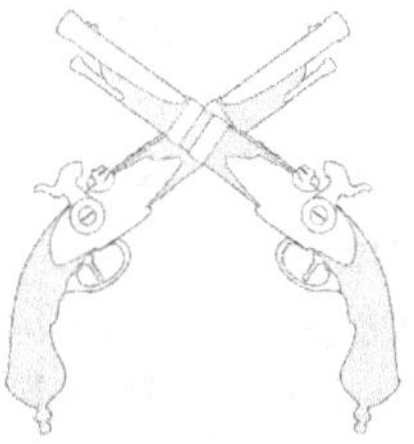

Le canon chaud brûlait sa paume. Le souffle court soulevait sporadiquement sa poitrine où son cœur battait à tout rompre. Les larmes sur les joues, Esmée tremblait comme une feuille, les yeux rivés sur les paupières closes. Elle jeta l'arme aussi loin que possible, posa les mains sur le visage aux traits déformés par le chagrin, l'embrassa de baisers fébriles.

— Je suis désolée. Je suis désolée, balbutiait-elle d'une voix brouillée par les sanglots.

Elle ranima la bouche morte, lui insuffla sa foi en l'avenir, plaqua sur les lèvres inertes son amour tumultueux.

— Pourquoi m'avez-vous trahi ? murmura-t-il d'un ton

désespéré.

— Jamais, Percy. Jamais je ne vous ai trahi. Je vous le jure, sur ma vie, celle de notre enfant. Je vous le jure.

Les mains posées sur les joues livides, elle chuchotait sa vérité contre le visage crispé.

— Ne mentez pas ! Je…

Elle étouffa ses protestations d'un baiser fougueux, y mit à nouveau toute son affection. Il tenta de la repousser, mais elle s'accrocha à lui, enroula ses bras autour de son cou, s'imposa sur ses genoux, se colla à lui pour l'entourer de sa chaleur, le contraindre à sentir la démence de son cœur.

C'était folie de l'aimer, mais elle n'y pouvait rien. Agrippé à son âme, il la rongeait de l'intérieur, grandissait dans son ventre, envahissait la moindre parcelle de ses pensées, habitait ses cauchemars.

— Je vous aime, Percy. Je vous aime, murmura-t-elle contre ses lèvres, les yeux rivés sur les paupières closes.

Il refusait de la regarder, de l'embrasser, de lui accorder son pardon.

— Vous mentez ! Vous…

Elle gronda, plongea sur sa bouche au goût de cognac, le mordit au sang pour le punir de sa bêtise, de ses trahisons. Il se crispa contre elle, ouvrit les yeux, la fixa d'un air hébété.

— Faut-il que je vous frappe pour que vous m'entendiez ? Faut-il que je m'arrache le cœur pour vous prouver qu'il ne bat que pour vous, que vous hantez mes cauchemars ? Que je vous hais d'avoir semé ce sentiment fou en moi. Je vous hais ! jeta-t-elle avec hargne, les joues inondées de larmes.

Les prunelles noisette frémirent, le visage blême frissonna des doutes qu'il refusait d'écarter.

— Garald est-il… ?

Esmée hurla avant qu'il ne prononce son accusation.

Elle le frappa à coups de poing rageurs, en fureur. Il gronda, la ceintura d'une poigne ferme, tenta de la saisir par les poignets. Elle cria, chercha à s'échapper, épuisée par ce combat sans issue, par ce poison dans ses veines. Les doigts agrippés à sa nuque, il la bâillonna d'un baiser féroce, aspira son emportement, envahit sa bouche avec hargne. Elle s'amollit contre lui, hoqueta contre les lèvres brutales, répondit à son baiser avec toute la tendresse dont elle débordait. Haletant, il la relâcha, le souffle court, les traits brouillés par ses sentiments confus, ses affreux doutes.

— Je n'ai jamais fauté, jamais, bégaya-t-elle, désemparée par son incapacité à lui faire entendre raison.

— Pourquoi avez-vous insinué qu'il était votre amant ?

— Pour vous faire mal !

Il cligna des paupières, fronça les sourcils. Esmée lut l'incompréhension sur son visage.

— Je voulais que vous souffriez, que vous éprouviez ce que j'endure depuis des semaines J'ai vu comment vous la regardiez, comment vous l'entouriez de votre affection et comment elle y répondait ! Je ne suis pas sotte ! Cette… cette… éructa-t-elle d'un ton mauvais.

— Gillian ? murmura-t-il d'un air surpris.

Elle gronda, le frappa du plat de la main en pleine poitrine, furieuse qu'il joue l'innocent. Il grimaça, saisit ses poignets pour se soustraire à son nouvel accès de colère.

— Oui ! Gillian, cette catin ! Votre maîtresse ! Je la hais, vous entendez. Je la hais ! Elle mérite de brûler en enfer, et vous avec !

— Dans ce cas, vous n'auriez pas dû écarter mon arme, renvoya-t-il avec raison.

— Pour que votre fantôme me poursuive au-delà de la mort ? Je ne suis pas folle ! Elle…

Elle se redressa, la mine dédaigneuse, le regard

mauvais.

— Gillian n'est rien pour moi.

— Menteur ! gronda-t-elle avec colère. Je ne suis qu'une jument, mais je ne suis pas sotte !

Il serra plus fort les poignets entre ses doigts pour éviter une nouvelle attaque de coups de poing. Un sourire étonné écorna les lèvres tuméfiées, il fronça les sourcils, tenta de comprendre son allusion.

— Une jument ?

— « Bien faite et docile ». Ce sont vos mots. Une vulgaire bête à saillir, rien de plus.

— Où avez-vous été chercher une telle chose ?

— Votre lettre ! Vous y disiez vouloir épouser une fille « docile et bien faite » pour perpétuer votre nom. Une jument, grommela-t-elle entre ses dents.

Un éclat de compréhension traversa les prunelles noisette, le sourire s'élargit sur la joue gauche, creusa une ride amère au coin de sa bouche.

— Les conseils de la comtesse concernant l'acquisition d'une pouliche se révèlent désastreux. Je ne me fierai plus à son jugement en la matière. Bien que, sur un point, elle avait raison. Un seul, hélas.

Esmée plissa les yeux, le dévisagea avec attention, rassurée par son air plus serein et débarrassé de l'abattement des minutes précédentes.

— Lequel ?

— Bien faite.

— Bien moins que votre catin, s'insurgea-t-elle avec rancœur.

— Gillian n'est pas ma maîtresse.

— Osez dire qu'elle ne l'a pas été !

— Je ne vous contredirais pas sur ce point. En effet, nous avons été amants après le décès d'Edwin. Ashley avait disparu quelques mois plus tôt et nous nous sommes réconfortés dans les bras l'un de l'autre. Mais tout est terminé entre nous, depuis que j'ai... acquis une magnifique pouliche, rétive et au caractère bien trempé.

— Et vous allez prétendre qu'hier n'était qu'une soirée entre amis, rien de plus ? répliqua Esmée sans entendre le compliment mal tourné.

— Je ne l'affirmerai pas comme tel, mais plus comme une fête de rupture.

L'air suspicieux d'Esmée aviva la gaieté dans les prunelles noisette.

— La fin d'une liaison entraîne souvent des rancunes, que nous restions proches ou non. Avec des amis nous avons conclu un pacte : à chaque séparation nous organisons une soirée pour enterrer le passé et ne plus y revenir. Un moyen comme un autre de tourner la page et d'aborder une nouvelle histoire sereinement. Gillian m'a rappelé ma promesse, parce qu'elle a su qu'elle n'avait plus rien à attendre de moi. Elle... ne vous aime pas, mais elle vous reconnaît un sacré caractère, surtout depuis votre coup d'éclat d'hier, termina-t-il en écartant les mèches folles sur la joue rougie par leur algarade.

— Je ne l'apprécie pas non plus, cette...

Les lèvres fermes étouffèrent l'insulte sous un baiser insistant.

— Concernant votre civilité, la comtesse m'a encore menti, sourit-il contre la bouche amollie. Auriez-vous d'autres défauts dont elle a oublié de me faire part en vantant vos mérites ?

— Je... je vous déçois, soupira-t-elle, la mine chagrine.

— L'ai-je prétendu ? Certes, vous ne ressemblez pas à ce que j'attendais.

— Vous imaginiez sans doute une rude paysanne, bien bâtie, sans caractère, sans beaucoup d'éducation, qui ouvrirait les cuisses et ne vous encombrerait pas, maugréa-t-elle.

— Je n'irais pas jusque-là. À vrai dire, ce que vous

étiez ne revêtait aucune importance pour moi. Je n'avais pas l'intention de tomber amoureux ou d'éprouver quoi que ce soit pour vous. Je ne voulais pas revivre tout… ça.

Le silence dura sans qu'Esmée ose poser la question. Elle s'y résigna face au mutisme de Percy.

— La disparition d'un être aimé ?

— Ça et… le reste.

D'un geste hésitant, il effleura le ventre d'Esmée.

— Les affres du doute, la peur de tout perdre en une seconde, la crainte de s'attacher et de s'apercevoir que rien n'est réel, que tout est basé sur un mensonge.

Esmée recouvrit la main froide, la plaqua sur son abdomen.

— C'est le vôtre, je vous le jure sur la tête de mes frères et sœurs, sur ce que j'ai de plus précieux au monde, assura-t-elle avec force.

— Comment est-ce possible ? Ne me prenez pas pour un idiot ! gronda-t-il, la voix à nouveau envahie par la méfiance.

— Du sang reste du sang, avoua-t-elle en écartant le bas de la chemise.

Elle entraîna les doigts crispés sur sa jambe, dessina la boursouflure à peine cicatrisée sur sa cuisse. Percy baissa les yeux, remonta le pan de tissu d'un geste vif, fixa les estafilades roses sur la peau de nacre.

— Qu'avez-vous fait ? s'exclama-t-il, catastrophé.

— Le docteur Edmund m'a grondé. Il m'a conseillé d'éviter les tessons de verre la prochaine fois que je me sauverai par la fenêtre de la chambre.

— Par la fenêtre ?

Esmée sourit de la mine ahurie de Percy, fière de son courage et de sa détermination pour arrêter un duel.

— Madame Gates ne vous a-t-elle rien dit ?

Il secoua la tête d'un signe de dénégation.

— Vous aviez verrouillé les portes, il fallait bien que je

m'échappe pour vous empêcher de perpétrer une folie ! Même si j'ai tout gâché et que par ma faute vous auriez pu mourir.

Il la serra contre lui avec force, chercha sa bouche, y déposa dévotement des baisers prouvant sa fierté et sa reconnaissance.

— Votre acte de bravoure aurait pu vous coûter la vie, chuchota-t-il contre ses lèvres. Lorsque je vous ai entendue dans mon dos, j'ai compris que le tir de Garald pouvait vous atteindre. Je me suis précipité, sans me douter que la balle me toucherait. Et puis, quand j'ai senti le sang coulé sur ma poitrine, je me suis dit que tout était bien ainsi, que peut-être il vous aimerait mieux que je ne saurais jamais le faire.

— Je me suis reproché pendant des heures d'avoir appelé votre mort de mes vœux.

— L'avez-vous réellement souhaitée ?

— Oui. Et je l'ai regretté, infiniment. J'ai cru que vous partiez, qu'à cause de moi… hoqueta-t-elle en revoyant le canon posé sur sa tempe.

Elle effleura la marque légère, les yeux embués de larmes.

— Pourquoi vouliez-vous faire ça ? demanda-t-elle d'une voix tremblante.

— Vous permettre de vivre avec celui que vous aimez, le père de cet enfant.

— Je vous aime, Percy. Vous et personne d'autre. Ce bébé est le vôtre. Madame Gates ne se trompait pas lorsqu'elle vous a annoncé que j'étais enceinte. Elle s'est méprise de quelques semaines, mais elle avait deviné.

— Une heure plus tard, elle affirmait le contraire.

— Le sang, montra-t-elle sa cuisse.

— Pourquoi ?

— J'ai surpris votre conversation et vous avez tout de suite décidé de partir, de m'abandonner. Je… je me suis sentie rejetée, remisée dans ce coin de votre vie que vous vous imposiez par obligation. Je souhaitais simplement vous garder près de moi quelques semaines avant de vous annoncer la nouvelle. J'espérais que peut-être...

Elle renifla, essuya ses joues à deux mains.

— Je découvrirais la femme merveilleuse que vous êtes ? Je l'ai rapidement deviné, Esmée. Vous ne ressembliez pas au portrait dépeint par la comtesse, et je me suis d'abord senti trahi. Je vous en ai voulu et j'ai décidé de vous attribuer le rôle pour lequel je vous avais choisie : porter un enfant et rien de plus. Vous paraissiez indifférente à votre sort, comme perdue dans votre monde. Vous ne réclamiez rien, et madame Gates disait que vous vous contentiez de vivre sans jamais rien exiger. J'avoue que cela m'a soulagé. Je me suis senti libre de ne pas vous inclure dans mon existence, de ne pas m'attacher à vous. Et puis...

Percy se tut une longue minute, les paupières baissées. Esmée écoutait ses confidences, touchée par ses paroles franches et débarrassées de faux-semblants. Percy releva les yeux et la contempla un moment en silence.

— Vous vous montriez froide quand je vous rejoignais. Vous subissiez stoïquement mes étreintes, sans un mot ou gémissement, comme si vous partiez ailleurs. Cela m'a perturbé, et, je dois l'avouer, m'a rassuré. Je ne pouvais pas éprouver de l'attachement pour vous si vous-même demeuriez indifférente.

— Vous m'aviez mise en garde dès le premier jour qu'il n'en serait pas autrement entre nous.

Percy sourit imperceptiblement, haussa les sourcils.

— Il est rare qu'une femme se montre détachée entre mes bras, quel que soit le discours que je lui sers. Vous êtes la première, je l'avoue. La première fois, cela m'a paru naturel, mais ensuite je me suis interrogé sur ce qui provoquait votre comportement. Ne ressentiez-vous donc rien ?

Esmée secoua la tête, une moue chagrine à la bouche.

— Rien ? répéta Percy, les yeux plissés par les doutes. N'as-tu jamais éprouvé une once de plaisir ?

— Jamais, affirma-t-elle avec aplomb.

— Pas même un frisson ou de l'excitation ?

Elle remua la tête de droite à gauche, lissa les sourcils froncés de Percy dont le regard la scrutait étrangement.

— Qui t'a fait souffrir ? posa-t-il la question franchement.

Elle sursauta, le fixa d'un air embarrassé presque coupable.

— Réponds-moi, insista-t-il.

— Comment le savez-vous ?

— Tu refusais que je t'embrasse. J'ai pensé que quelqu'un t'avait violentée et que tu te protégeais ainsi pour ne pas revivre ce terrible moment. Soit…

Esmée attendit qu'il exprime ses doutes, ceux qu'elle voyait luire dans ses yeux.

— Soit tu te préservais en souvenir d'un autre et tu gardais cette part de toi pour lui rester fidèle. Étant donné que tu étais vierge, vous n'aviez échangé pas plus que des baisers. Qui est cet homme ?

— Le révérend de la paroisse de Brookfields, avoua-t-elle pour se débarrasser de ce fardeau et éclaircir définitivement la situation entre eux.

— L'aimes-tu ?

Elle soupira, contempla le visage à nouveau assombri par la défiance.

— Je l'ai cru sincèrement. J'ai cru que je l'aimais, qu'il m'épouserait et que nous partagerions une vie simple. Je me fourvoyais. En réalité…

Esmée réfléchit un instant, hocha la tête, la compréhension de son état d'esprit de l'époque s'imposait à elle. Percy écoutait sans un mot, attendait qu'elle dévoile cette partie secrète de son âme.

— En réalité, je pense que j'étais amoureuse de l'amour, de l'attachement que l'on peut éprouver pour un homme. Andrew est un jeune homme charmant, instruit, mais il ne se serait jamais battu pour moi. Il ne l'a pas fait lorsque je lui ai annoncé que vous vouliez m'épouser. Il a préféré une bourse bien pleine à une femme qui le parait de vertus qu'il ne possédait pas. J'étais amoureuse de la vie que j'imaginais à ses côtés, conclut-elle en riant.

Le dire la libérait d'un poids, allégeait sa conscience et son âme tourmentée par ses hésitations passées.

— T'a-t-il embrassée ? demanda-t-il sèchement.

— Jamais ! s'outragea-t-elle de sa remarque désobligeante.

Elle décida de percer un autre abcès, le plus délicat et le plus douloureux pour Percy.

— Le premier a été Garald.

Le grondement de Percy s'éteignit sous ses lèvres. Les deux mains sur ses joues, elle le força à la regarder alors qu'il tentait de se dérober et de la repousser.

— Et je n'ai rien ressenti, pas un frisson, pas un tremblement. Rien. Ce jour-là, j'en ai été profondément heureuse. Lorsque j'ai rencontré Garald pour la première fois, mon cœur a sauté dans ma poitrine. Sincèrement, j'ai redouté de succomber à cause de sa ressemblance avec Andrew. Je me sentais faible, découragée par votre indifférence, par Gillian et par mon ventre qui refusait de réaliser mon rêve le plus cher. Ce baiser a été la plus belle chose que le ciel m'ait accordée.

Le juron de Percy et son regard assombri ne détournèrent pas Esmée de son but.

— Savez-vous pourquoi ?

— Dites-le-moi, fanfaronna-t-il d'un ton aigre.

— Parce que j'ai cru mon cœur mort. Je ne souffrirais plus et je me suis promis que je remplirais ma vie de l'amour de mes enfants, que je vous resterais fidèle de corps et d'esprit, débarrassée des questions qui me torturaient. Vous étiez mon mari. Vous m'apportiez votre protection, une existence sereine pour moi et les miens et je me suis dit que cela suffisait pour que nous puissions vivre côte à côte sans avoir à nous soucier d'un attachement quelconque. Puis, vous m'avez appris à résister. Cette nuit-là, j'ai connu le paradis et l'enfer. Mon corps a découvert le plaisir, mon cœur a frémi d'amour, et vous m'avez rejetée. Je vous ai haï Percy pour avoir ouvert cette brèche béante en moi.

— Et maintenant ? Que ressentez-vous si je vous embrasse ?

Elle gloussa des lèvres sur les siennes, du baiser exigeant et possessif, des mains sur ses fesses, de leurs souffles mêlés, de l'onde d'excitation dans ses veines.

— À vrai dire, je ne sais pas trop. Je manque de référence.

Le grognement inintelligible répondit à son cri. Il la ceintura fermement, se leva du fauteuil sans la lâcher.

— Percy !

— Il est temps que vous preniez une deuxième leçon, maugréa-t-il en la serrant contre lui.

Il sortit du fumoir, remonta le couloir et l'escalier sans se soucier des domestiques descendus pour réveiller la maisonnée.

— Percy ! gémit Esmée. Que vont-ils penser de nous ?

Elle s'accrocha à son cou, leva le visage vers celui de son mari. Le rire débarrassé des affres de la nuit s'écrasa sur sa bouche.

— Que leur maître a trouvé une perle rare sous les sabots d'une jument.

Chapitre 30

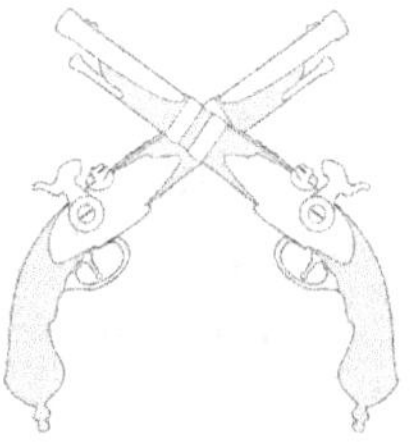

Percy s'accouda contre elle, caressa la hanche pleine, remonta jusqu'à la poitrine où il roula entre ses doigts les mamelons durcis. Il se pencha avec gourmandise, taquina la pointe dressée d'une langue coquine, la pinça entre ses dents jusqu'à ce que le gémissement réponde à ses attentes. La peau rosie frissonna, les paupières closes battirent légèrement. Esmée naviguait dans les langueurs du plaisir, découvrait pour la première fois les nuances de la félicité après avoir expérimenté les fureurs d'un désir exacerbé par l'amour.

— Alors ? murmura Percy en remontant jusqu'aux lèvres entrouvertes et gonflées par la passion de leur étreinte.

Il bécota les lèvres inertes, sentit le rire joyeux les animer.

— Est-ce toujours aussi divin ? soupira-t-elle.

— Je ne sais pas.

Esmée ouvrit les yeux, le fixa, un relent d'inquiétude dans le regard.

— Oh ! Vous ai-je… déçue ? Me suis-je montrée… maladroite ?

Il sourit, caressa son sein blanc, taquina le mamelon dressé, se délecta du frisson sur sa peau de nacre.

— Il m'a semblé au contraire que vous paraissiez plus habile que dans mes souvenirs. Où avez-vous acquis ce savoir ? se montra-t-il un rien soupçonneux.

— Votre bibliothèque.

— Ma…

— Tout en haut, la dernière étagère, il s'y trouve quelques ouvrages très instructifs. J'avais du temps à perdre, je l'ai occupé, murmura-t-elle en cachant son visage contre son torse.

Percy l'enlaça étroitement, un rire à la bouche.

— Y avez-vous pris du plaisir ?

— À ma lecture ?

Percy rit de plus belle, embrassa les lèvres mutines venues réclamer une récompense.

— Assurément. M'aimez-vous ? redemanda-t-elle, une lueur d'inquiétude dans les yeux.

— Assurément. M'aimez-vous ? répondit-il sur le même ton.

— Plus que ma vie. J'ai cru vous perdre et je n'ai jamais ressenti un pareil déchirement.

Elle embrassa dévotement la cicatrice fraîche.

— Après cet… accident, Garald a prétendu que vous aviez saisi que je vous aimais, alors que je l'ignorais encore, mes sentiments si brouillons que je n'y comprenais rien. Ensuite, j'ai refusé d'imaginer votre attachement pour moi de peur de souffrir à nouveau de votre indifférence.

— Ou de mon caractère emporté ?

Esmée se redressa, posa le menton sur les mains croisées sur le torse nu et le dévisagea, chercha à reconnaître sur ses traits apaisés la violence des heures précédentes.

— Vous auriez pu me frapper, vous ne l'avez pas fait. Une part de vous n'a pas pu s'y résoudre, comme vous n'avez pas pu blesser Garald. J'ai souhaité votre mort, c'est tout aussi condamnable.

Percy écarta les mèches folles des joues rougies, soupira profondément.

— Votre bonté vous perdra, Esmée.

— Au contraire, elle me protège. Ne croyez pas que vous puissiez me battre si l'envie vous prenait, je me défendrai et je vous rendrai coup pour coup, énonça-t-elle posément les bases de leur relation.

Un sourire étira les lèvres tuméfiées de Percy, les yeux pétillèrent d'amusement.

— Je pense l'avoir compris. La comtesse se trompait sur vous et vos qualités de gentille épouse.

— Êtes-vous déçu ?

Il l'entoura de ses bras, la serra doucement sur son torse pour la rassurer.

— Non.

— Vraiment ?

Les doutes perduraient dans les prunelles saphir, l'onde de crainte vibrait sur le visage mobile. Percy embrassa le nez plissé, rit de la moue chagrine.

— Elles étaient si belles, soupira Esmée.

— Ne vous comparez jamais à elles.

— Impossible ! Vous les avez aimées tout de suite, alors que…

Le baiser exigeant étouffa sa protestation, lui expliqua par maints détours qu'une seule occupait désormais son esprit.

— Alors que toi, tu es entré subrepticement en moi, tu as colonisé chacune de mes pensées, tu as empoisonné mon désir par ton indifférence, tu as entretenu mon ambition de conquête et surtout, une envie furieuse que tu m'appartiennes, de corps et de cœur. Ton amitié avec mon cousin a réveillé les pires démons et a semé de terribles doutes, je le reconnais. Je ne supportais pas que tu lui accordes tes sourires alors que je ne t'arrachais que des regards détachés.

— Jaloux ?

— Mortellement.

Le mot leur rappela les épreuves traversées au cours des derniers mois. Percy ferma les yeux, soupira profondément, le visage frémissant. Esmée ne bougeait plus de peur de raviver les blessures ouvertes. Tout à coup, elle réalisa qu'il était temps de ranimer les fantômes du passé, de leur ôter tout pouvoir sur eux, les vivants.

— Racontez-les-moi, Percy.

— Ce n'est…

Elle posa son index sur ses lèvres, lui sourit tendrement, une nouvelle confiance à l'esprit. Il capitula, embrassa ses doigts un à un, l'incita à se lover contre lui.

— Maud était une magnifique jeune fille, gaie, amusante, espiègle, impossible de ne pas l'aimer. Je découvrais l'amour, l'excitation d'une étreinte passionnée, la légèreté de nos sentiments fougueux et tellement immatures. Nous avions la chance de nous entendre et de partager les mêmes goûts. Nous ne nous sommes jamais disputés en cinq ans de mariage, jamais nous n'avons été confrontés à un désaccord au cours de notre vie commune.

Il se tut un instant, pensif.

— C'est beau ! murmura Esmée, touchée par la douceur de ses mots.

— C'était banal et sans surprise. Peu à peu, la routine

remplaçait la passion, je m'en rends compte avec le recul. À l'annonce de sa grossesse, la joie m'a submergée, je me suis senti entier, fier de perpétuer mon nom, de fonder à mon tour une famille. La perdre en couche m'a dévasté.

Il inspira fortement, les yeux fermés. Esmée ne savait comment le réconforter et mesurait à quel point il cachait ses états d'âme avec une détermination forcenée.

— J'ai tenu mon fils dans mes bras jusqu'à son dernier souffle, reprit-il d'une voix atone.

Le silence dura longtemps sans qu'aucun ne veuille le briser. La joue posée sur son torse, Esmée écoutait les battements sourds de son cœur, respirait son odeur si particulière, savourait la chaleur de son corps contre elle.

— Je me suis réfugié dans le travail, mes obligations, la gestion du domaine. Mon père était mort, William aussi et j'exécrais Garald. Pendant trois ans, j'ai noyé mon chagrin entre les bras de femmes compatissantes, je me suis étourdi de fêtes, de relations éphémères. Par bonheur, Dartford et le Parlement occupaient une grande partie de mon temps et Edwin, mon meilleur ami m'a soutenu dans les moments les plus difficiles.

— Le mari de… Gillian ?

— Oui. Nous nous connaissions depuis l'enfance Edwin et moi. Je l'ai vu tomber fou amoureux de Gillian, la courtiser et enfin l'épouser. Ils ont été très heureux ensemble.

Le petit sursaut et la moue désabusée d'Esmée n'échappèrent pas à Percy.

— Je sais ce que tu penses, que mon amitié pour lui aurait dû me retenir d'entamer une liaison avec elle. Mais, nous vivions tous les deux les mêmes bouleversements et nous rapprocher semblait… inévitable. Nous comprenions les souffrances de l'autre, cela permettait de mieux les affronter en partageant nos douleurs. Ashley…

Il s'arrêta à nouveau, se laissa submerger par les

souvenirs dont Esmée soupçonnait la teneur sans pouvoir affirmer que Percy connaissait tous les faits. Elle repensa aux lettres cachées dans le secrétaire de la jeune femme que Garald l'avait suppliée de détruire. Elle s'y était résolue deux jours après le réveil de Percy, avait volé la correspondance secrète et l'avait jetée au feu, un sentiment de trahison à l'esprit.

Devait-elle le lui avouer ou laisser ce pan de l'histoire s'effacer de leur mémoire ?

— Ashley ressemblait beaucoup à Maud, et l'insistance d'Edwin à propos d'un remariage m'incitait à y réfléchir sérieusement. Je me suis laissé aveugler par un mirage. Ashley n'avait rien de commun avec Maud à part sa beauté et sa frivolité. Elle m'a séduit et je le confesse, j'ai cru à un coup du destin, qu'une deuxième chance m'était accordée. La première année nous apporta à peu près tout ce que nous espérions l'un de l'autre. La deuxième année, tout changea. Je souhaitais avoir un enfant, mais elle ne nourrissait pas le même vœu. Elle voulait briller en société, être le point de mire de tous et porter un enfant la priverait des mondanités qu'elle appréciait plus que tout. Peu à peu, nos dissensions sont devenues intenables, provoquant des disputes pour des riens. Je me suis tourné vers mon travail, la délaissant de plus en plus, excédé par son refus de m'accorder le droit d'être père, par ses enfantillages. Elle en a conçu une profonde rancune à mon endroit et…

Il se tut à nouveau, laissa la colère s'atténuer avant de poursuivre son récit douloureux. Esmée admirait sa volonté à avouer l'échec de son mariage et ses erreurs.

— Elle est devenue fébrile, émotionnellement instable, passant par des accès de rage ou d'apathie sans que nous en trouvions la raison. J'ai tenté de l'aider en lui recommandant de rester à Dartford, mais je gardais moi aussi une certaine rancune à son égard. L'éloigner de

Londres me permettait de me sentir moins coupable. J'ai cru à des caprices de sa part sans me rendre compte qu'elle souffrait de mon indifférence de plus en plus grande. Elle réclamait mon attention et je l'ai délaissée, aveuglé par mon incapacité à la comprendre. Elle a trouvé du réconfort ailleurs, laissa-t-il tomber d'un ton las.

Esmée se redressa, les yeux écarquillés par la stupeur qu'il se doute de quelque chose.

Connaissait-il ce pan de l'aventure d'Ashley et Garald ? Ou avait-il supposé la présence d'un amant ?

Le sourire triste de Percy, l'étincelle de chagrin dans son regard l'attendrirent. Elle sentit son cœur fondre face à l'histoire affligeante d'un homme désireux de trouver un peu de bonheur et d'y avoir si peu réussi jusqu'à présent.

— Je crois que tu connais cette partie de l'histoire, non ? chuchota-t-il, les yeux rivés sur les siens.

La culpabilité la submergea et l'onde de sa honte rougit violemment ses joues. Percy l'engagea d'un geste tendre à revenir se lover contre lui. Tacitement, il lui pardonnait son silence.

— Garald a profité d'une situation chaotique entre nous. Il l'a entourée d'attentions, l'a divertie, l'a charmée en quelques semaines. Je n'ai rien vu, trop occupé à asseoir ma position au Parlement. Elle s'est enflammée et a cru à l'amour de mon cousin, alors qu'il espérait uniquement me blesser. Elle m'a écrit qu'elle me quittait, qu'un autre lui accordait la place qu'elle méritait. Le temps que le message me parvienne en Écosse où je me trouvais et que je revienne ici pour réclamer des explications, elle avait…

Il inspira fortement, les paupières serrées par l'émotion.

— Mis fin à ses jours, glissa doucement Esmée.

— Il t'a raconté ? gronda-t-il sourdement.

— Oui. Il m'a faite la dépositaire de ce secret pour que je porte le poids de sa culpabilité, que les égarements d'Ashley deviennent un poison entre nous.

— Comment peux-tu encore lui accorder ton amitié ? s'exclama-t-il, le visage ravagé par le ressentiment.

— Je le peux parce que le pardon guérit tout, mon chéri, même les plus horribles blessures. Il a cherché à nous détruire et cela nous a permis de nous trouver et de renforcer notre attachement. N'est-ce pas merveilleux ?

— Comment peux-tu…

Elle l'embrassa avec passion pour étouffer sa remarque désobligeante, insista jusqu'à ce qu'il l'enlace, accepte d'excuser ses faiblesses. Elle se détacha de lui, le regarda dans les yeux.

— Un jour ma mère m'a dit : « On ne blesse à mort que ceux que l'on aime. Les autres se relèvent. ». Je ne suis pas d'accord. Nous nous relèverons, Percy, parce que nous nous aimerons plus fort que tout.

— Comment peux-tu être aussi confiante ?

— Je ne le suis pas ! Je prie simplement d'être assez courageuse pour affronter ce qui nous attend. Ne le devons-nous pas ? Pour…

Elle attrapa la main de son mari et la déposa sur son abdomen.

— Pour ce bébé.

Leurs doigts entremêlés caressèrent le ventre palpitant d'une vie à venir. Esmée hésita à lui révéler les suppositions de Garald. Maintenant, elle connaissait la fausseté de cet aveu.

— Sais-tu que pendant un moment j'ai cru ne jamais avoir le bonheur de porter un enfant ?

— Quelles raisons t'en ont fait douter ? Je m'invitais dans ton lit régulièrement, même si je pense que la méthode de madame Gates laisse à désirer.

Il plissa les yeux, chercha à déterminer la date possible de la conception.

— Le jour où tu m'as donné ma première vraie leçon

d'amour, répondit-elle à sa question muette. La toute première fois où mon corps s'est éveillé et où tes baisers ont ouvert mon cœur. Je pensais que tu ne franchirais jamais cette barrière, que j'étais protégée et que malgré le plaisir que je découvrais, je ne ressentirais pas d'inclination pour toi. Je ne le pouvais pas !

— Pourquoi ?

— Aimer un homme qui n'éprouvait aucun attachement pour moi et qui en plus…

— Entretenait une liaison avec une autre femme ?

— Oui, entre autres, mais surtout un mari qui ne m'apporterait jamais ce dont je rêvais le plus au monde, un enfant.

— Ce n'est pas parce que nous avons échoué les premières fois que pour autant cela n'aurait pas fonctionné avec le temps.

— Je ne le savais pas ! Je croyais réellement que tu ne pouvais pas avoir d'enfant.

— Quoi ?

Il se redressa, l'assit face à lui pour mieux la fouiller du regard, la mine brouillée par l'incompréhension.

— Garald…

— Encore lui ! gronda-t-il avec rage.

— Laisse-moi parler ! lui imposa-t-elle le silence, la main posée sur sa bouche. Je t'en prie !

Il hocha la tête, la poitrine soulevée par son souffle saccadé.

— Il a évoqué une fièvre que tu avais contractée après la mort de Maud. D'après certains médecins, ce genre de fièvre peut provoquer l'infertilité et Ashley le pensait. Elle a réellement présumé que ce bébé était celui de ton cousin, mais, à moins que vous ne partagiez plus le même lit, rien ne peut le garantir.

— Crois-tu que cela me console de savoir qu'elle a tué mon enfant ?

— Non ! Mais imagine dans quel état d'esprit j'étais en apprenant ses doutes ? Que j'étais condamnée à vivre avec un époux qui ne m'appréciait pas et à qui je ne donnerais jamais ce qu'il désirait ? J'ai… j'ai même pensé que tu te débarrasserais de moi puisque tu aimais Gillian. Un accident est si vite arrivé.

— Esmée !

— Je sais, c'est monstrueux de ma part, mais, je n'y pouvais rien, murmura-t-elle, les yeux embués de larmes. Je suis désolée, Percy.

Il soupira, l'attrapa par le cou et la serra contre lui, la berça le temps que l'amertume et la colère s'éloignent, que les fantômes se dissolvent et disparaissent.

— As-tu peur ? demanda-t-il dans un souffle.

— Oui. Terriblement. J'ai peur de le perdre et toi avec. Je…

— Je resterai à tes côtés, nuit et jour. Je ne reproduirai pas les erreurs du passé, je t'en fais la promesse. Pourrais-tu simplement envisager de ne plus voir Garald ?

— Non.

Elle déposa une pluie de baisers dans son cou pour se faire pardonner.

— N'as-tu donc aucune pitié ? grommela-t-il d'un ton plaintif.

— Au contraire. Il mérite la nôtre, mon chéri. Sans les doutes qu'il a semés en moi, je ne sais pas si j'aurais pu t'aimer un jour.

Elle plaça la main sur la cicatrice au-dessus du cœur.

— Sans cette balle, je n'aurais pas découvert à quel point je t'aimais et tout ce que je serais capable de faire pour te garder.

— Comme venir à une représentation royale, seule et sublimement belle au point de devenir le point de mire des attentions masculines ?

— Sublimement belle ?

— À mes yeux, tu demeureras la plus magnifique des créatures, murmura-t-il contre sa bouche.

— Prouvez-le-moi, monsieur mon mari, souffla-t-elle effrontément sur ses lèvres.

— Je suis à vos ordres, madame.

Épilogue

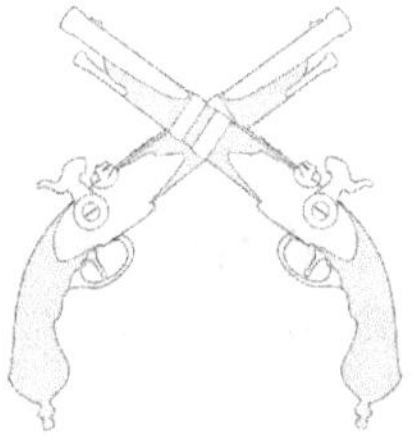

— Regarde qui arrive, s'exclama Esmée.

Les yeux rivés sur l'homme s'avançant à grands pas, elle sentit l'onde de bonheur l'envahir.

— Père !

Les bras tendus, le petit garçon fila aussi vite que le lui permettaient ses jambes menues. Percy se baissa, l'attrapa par la taille, l'emporta dans les airs. Leurs rires éclatèrent comme la plus belle des musiques au monde dans le jardin où Esmée se prélassait. Elle savoura le spectacle de ses deux amours heureux de se retrouver après une semaine d'absence. Le picotement grimpa le long de sa colonne vertébrale lorsque le regard de Percy s'accrocha à elle, que son sourire conquérant illumina son visage.

— Bonjour, mon amour, se pencha-t-il sur elle pour l'embrasser goulûment.

— Votre Seigneurie ! le gronda Esmée, un sourire de bonheur à la bouche.

— Le valeureux chevalier n'a-t-il donc plus le droit de réclamer le prix de la victoire ? chuchota-t-il contre ses lèvres.

— Quelle victoire ?

— Celle de vous faire sourire !

— Ce n'est point une bataille à gagner, Percy. Votre simple présence me comble de joie.

— M'en voilà fort aise.

Il se redressa, se tourna vers la jeune femme assise à quelques pas dans un fauteuil en osier. Elle tenait un bébé endormi.

— Meredith, allez avertir madame Gates que nous prendrons le thé sous la gloriette. Donnez-la-moi, réclama-t-il le poupon d'un geste impatient.

Esmée s'amusa de l'air émerveillé de son mari ou la manière tendre dont il berça leur fille et lui souhaita le bonjour.

— Percy, il n'est pas nécessaire de renvoyer Meredith chaque fois que vous désirez prendre Margaret dans vos bras, lui fit-elle la leçon pour la énième fois. La pauvre enfant s'imagine que vous la croyez incapable de s'occuper de votre fille et s'en chagrine fort.

— S'en plaindrait-elle ?

— Un peu.

— Qu'elle s'habitue, trancha-t-il en venant s'asseoir près de sa femme.

Il se pencha et l'embrassa longuement, lui expliqua avec tendresse et passion à quel point elle lui manquait terriblement.

— Comment vous portez-vous ? demanda-t-il en plaçant la main sur le ventre proéminent. Plus de nausée ?

Donne-t-il des coups de pied ? Gigote-t-il au point de t'empêcher de te reposer ?

Esmée caressa ses doigts, contempla son mari avec émotion.

— Pour le moment, il se montre beaucoup plus calme que ta petite merveille. Si je n'y prends garde, elle s'échappe à la moindre occasion.

— Crois-tu qu'elle marchera bientôt ? s'extasia Percy, les yeux rivés sur le ravissant visage de sa belle endormie.

— Si aucun devoir particulier ne te rappelle à Londres dans les semaines à venir, tu pourrais bien assister à ce miracle.

— Elle n'a que dix-sept mois, n'est-ce pas un peu tôt ? William n'a marché qu'à deux ans.

— On dit les filles plus précoces que les garçons.

— Qu'en penses-tu, mon fils ? Crois-tu que ta sœur marchera bientôt ?

Percy attrapa William par la taille et l'installa sur ses genoux. Le garçonnet regarda la petite, plissa le nez d'une manière comique, soupira d'un dépit visible.

— Elle me prendra mes jouets ?

— Je le crains fort, William. Mais, tu te feras un devoir de rester galant en toutes circonstances. Les femmes sont de faibles créatures que nous devons protéger, affirma Percy d'un ton docte.

— Percy ! s'exclama Esmée, fâchée par le commentaire qu'elle jugeait d'un autre âge.

— Sauf ta mère, mon chéri. Elle, c'est une guerrière à qui nous devons une dévotion sans faille, murmura-t-il à l'oreille du petit.

— Percy, lui mettre ce genre de sornettes dans la tête n'arrangera pas nos affaires, le prévint-elle.

William ressemblait à son père autant par son caractère impérieux que par les traits harmonieux de son visage encore poupin.

Quatre ans, pensa Esmée.

Percy avait tenu sa promesse et ne l'avait pas quittée depuis le matin où ils s'étaient expliqués à cœur ouvert. Elle en gardait un souvenir ému, mesurait le chemin parcouru depuis son arrivée à Dartford. Désormais, elle y vivait un bonheur si parfait qu'elle redoutait qu'un malheur survienne et lui arrache ses enfants ou son mari. Elle se rappela avec attendrissement la naissance de William, la farouche obstination du duc à ne pas quitter sa femme pendant ce moment difficile. Il lui avait tenu la main tout au long du travail, l'avait réconfortée entre deux contractions, plus blême de minute en minute, la peur accrochée au cœur que le ciel lui enlève ce qu'il avait de plus précieux. Il avait pleuré en serrant le corps chaud et gluant de son fils, son regard reconnaissant avait récompensé Esmée de la douleur de l'enfantement. Ce moment magique restait gravé dans sa mémoire, l'attendrissait plus que tout autre. Leur attachement s'était renforcé d'une manière démesurée et les larmes de Percy avaient scellé leur pacte d'amour.

— Reconnaître vos mérites, madame la duchesse n'est point une fable, mais bien une réalité qu'un homme a le devoir de signaler à son jeune fils.

— Vil flatteur !

— Mari comblé, tout simplement. Tu es resplendissante, te l'ai-je déjà dit ?

Esmée leva les yeux au ciel, afficha une mine perplexe.

— Il me semble avoir entendu quelqu'un prétendre qu'il me trouvait bien faite et docile.

— Bien faite et docile ? Le rat ! Ne pouvait-il se montrer plus prolixe et chanter votre beauté, votre croupe charnue, vos robustes jarrets, votre poitrail girond ou votre encolure gracile ? murmura-t-il dans son cou.

— Me prendriez-vous pour une jument ?

— La plus magnifique au monde qu'un étalon se fait fi

d'honorer comme il se doit dès que nous nous serons débarrassés de notre progéniture, chuchota-t-il à son oreille.

— Percy !

— Une semaine, c'est l'enfer, ma mie. Tu es si ravissante que tu aiguises mon appétit.

Le toussotement dans leur dos les ramena à plus de tenue.

— Le thé est servi, annonça Meredith d'une voix tremblante sans oser regarder son maître.

— Emmenez William et Margaret, nous arrivons, déclara Percy en lui tendant la petite fille endormie. Ne dort-elle pas trop ? s'inquiéta-t-il.

— Elle cavale plus vite que Jupiter dès qu'on lui lâche la bride. Un peu de repos lui redonnera des forces et tu pourras te rendre compte par toi-même à quel point elle devient épuisante, marmonna Esmée en tentant de se lever aussi élégamment que possible avec un ventre rond comme une barrique.

— Ne bouge pas mon amour, se précipita Percy. Je dois te parler.

— Que se passe-t-il ? s'alarma-t-elle de la mine grave de son époux.

— J'ai reçu une lettre à propos de Garald.

— Garald ?

Garald écrivait régulièrement à Esmée pour la tenir informée de sa vie en Afrique du Sud. Elle n'en cachait rien à Percy et lui racontait par le menu les anecdotes savoureuses que leur cousin rapportait avec tant de verve poétique. Percy ne désarmait pas et refusait de lire les missives ou recevoir son parent lorsque celui-ci revenait en Angleterre pour quelques semaines. Cette ombre obscurcissait le bonheur d'Esmée, mais elle ne désespérait pas et priait qu'un jour les deux hommes se réconcilient. Depuis son départ, Garald prouvait sa valeur et agissait avec honneur. Il menait de main de maître la vieille mine de cuivre, en tirait de substantiels revenus sans avoir à réclamer de l'aide à son cousin.

Percy sortit le pli décacheté de la poche de sa veste, le tendit à Esmée. Elle le regarda, l'angoisse au cœur.

— C'est un message de leur intendant. Il m'annonce la mort de Garald et de Jenny.

— Comment est-ce possible ? J'ai reçu une lettre de Jenny la semaine dernière ! s'exclama Esmée.

— Une fièvre typhoïde les a emportés en trois jours alors qu'ils séjournaient en brousse.

— Mon Dieu ! gémit-elle, la main sur la bouche, les yeux embués de larmes.

Percy s'agenouilla devant elle, la serra contre lui pour la réconforter.

— Et le petit Édouard ? demanda-t-elle, hébétée par la terrible nouvelle.

— Nous le prendrons avec nous. J'ai donné des ordres en ce sens, il arrivera dans un mois tout au plus.

— Merci, mon chéri.

— Puisque tu rêves d'une grande famille, un chaînon supplémentaire sera le bienvenu.

— Ce sera un bonheur d'accueillir Édouard. Mais… commença-t-elle.

— Je l'élèverai comme mon propre fils, Esmée. Il n'est en rien responsable des fautes de son père.

Esmée perçut la bonne volonté de son mari, mais un cœur bridé n'accorderait jamais sa tendresse avec largesse.

— Viens t'asseoir, l'engagea-t-elle à s'installer près d'elle.

Il hésita, se résigna à obéir.

— Garald ne mérite pas ton animosité, mon chéri.

— Ton jugement à son égard est aveuglé par ton amitié pour lui.

— Au contraire, mon amitié n'altère en rien mon

discernement. Tu te trompes sur lui.

— Esmée !

Il se leva, déambula devant elle d'un pas furieux, le visage ravagé par l'amertume.

— Il possédait plus de loyauté que tu ne peux l'imaginer. Il t'a protégé alors que tu le haïssais.

— Comment peux-tu dire des choses aussi abominables ?

— Je reconnais qu'il a agi d'une manière scandaleuse et cruelle, qu'il a commis des actes répréhensibles, mais il en est un que tu ne peux pas lui reprocher.

— Lequel ? Celui de t'avoir ensorcelée au point que tu le défends malgré tout ce qu'il a inventé pour te blesser ?

— Cette souffrance a permis que je me découvre, Percy. Je ne serais pas aussi heureuse à tes côtés si ses manigances ne nous avaient pas ouvert les yeux, reconnais-le ! Tout ce que nous avons traversé par sa faute a renforcé notre attachement et je loue le ciel de m'avoir accordé cette grâce.

— Tu es… soupira Percy, incapable de répliquer à cette vérité.

— Sage et perspicace. Viens ici et laisse-moi te raconter ce qu'il cachait derrière cette apparence de démon et tout ce que je ne pouvais pas te dire avant ce jour.

La suspicion vibra dans les prunelles noisette assombries. Il capitula, s'assit loin d'elle en signe de rébellion, les yeux rivés sur la gloriette où les enfants prenaient le thé.

— Tout d'abord, Garald vous aimait profondément, toi et William, ainsi que ton père. Il vous considérait comme ses frères et non comme ses cousins. Vous étiez très importants pour lui. La mort de William l'a plongé dans un gouffre de remords.

— Il l'a tué !

— Justement, tu te trompes. Garald n'a pas tué

William.

— Ne me dis pas que tu as gobé pareil mensonge ? Esmée, voyons, regarde la vérité en face !

— Je la regarde depuis cinq ans, Percy. Je regarde deux hommes incapables d'enterrer leur dissension parce que l'un, par un acte d'une terrible générosité a refusé de salir la mémoire de son ami pour préserver sa famille. Alors, de nous deux, je suis bien la moins aveugle.

— Il t'a menti !

— Au contraire, il a fait preuve à mon égard d'une franchise brutale et dévastatrice, il m'a avoué ses intentions, m'a mise en garde contre lui dès le premier jour, je te l'ai dit. Il m'a aussi fait promettre de ne jamais te révéler ce qui s'est passé entre lui et William pour te préserver.

— Me préserver, moi ? Alors qu'il a couché avec Ashley et l'a poussée au suicide, a tenté de te séduire pour te détourner de moi ? Jamais, tu m'entends, jamais je ne croirai à ces sornettes.

— Et la vérité ? Acceptes-tu de l'écouter au risque de te sentir le plus idiot des hommes ? lança-t-elle avec hargne.

L'air de mauvaise humeur de Percy ne découragea pas Esmée. Elle se rapprocha de son mari, empoigna sa main dans les siennes et le força à la regarder en face. Elle caressa les doigts avec l'intention de le troubler, de provoquer ce lien particulier qui les unissait dès que leurs peaux se touchaient, que leurs regards se prenaient, que leurs souffles s'entremêlaient. Percy soupira profondément, tourna la tête vers elle, fixa les lèvres souriantes.

— Tu es un démon, grogna-t-il en l'embrassant.

Esmée sourit de plus belle, lui rendit son baiser avec ardeur, le repoussa avant qu'ils ne s'enflamment comme de l'étoupe. Elle posa la tête sur son épaule, entremêla ses doigts aux siens avec tendresse.

— Connais-tu la raison de leur querelle ?

— Une femme. Garald a séduit une fille que William convoitait.

— Tu te trompes, William ne tenait pas rigueur à Garald pour cette raison, du moins pas comme tu l'imagines.

— Que veux-tu dire ?

Esmée releva les yeux, contempla le visage crispé de son époux. Elle redoutait sa réaction en apprenant la vérité sur William et ses amours coupables.

— William et Garald étaient très proches, énonça-t-elle doucement.

Le haut-le-corps de Percy, son regard assombri indiqua qu'il devinait la réalité, s'en choquait.

— Ils éprouvaient l'un pour l'autre un sentiment tendre, mon chéri.

— Non !

— Je t'en prie, ne les juge pas.

Elle caressa la joue frémissante, posa son front contre le front barré d'une profonde ride.

Percy revit les deux garçons rieurs et chahuteurs, leur complicité dont il s'agaçait, la manière dont ils partageaient tout depuis l'arrivée de Garald, le laissant souvent de côté. Il admettait sa jalousie à l'égard de son cousin qui l'avait supplanté dans l'affection de William, il l'avait haï à l'annonce de la mort de son frère et gardait au cœur une puissante rancune.

— Ils s'aimaient, Percy. D'un amour interdit, fort et destructeur. Quand William a surpris Garald dans les bras d'une femme, il a juré de le tuer. Garald a refusé de se battre, alors ton frère a menacé de révéler publiquement leur liaison. Ton cousin redoutait que votre famille subisse une pareille honte et les conséquences dramatiques d'un tel aveu, il a donc accepté le duel. Il a imaginé que si William le blessait, la fureur de ton frère s'apaiserait. Il n'a pas saisi la force de l'amour de William, son désir de lui faire payer sa trahison, et il ne se l'est jamais pardonné.

— Que s'est-il passé ? souffla Percy, les yeux fermés.

— William a retourné l'arme contre lui et s'est tiré une balle en plein cœur. Je pense que… tu peux comprendre son geste, murmura-t-elle doucement, la vision d'un canon sur une tempe à l'esprit.

Il hocha la tête, la serra contre lui avec force, comme ce matin-là.

— Est-ce la vérité ? Ne t'a-t-il pas menti ? souffla-t-il d'une voix éraillée.

— Le récit signé sous serment par les témoins est déposé chez son notaire. Il m'a fait jurer de ne jamais rien te révéler, mais l'avenir d'un enfant est en jeu. Je sais que tu feras des efforts pour le considérer comme un fils, mais Garald restera son père. On ne peut pas effacer le passé, il remonte parfois, empoisonne nos meilleures intentions.

— Pourquoi Garald ne m'a-t-il rien dit ?

— Pour vous protéger toi et William, que tu gardes intacte au cœur la tendresse que tu portais à ton frère. Il s'est sacrifié, a supporté ta haine des années durant pour se punir d'être l'ange du malheur de votre famille. Ensuite, l'engrenage l'a entraîné à te rendre coup pour coup, à te défier en espérant qu'un jour tu le tuerais. Il n'a pas compris que tu étais incapable de faire ce geste meurtrier parce que la mort de William retiendrait ton bras et que tu n'infligerais à personne ce que tu as traversé toi-même. Le jour de votre duel, il a réalisé la vacuité de votre querelle et a pris la décision de se racheter, termina-t-elle dans un souffle.

Le silence dura un long moment. La tête posée sur l'épaule de son mari, Esmée sentait son cœur s'alléger, se débarrasser de ce dernier bastion de secret qu'elle gardait malgré elle. Les doigts de Percy enserrèrent sa main en un geste de gratitude.

— Merci, ma chérie. Je remercie une fois de plus le ciel de t'avoir mise sur ma route. Tu es la plus belle chose de ma vie. Tu as raison, je ne suis pas certain que ma rancune à l'égard de Garald n'aurait pas rejailli sur le petit Édouard. Je…

Il inspira lentement, contempla le visage souriant de son épouse, déposa un baiser léger sur les lèvres entrouvertes.

— Il est temps que les morts reposent en paix. Je raconterai à Édouard le garçon formidable qu'était mon cousin. Plus tard, lorsqu'il sera en âge de comprendre, je lui révélerai ce qu'il ne devra apprendre que de ma bouche. Il sera fier de son père, je te le promets.

Esmée renifla, émue par le repentir de son époux. Il posa la main sur le ventre rond, la regarda dans les yeux, un sourire confiant aux lèvres.

— Nous serons attentifs à nos enfants, mon amour. Nous les guiderons à devenir des hommes et des femmes selon leurs vœux, quels qu'ils soient. Nous cheminerons côte à côte, nous faillirons certainement, mais ensemble nous affronterons les épreuves à venir, je le sais. Ne pleure pas !

Délicatement, il essuya les larmes sur les joues d'Esmée, déposa dévotement des baisers sur les paupières fermées.

— Nos enfants nous rendront si fiers que nous serons orgueilleux comme des coqs, plaisanta-t-il pour alléger l'instant émouvant.

— Je t'aime, murmura-t-elle contre ses lèvres.

Leur baiser scella un nouveau pacte d'amour et de tendresse. Le dernier nuage s'éloignait du ciel de leur bonheur.

Fin

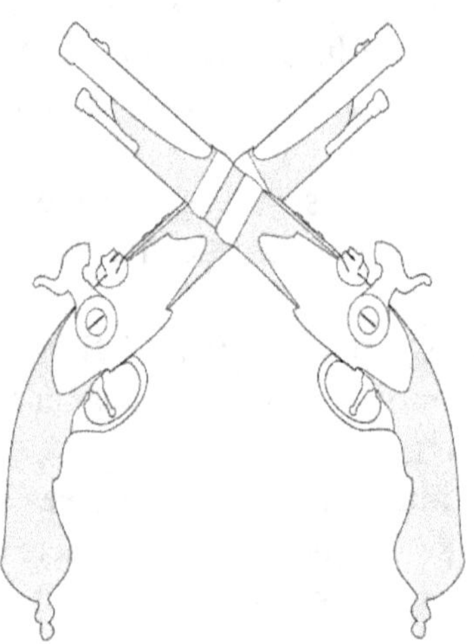

Série historique : Brooke et Cie
Épisode 2

Aveuglés par l'amour
(2021)

À jouer avec le feu, on finit par se brûler

Mary-Jane brûle de passion pour Arthur, un jeune homme distingué qui ne cache pas son intérêt pour elle. Elle ne désire qu'une chose : qu'il s'agenouille devant elle et réclame sa main.
Le jour où il sollicite un entretien privé, elle n'hésite pas une seconde et décide de se débarrasser de son chaperon, l'ennuyeux monsieur Dingly, le triste sire que son beau-frère le duc de Dartford lui impose sous prétexte de la « protéger ».
Sa décision l'entrainera sur les chemins tortueux de la haine, du désespoir, de l'amour.
Alors que la guerre gronde, la bataille du cœur s'annonce périlleuse pour ceux que l'amour aveugle.

Vous souhaitez en savoir plus ou me contacter ?
N'hésitez pas à me retrouver sur mon blog pour en
découvrir plus sur mon monde de la romance :
https://romaneroseleblog.wordpress.com
Ma page Facebook :
https://www.facebook.com/RomaneRoseauteur/
Instagram :
https://www.instagram.com/romane.rosea/?hl=fr
Twitter :
https://twitter.com/RoseaRomane
Et ma messagerie auteur :
romane.rosea@gmail.com

Pour soutenir l'édition indépendante, vos commentaires
revêtent une grande importance pour les auteurs auto-
édités et leur permettent d'améliorer nos services.
N'hésitez pas à déposer vos avis sur Amazon, Booknode,
Babelio ou Facebook, ou tout autre plate-forme de partage,
nous vous en serons éternellement reconnaissants.
Si l'éternité, c'est trop pour vous, je me contenterai de
vous remercier à l'avance, avec toute ma gratitude.

Bibliographie

Éditions Harper Collins :

Pour faire fondre son cœur (2016)

Incompatibles, mais… (2017)

Défi-moi (2017)

Édition indépendante :

Romances contemporaines :

Obsessions (2018)

La malédiction de la pierre noire (2020)

Une lumière dans la nuit (2022)

Au secours ! Je me marie ! (2022)

Série : fleurs de cœur

Katleya (2019)

Poppy (2020)

Rosalyn (2021)

Romances de Noël :

Féerie irlandaise (2018)

La source de Noël (2020)

Un chalet pour deux…ou presque (2021)

Romances historiques :

Série : Brooke et compagnie

Résisterez-vous (2020)

Aveuglés par l'amour (2021)